文春文庫

赤の呪縛

堂場瞬一

文藝春秋

目次

第一章　放火　7
第二章　謎の女　48
第三章　夜を生きる　90
第四章　捨てた街　130
第五章　ジャンキー　172
第六章　売人　214
第七章　過去の蹉跌　257
第八章　誘導　298
第九章　誰のために　335
第十章　対決　378
解説　坂嶋竜　420

赤の呪縛

第一章　放火

　滝上亮司《たきがみりようじ》が放火事件の第一報を耳にしたのは、帰宅途中だった。自宅の最寄駅である、東京メトロ有楽町線要町《かなめちよう》駅で降りた直後。要町通りに出て、千川《せんかわ》駅方面に向かって歩き始めると、スマートフォンが鳴ったのだった。電話をかけてきたのは、滝上の勤務先である警視庁捜査一課に居残っていた、後輩の池内《いけうち》。

「お疲れっす」

「何だ」マスクを顎のところまで引き下げ、ついぶっきらぼうな口調で電話に出てしまう。

「滝さん、今どこですか?」

「もう家に着くところだ。お前、まだ仕事してるのか?」

　滝上の所属する火災犯捜査係は現在待機中なので、刑事たちは定時に本部を出なければならない。特捜本部事件でも抱えていない限り残業はご法度、というのが最近の決まりである。

「すみませんけど、戻ってもらえますか？」

「ああ？」

「勤務時間ギリギリです」

「もう仕事の時間は終わってるぞ」

「いや、ギリギリに発生した事件という意味です。午後五時頃」

「そうか」そういうことなら仕方がない。左腕を突き出して時刻を確認する。午後六時五分。


　滝上は足を止めた。クソ暑い……最近は、七月に入るともう完全に「真夏」だ。最高気温が三十五度を超える日もあり、特に仕事に追われているわけでもないのに、既に夏バテ気味である。ネクタイなし、半袖のワイシャツ一枚で仕事していても、一日が終わる頃には全身汗だくになってしまう。マスクのせいもあるだろうが……帰りの電車の中では、さっさとシャワーを浴びて汗を流し、冷たいビールを胃に流しこむことしか考えていなかった。


　ちょうど酒屋の前だ。煙草の自動販売機があるためか、小さな灰皿も置いてある。滝上は足を止めて、煙草に火を点《つ》けた。

「どんな事件だ？」

「放火です」

「こんな時間に？」放火事件の発生は夜——深夜が圧倒的に多い。

「現場が、開店直前のクラブなんですよ。銀座です」

「おいおい——ビルの中か?」滝上は思わず顔をしかめた。最悪の事態になる可能性がある。銀座の古い雑居ビルだと、防火設備がちゃんとしているかどうか、甚《はなは》だ心許《こころもと》ない。滝上は、二〇〇一年——自分がまだ警察官になる前だ——に起きた歌舞伎町ビル火災を思い出した。あの火災では悪条件が重なって、四十四人もの犠牲者が出ている。

「ビルの三階にあるクラブです。開店直前に女性が店に飛びこんで火を点けた——逃げ出した店員が、一一九番通報しました」

「怪我人は?」

「心肺停止の状態で、二人が病院に搬送されています」

「クソ」滝上は思わず吐き捨て、まだ長い煙草を灰皿に投げ捨てた。「銀座のどの辺だ?」

「七丁目です」

頭の中で、すぐに銀座の地図を広げる。七丁目は、山手線の高架から首都高の都心環状線にまで至る細長い地域で、東京メトロの銀座駅よりも新橋駅に近い。ここからだと、有楽町線で銀座一丁目駅まで出て、そこから歩く——走った方が早いだろう。乗り換えの時間がもったいない。

「現場の詳しい住所をメールしておいてくれ。すぐに向かう」

「分かりました」

電話を切り、滝上は駅に向かって引き返し始めた。まだ陽が落ち切っていないこんな時間に放火とは、いったいどういうことだ？　犯人はまともな考えの持ち主じゃない、と滝上は即座に判断した。

それにしても、こんな時間に出動というのは、滝上にとってもレアケースだ。そして経験がない事件に出くわすと、それなりにキャリアの長い刑事でも動揺する。警察官になって十三年、捜査一課に上がって八年が経つ滝上は、既に中堅と呼ばれる年齢になって、大抵のことは経験してきたつもりだ。それに加えて、警察官になるまでの多様な経験……放火の捜査には直接関係ないが、同年代の他の刑事よりは世馴れていると自負している。しかしそういう経験も、今回の事件ではあまり役に立たないのではないか——そんな気がした。

そして、悪い予感はよく当たる。

現場は依然として非常に混乱していた。銀座一丁目の駅から地上に出て中央通りを歩き出すと、早くも火災現場特有の臭い——焼けた建材のケミカルな臭いが鼻を刺激してくる。

歩けば十分、早足なら八分、走れば五分——滝上はいつの間にか走り出していた。汗が背中を伝い、息が荒くなってくる。七月に、ワイシャツ姿で銀座の真ん中をランニングするのは狂気の沙汰だが、現場が待っている。

中央通りの一本裏道である銀座ガス灯通りに入り、ほどなく晴海《はるみ》通りにぶつかる。昭和通りとともに銀座の「大動脈」である晴海通りは交通量が多い。信号に引っかかるとかなり待たされるし、それを避けて地下に潜ると、それはそれで時間がかかる。ちょうど晴海通りの信号は青から黄色に変わるところ――滝上は迷わず、ガス灯通りから晴海通りに飛び出した。途端にクラクションの合唱を浴びたが、それを無視し、巧みにステップを切って広い晴海通りを全速力で渡り切る。これで、信号待ちの一分ぐらいを節約できたはずだ。

あとはすずらん通りを一気に走っていくだけ。次第に火事の臭いが強くなってきて、ほどなく封鎖された現場に到着する。封鎖といっても、警察の非常線が張られているわけではなく、消防車が道路の端と端に停まり、一方通行の道路を実質的に塞いでいるだけだ。消防車は、滝上の目に入る限りで五台……六台。はしご車も出動している。太いホースが道路上でうねり、アスファルトは放水のせいで黒く濡れている。そのせいだろうか、現場付近は少しだけ気温が低く感じられた。

現場のビルはすぐに分かった。火は出ていない――煙すら見えなかったが、消防士たちが忙しく出入りしている。既に鎮火したようだが、滝上たちはすぐには現場に入れない。まずは、消防の作業を邪魔しないことが肝心だ。こういう時に、顔見知りがいると話が聞けるのだが……滝上は、いつも持ち歩いている「捜一」の腕章を腕に通してから、消防車を一台ずつ見て回った。時々、放水でできた水溜りを踏んで、靴が嫌な音を立てる。

「滝上さん」

声をかけられ、慌ててそちらを向く。オレンジのパンツに濃紺のTシャツ、キャップという現場服で装備した、東京消防庁広報課の矢野《やの》がいた。滝上は黙ってうなずき、彼に近づく。

「お疲れ様です」二歳年下の矢野とは、現場でよく一緒になる。混乱しがちな火災現場で、マスコミ対策を担うのも広報課の大事な仕事だ。概して東京消防庁の広報は「喋り過ぎ」で、警視庁が隠しておきたいことまで平気で記者に喋ってしまう――それで警視庁と喧嘩になることも多いのだが、現場で動く人間同士の間には、わだかまりはない。

「二人、心肺停止状態と聞いてるけど」

矢野がうなずく。その表情が深刻――もっともこの男は、いつも深刻な顔をしていて、滝上は笑顔を見たことがない。

「無理ですね」

「蘇生不可能、か」

「一酸化炭素中毒だと思いますけど……とにかく火の回りが早かったようです」

「古いビルなんだろう？」滝上はビルを見上げ、窓を数えた。七階建て……三階の窓から、まだかすかに煙が出ているのに気づく。

「調査中ですけど、この辺のビルは皆古いですよ。築四十年以上とか、普通ですから」

「ということは、火事には弱いわけだ」東京消防庁側にとっては大問題だ。古いビルの場合、火災報知機やスプリンクラーがない、あるいは故障していて使い物にならないことも少なくない。さらに非常階段が荷物置き場になっていて、いざという時に避難ができずに人的被害が拡大することもある。消防署が頻繁に調査・指導を行っているのだが、それが無視されてしまうことも多い。こういう火災が起きた時だけは「教訓」になるが、後に生かされることもほとんどない。

「放火と聞いてるけど、犯人は？」

「心肺停止状態の一人が犯人みたいですね。放火というより焼身自殺かもしれません」

「自殺？」

「店の中にガソリンをまいて、火を点けたんですよ。本人もガソリンを浴びて、そこに引火しました」

「確かに焼身自殺っぽいな」あるいは自爆テロ、とでも呼ぶべきだろうか。こういうケースは過去にあまりない。最初の予感通りに嫌な捜査になりそうだ。「犯人の身元は？」

「まだ特定できていません。話もできていないし、身元に繫がるような持ち物も見つかっていないみたいですよ」

「誰か、話を聴ける人間は？」

「黒服――従業員を摑まえてあります。うちはもう話を聴いたはずですよ」

「今、どこにいるんだろう」

「ちょっと確認しますね」

矢野が滝上に背を向け、携帯電話で話し始めた。すぐに通話を終え、「近くのパトカーで話を聴かれているそうです。並木通りです」と告げた。

「ありがとう、助かった」滝上はさっと右手を挙げて礼を言い、また駆け出した。途端に太いホースを蹴飛ばしてしまったが、何とか踏ん張って走り続ける。

並木通りといえば銀座を代表するブランド通りなのだが、今日は物々しい雰囲気になって、普段の華やかさは消し飛んでいた。パトカーが何台も停まり、薄闇が迫る街に禍々《まがまが》しい赤い光を振りまいている。パトカーを順番に覗いて、ほどなく店の従業員らしき男を見つけた——というより、池内を見つけた。小柄な男でルックスも地味なのだが、どこにいてもすぐに分かる。強烈な癖っ毛で、それを少し伸ばしているために、控えめなアフロヘアーのようになっているのだ。本部に異動してきた時、髪型のことを係長に言われたのだが——彼の感覚では警察官に相応《ふさわ》しくない不潔な髪型だったらしい——池内がスマートフォンに保存していた高校時代の写真を見せると「しょうがない」と引き下がった。高校時代の池内は剣道をやっていて、髪を短くしていたのだが、これがパンチパーマというか、大仏様の頭のようになっていたのだ。昔は——それこそ昭和の時代には、暴力団担当の刑事の間でパンチパーマが流行《はや》っていたこともあるそうだが、令和の今はどう考えても時代遅れだ。しかし、元々の癖っ毛なら仕方がない……以来誰も何も言わず、池内は少し伸ばした髪型をキープしていた。遠くにいても、歩いていると綿毛がふわふわと揺れているようですぐに分かる。

池内は、パトカーに寄りかかるように立って、開いた窓を覗きこんでいた。滝上は低い声で呼びかけた。

「池内」

「お疲れっす」振り向いた池内が、ひょいと頭を下げた。

「店の人は、中か？」

「ええ。今、冨山《とみやま》さんが話を聴いてます」

「お前は何で突っ立ってるんだ。ちゃんと仕事しろよ」どうして彼が外にいるのか分からないが、ただ立っているだけでは時間の無駄である。

「あ、いや……」池内はもごもごと言うだけで、言い訳も出てこない。

滝上は、空いていた助手席に滑りこんだ。さっと振り向いて、運転席の後ろに座っている従業員の顔を素早く確認する。二十代半ばというところか。細面《ほそおもて》の、今風のイケメンだった。矢野は「黒服」と言っていたが、あれはクラブの従業員を雑にまとめて呼んだだけの話だろう。黒い服ではなく、首元までボタンをとめた白いワイシャツに濃紺のベストというすっきりした格好で、どう見てもバーテンダーだった。

隣に座る冨山が、立て続けに質問をぶつけていく。

「オープン前には鍵はかけていない？」

「我々が出勤した時に開けて、あとはそのままです」

「今日の出勤時間は？」

「四時半、ですね。いつも通りです」

「その時、何か変わったことはなかったですか？　誰かが店の中に潜んでいたとか」

「いや……見てないです」

「だったら、問題の女はいきなり入って来たわけですね？」

「はい」

「客ではない？」

「見たことのない人でした」

黙って事情聴取に耳を傾けているうちに、状況が次第に明らかになってきた。この店「ロッソ」の開店は午後五時。その少し前、まだ客がいない時間に、一人の女性がふらりと現れた。その時点で、バーテンは早くも異常に気づいたという。どう見ても客ではなかったからだ。「ロッソ」は、いわゆる「座っただけで一万円」の店で、客の九〇パーセントが社用族の男性である。女性はそういう店にいかにも相応しくない格好――グレーのTシャツにジーンズという軽装で、大きなビニール製のバッグを右手に提げていた。近所の商店街に買い物に行くようなスタイルである。

「以前店に来た客ではないですか？」冨山の質問は続く。

「初めて見る顔でした」

職業柄かもしれないが、バーテンの記憶は詳細だった。身長百六十センチぐらい、年齢は二十代後半、あるいは三十代前半。化粧っ気はほとんどなく、顔色が悪かった。違和感を覚えた――怪しんだバーテンが近づいて行くと、女は無視して店の中ほどまで歩を進め、いきなりバッグから五百ミリリットルのペットボトルを取り出して中身を床にぶちまけた。きついガソリンの臭いが鼻を突いた瞬間、バーテンはとっさに「逃げろ！」と叫んだ。

その時店にいたのは七人。オーナーの野村真沙美《のむらまさみ》の他に、バーテンの男性が二人、ホステスが四人。店の奥、別室になっている事務室にいた真沙美だけが逃げ遅れた。

バーテンが店を出て、ドアを押さえたまま「オーナー！」と叫んだところで、女がもう一本ペットボトルを取り出し、頭から被った。その直後、女の体が火だるまになる。そのまま一歩、二歩と店の奥に進み始めると、火はあっという間に、床を濡らしたガソリンに引火した。店内は炎に包まれ、真沙美の悲鳴が長く尾を引いた――。

「ちょっと……ちょっといいですか」

バーテンが慌ててパトカーのドアを押し開ける。すぐに、吐く音が聞こえて来た。目の前で女性二人が火に包まれて死ぬ――二時間ほど前の経験が、今になってリアルに感じられるようになったのだろう。

「ひどい放火だな」滝上は低い声で冨山に話しかけた。

「ああ」同期の冨山が渋い表情でうなずく。

「犯人の身元は分からないって聞いてるけど」

「ああ」冨山は非常に無愛想というか無駄が嫌いな男で、余計な話は一切しない。「こんな放火、経験あるか？」

「ない」

「そうか」

滝上は車の外へ出た。バーテンはパトカーと歩道の隙間にはまりこむように膝をついて、まだ吐いている。ペットボトルを持った池内が、困ったような表情を浮かべて見守っていた。

「すみません……」

バーテンがふらふらと立ち上がる。池内がペットボトルを渡すと、口を濯《ゆす》いで道路に水を吐き捨てた。落ち着くと一口、二口と少しずつ水を飲み、濡れた口元を手の甲で拭う。それから、慎重に全身を検《あらた》めた。どうやら服に汚れはついていないようだ。

そこへ、係長の市来《いちき》がやって来て、低い声で宣言した。

「所轄へ移動だ。店の人たちは、そちらに集めている」

「一斉に事情聴取ですか……病院の方は？」

「それは、所轄でチェックしてくれている。俺たちは、現場の状況をきちんと再現しよう」

銀座付近の管轄は、築地中央署になる。現場からは少し離れている——中央区役所の近くだ。

「鑑識は、まだ入れないでしょうね」

「無理だな」市来が首を横に振った。「火災現場の片づけには時間がかかる」

「しかしこれ、放火というかテロですよね」焼身自殺という話が出ていたが、むしろ「自爆テロ」ではないか。

「おいおい」滝上の指摘に、市来が眉をひそめる。四十五歳のこの係長は、どちらかというと穏健派で、過激な見方や言い方を好まない。「よくない表現だな」

「ビル全体が火事になっていたかもしれないでしょう。もしそうなっていたら、結果的に無差別テロですよ。今のところ犠牲者は……二人ですか？」

「二人だな」市来がうなずく。

「死亡は正式に確認できたんですか？」

「まだだが、時間の問題だろう」

「じゃあ、俺も築地中央署へ行きますよ」

「こちらの方《かた》も、連れて行ってくれ」市来がパトカーに寄りかかって深呼吸しているバーテンに目を向けた。「署できちんと調書を取ろう」

「分かりました」

滝上は空いていたパトカーに同乗させてもらって、築地中央署に向かった。二人死亡の放火事件ということで特捜本部になるだろうが……実際には、数字をよくするための特捜だな、と滝上は皮肉に考えた。

特捜本部は、殺人事件ばかりではなく、「重大事件」の際に設置される。例えば巨額の詐欺事件や、滝上たちが関わる場合だと犠牲者が多い火災。大量の刑事を投入し、予算もたっぷりつけて、一気に勝負をかける。しかし時には、特捜本部の「解決率」を上げるために、本来なら設置の必要がない特捜本部を作ることもある。例えば、明らかに家族内のトラブルが原因で、最初から犯人が家族の一員だと分かっているような事件の場合。犯人と目された人間が逃亡中で行方不明だったら、まず特捜本部が設置される。仮に犯行翌日にすぐに身柄を押さえることができたとしても、それはあくまで「特捜による解決」になって、解決率はアップするのだ。

今回も、事件の構図そのものは既に明らかになっている。突然店に入って来た女性がガソリンをかぶって火を点け、結果的に店のオーナーも犠牲になった——二人が焼死するという極めて重大な事件なのだが、犯人は特定されているのだ。捜査では動機面の解明が焦点になるが、犯人は逃げない。

死んでいるのだから。

まだ特捜本部は設置されておらず、署内もざわついた雰囲気——指揮命令系統がはっきりせずにやや混乱していたが、滝上は市来の指示で、もう一人のバーテン、山岡《やまおか》の事情聴取を担当した。とはいえ、実りは少ないだろう……彼が、犯人の女も、火が燃え上がった瞬間も直接見ていないことは、既に確認できているのだ。となると、店のことについて詳しく話を聴いておくのがいいだろう。動機の解明——犯人は、どう考えても「ロッソ」を狙って放火した感じだ。「誰でもいいから」という理由で人を襲う事件は珍しくないが、今回は少し様子が違う。店、あるいはオーナーの真沙美に恨みを持つ人間の犯行と見るのが自然だろう。

店の関係者全員に話を聴かねばならないが、同じ場所で、というわけにはいかない。個別に話を聴いて、後から情報を突き合わせるためには、まず「密室」が必要になる。容疑者でもない人間と取調室で相対するのは申し訳ないのだが、この際仕方がない。滝上は、刑事課の隣にある取調室に山岡を入れた。

こちらは、先ほどのバーテンとはイメージが違い、がっしりした、頼り甲斐のある体型だった。同じベストを着ているのだが、明らかにきつそうに見える。

「何かスポーツでも？」話のとっかかりにと、滝上は軽い話題を振った。

「野球です」

「ずいぶん鍛えてますすね」

山岡は無反応だった。やはり呆然とした様子——火事のショックから立ち直っていないのは明らかだった。滝上はまず、名前と住所、年齢を確認した。型通りの手順なのだが、言葉に詰まることもあり、それだけで時間を食ってしまう。

「もう一度確認します。犯人の顔は見ていないですね？」

「はい」

「服装は？」

「Tシャツみたいな……でも、自信はないです」

「逃げろと言われた時、あなたはどこにいましたか？」

「カウンターの中です」

「すぐに逃げたんですね？」

「尋常じゃない声だったんです」

「何が起きたと思いました？」

「それは分かりませんけど……ああ、クソ！」山岡が言葉を吐き捨てた。「つながらない。記憶がはっきりしない！」

「一度、落ち着きましょうか」滝上は静かな声で言った。ふと思いついて、ワイシャツの胸ポケットから煙草とライターを取り出して勧める。

「吸っていいんですか？」

「駄目なんですけど、今日は特別です」バッグから携帯灰皿を取り出し、それもテーブルに置いた。

山岡がおずおずと煙草に手を伸ばし、一本引き抜く。まだ迷っている様子だったが、結局はライターを手に取って火を点けた。滝上もすぐに自分の分をくわえる。昔は――それこそ二十年ぐらい前は、取調室で煙草を吸うのも普通だったらしいが……この二十年で一番変わったのは、煙草に対する世間の態度かもしれない。

山岡がしきりに煙草をふかす。手は震えておらず、何とか落ち着いたようだった。

「もう一度伺いますが、何が起きたと思いましたか？」

「それは分からないんです。でも、急に何かが爆発したみたいな大きな音と悲鳴が聞こえて……顔を上げたら、店の中が燃えていたんです」

実際には、店は「全焼」にはならないようだ。床や天井はだいぶ焼け焦げたが、それでも修復可能かもしれない、と消防の人間は言っていた。放水量が少なかったせいもあるかもしれない。

「それで慌てて、女の子たちを外へ出したんです」

「オーナーの野村さんは……」

「女の子たち全員が外に出てから、オーナーがいないのに気づいて……奥の事務室にいて逃げ遅れたんだと思って店に戻ったんですけど、火が強くて中に入れなくて……」

「正しい判断ですよ」滝上はうなずいた。「狭い場所に入ると、煙に巻かれる可能性が高くなります。自殺行為です」

「はあ……」山岡が大きな体を小さく丸めた。真沙美を助けられなかったのを、心底後悔しているのは明らかだった。

「お店のことを伺いますけど、あそこ、いつからやってるんですか？」

「七年か八年……十年はやってないと思います」

「あなたはいつから働いているんですか？」

「私は四年前からです」

「店で一番古いのは？」

「それは、私ですね」山岡がうなずく。「この業界は出入りが多いので、四年でも古手になります」

「分かります」滝上はうなずき返した。オーナーでもなければ、飲食業界では同じ店で何十年も働き続けるのはレアケースだろう。「四年前とは、オーナーとあなたを除いて、店員は全員替わってるんですね？」

「はい。そうですね」

「従業員がいつかない理由でもあるんですか？　オーナーが厳しいとか」

「逆です」山岡が苦笑した。「オーナーは、女の子たちには、ランクが上の店に移るように発破をかけるんですよ。銀座の飲食業界は、店がきっちりランク分けされているんで……若い子は、できるだけ早くその階段を登った方がいいっていうのが、オーナーの持論なんです。いい店にいれば、将来は何かと役にたつから」

「自分で店を持ったり、金持ちを摑まえたりということですか」

滝上があけすけに言うと、山岡がまた苦笑した。短くなった煙草を携帯灰皿に入れて押し潰す。会話がきちんと転がっているので問題ないだろうと判断し、滝上は自分も煙草を消した後、パッケージとライターをポケットに戻した。それから立ち上がり、取調室の窓を開ける。原則禁煙の場所だから、少しでも煙を逃しておかないと。

「店の従業員で、オーナーに恨みを持っている子はいないですか」

「とんでもない」山岡が顔の前で大慌てで手を振った。「オーナーはこの業界では珍しい、仏様みたいな人ですよ。店の女の子がスムーズにランクの高い店に行けるように、手助けまでしてあげてるんですから」

「具体的には？」

「酒と接客のマナーをきちんと教えるんです。店のレベルによって、接客も変わりますからね」

「そんなに頻繁に出入りがあったら、いろいろ大変だったんじゃないですか？　今は人手不足で、ホステスさんを確保するのも一苦労でしょう」

「そう思うでしょう？」いつの間にか、山岡の口調は雑談を交わす時のように気楽になっていた。煙草の効果かもしれない。「ところが店を辞めても、女の子たちはオーナーとつながっていて、恩返しにって新しい子を紹介したりするんですよ。だから、店は上手く回ってました。商売上手な人なんです」

「人望が厚い、という感じですかね」

「そうですね。人情のある人です」山岡が自分に言い聞かせるようにうなずく。

「元々、何をしていた人なんですか？　最初から水商売に？」銀座で飲食店を経営する人のキャリアは様々だ。高校を卒業した後、すぐにこの世界に飛びこむ女性もいる。

「いや、それは知らないんですよ」山岡の表情が微妙に歪んだ。「自分のことはあまり話さない人だったので」

「女の子たちには話していたんじゃないですか？　自分の失敗談や、この業界で気をつけなければいけないことを。そういう時に、自分の人生を自然に話すこともあると思います——つまり、教育ですよね」

「そうなんでしょうけど、オーナーはそういうタイプじゃないんですよ」

よく分からない……上流階級の人間が使うような店、そして経営者の実態に詳しくない滝上は、そっと首を傾げるしかなかった。

「あなたも、オーナーの個人的なことを聞いたりする機会はなかったんですか」

「なかったですね」山岡が即座に断言する。「そういうのを聞かれるのを嫌がる人だったので……店では別に何の問題もなかったんだから、いいじゃないですか。給料が遅れたことは一度もないし、福利厚生もしっかりしているし」

「金の問題はなかったですか？　大きな借金とか」

「経理はオーナーが一人でやってましたから、実態は分かりませんけど、大きな借金はなかったと思います。店は上手く回っていましたから……あの、もしかしたらオーナーを疑っているんですか？」山岡が座り直した。顔からは血の気が引いている。

「犯人のこういう手口は……分かります？」

「いえ」山岡が怪訝《けげん》そうな表情を浮かべる。

「覚悟を決めて確実に、という狙いが透けて見えるんですよ。しかも、実質的には自殺だ。相手を殺して自分も死ぬ——そういう意図が感じられる」

「狙いはオーナーだったって言うんですか？　オーナーが誰かに恨みを買っていたとでも？　まさか」山岡の声に怒気が混じる。

「どうして『まさか』なんですか」滝上は、山岡の証言の矛盾を感じて突っこんだ。

「あなた、オーナーの個人的な事情は知らないんでしょう？」

「そうですけど……」山岡が唇を尖らせて反論した。「だけど、そういうのはちょっと考えられないな」

「根拠がない話だったら、あまり強調されても困りますよ」滝上はぴしりと言った。自分の雇い主の悪口を言いたくない気持ちは分かるが、山岡は少し感情的になっている感じがした。

「今の段階では、まだ犯人の動機は特定できません。今後、オーナー絡みのトラブルを思い出したら、教えてもらえますか？」

「そんなこと、ないと思いますよ……」山岡が自信なげに言った。

「もしかしたら、オーナー以外の店の従業員が、犯人に恨みを買っていた可能性もありますね。それで、とにかく自分も自殺して店も燃やそうとした——あなた、何か心当たりはないですか？」

山岡の顔が引き攣《つ》った。

徹夜になるかもしれない、と滝上は覚悟を決めた。現場での鑑識活動は夜遅くまで続くだろうし、その間、自分たちにもやることがある。

次の仕事は、容疑者の身元を確認することだった。

現場では身元につながるものは見つからなかったと最初は聞いていたが、それは間違いだったことがすぐに分かった。火災現場は何かと混乱しがちで、後から重要なものが見つかることもよくある。実際には、現場に入った消防署員が小さなバッグを階段のところで見つけ、後から所轄に届け出ていたのだ。その連絡が行き違い、「身元につながるものはない」ということになっていたらしい。クソ、冗談じゃない。最初から滑らせているようでは、この捜査は絶対に上手くいかない。

滝上たちは、所轄で小さなバッグを調べた。店に持って入って来たのとは別物のようだ。中にはごくありきたりのものが入っている——リップクリーム、財布、スマートフォン。もちろん、現段階で一番重要なのは、財布に入った免許証だった。

西片若菜《にしかたわかな》、二十七歳。住所は目黒区だった。この免許証を最初の手がかりにして、西片若菜という女性——容疑者について調べていけるだろう。

滝上は、ラテックスの手袋をはめたまま、免許証を取り上げた。交付が三年前……そもそも取得が同じ年だった。当然写真も三年前、まだ二十四歳の時のものだろう。免許証の写真特有の、少し上目遣いの間抜けな写真。二十四歳にしては老けているというか、少し疲れたように見えた。目の下には薄《うっす》らと隈《くま》ができているし、顔色もどことなく悪い。

滝上はふと、胃が引き攣るような嫌な感じを覚えていた。俺も昔は、こういう顔をしていたのではないか……。

市来がすぐに、次の動きを指示する。

「滝上、この女性の自宅へ行ってくれ」

「聞き込みには、写真がいりますね」

滝上は、免許証の写真をそのまま自分のスマートフォンで接写した。誰かに見せて確認するなら、これぐらいで十分だろう。

「実家の方はこっちで割り出して、連絡を取っておく」

「直接誰かを家に行かせた方がいいですよ」滝上は忠告した。実家が都内だったら、それぐらい気を遣ってもいい。都内でなかったら……他県警に頭を下げなければならないので、少し面倒になる。

「分かってる」市来は苛立ちを隠せなかった。「お前に言われなくても、それはちゃんとやる。いいからとにかく、家を確認してくれ」

滝上は無言でうなずき、署を出た。相棒として、火災犯捜査第一係でただ一人の女性刑事、安田奈加子《やすだなかこ》が同行することになった。三十七歳、独身。滝上よりも一年先輩——微妙に気が合わず、滝上は仕事以外のことではできるだけ接点を持たないようにしていた。彼女は何というか……いつも少し突っこみがキツすぎ、うるさい。特に他人の私生活にやたらと興味を持つ悪癖があった。

緊急走行していない時、覆面パトカーでの移動時間は案外暇だ。今日も、奈加子があれこれと突っこんでくる。

「あなた、いつも定時になるとすぐ帰るじゃない？　そんなに早く帰って、家で何してるの？」

「定時に帰らないと、上がうるさいじゃないですか」滝上はつい反論した。「そういう決まりでしょう」

「だけど、普通はいろいろあるでしょう。それに、独身の刑事が家に帰っても、やることないじゃない」

「料理。自炊してますからね」嘘。今のマンションに住んで五年になるが、朝コーヒーを飲むためのお湯を沸かす以外に、ガス台を使ったことはない。

「ふうん、真面目にやってるんだ」どこか馬鹿にしたように奈加子が言った。

「健康第一です」

「でも煙草は吸うでしょう？」

「その罪滅ぼしに、せめて栄養はきちんと摂ろうと思ってるんですよ」

「煙草を吸ってると、それだけで人間ドックでは『要注意』になるわよ」

「ああ……そうですか」

どうでもいい会話——刑事同士の話とはこういうものだと分かっていても、苛《いら》つく。張り込み、尾行の暇な時間に、常に仕事のことばかり話していては息が詰まるし、話題も尽きてしまう。その代わりに頻繁に話題になるのが人事の噂話、それに野球やサッカーの話題だ。どれにも興味がない滝上は、そういうやり取りをいつも苦々しく感じて適当に流している。ろくに返事もしないでいるうちに、最近は滝上に話しかける人間もいなくなった——奈加子は数少ない例外である。そして彼女の突っこみは鬱陶《うっとう》しい。

黙りこんでいると、奈加子も会話を続けるのを諦めたようだ。道路は空いていて、築地から目黒まであっという間に着いてしまったのもありがたかった。

若菜の家は、東急目黒線西小山駅から歩いて十分ほどのところにあった。「立会川緑道」という細い道路沿いにある、四階建ての小さなマンション。たぶんここは、かつては小さな川で、コンクリートで蓋をして暗渠《あんきょ》にしたのだろう。背の低い桜の並木が並んでおり、花見には絶好の場所だ。若菜は自宅のベランダから、一人で花見を楽しんでいたかもしれない。

「普通のマンションね」奈加子がマンションを見上げながら言った。「管理会社の人、まだ来てないみたいね」

「連絡が遅れたんでしょう」道中、市来から「マンションの管理会社には話を通した」と連絡が入っていた。とはいっても、おそらく勤務時間は終わっており、合鍵を持って駆けつけて来るにはそれなりの時間がかかるだろう、と滝上は踏んでいた。合鍵がないと部屋に入れないので、待つ時間は無駄になるのだが……そんなことを考えているうちに、滝上のスマートフォンが鳴った。市来。

「現着したか？」

「今着いたところです」

「悪いな、管理会社の人がそこへ着くまで、あと三十分ぐらいかかる。一度会社へ寄って合鍵を持って来るそうだ」

「ああ……もう退社していたんですね」

「そういうことだ。適当に飯でも食って時間を潰していてくれ」

若菜の写真を近所の人に見せて確認する手もある。ただ、彼女がここに住んでいることが分かっても、焼死した女性が本当に西片若菜だとは証明できないのだが。実際には、DNA鑑定に使えるブツを家の中で見つけ出し、さらに家族に確認してもらう必要がある。

いや、家族の確認は無理か……滝上はまだ遺体を確認していないが、病院の安置所で見た刑事の話によると「顔から確認するのはほぼ不可能」。焼死体を見慣れている刑事の判断だから、この報告はまず間違いない。かなりひどく焼けただれているのだろう。

電話を切り、「飯にしませんか?」と奈加子を誘った。

「ご飯ねえ……」奈加子がうんざりしたような表情を浮かべ、腕時計をちらりと見た。

「鍵がここへ届くのに、三十分ぐらいかかるそうです」

「牛丼かカレーかラーメン? そういうの、もう飽きてるのよね」

「抜いてもいいですけど、今夜は長くなりますよ」

いいとも悪いとも言わずに、奈加子が肩をすくめた。刑事の食事は、ついいい加減になりがちだ。外で仕事をしている時は、まさに奈加子が言うように牛丼かカレーかラーメン。これに立ち食い蕎麦が加われば、「警視庁刑事の外食四天王」だ。実際、滝上もこういう食事にはうんざりしている。ふと、ここへ来る途中に見た店を思い出して提案した。

「カレーにしませんか」

「カレーねえ……」

「普通のカレーじゃないですよ。インドカレーの店があるの、気づきませんでした？」

「ああ、そう言えば……」奈加子の顔が少しだけ明るくなった。チェーンのカレーショップで食べるのにはうんざりしていても、本格的なインドカレーとなると、何となく御馳走感が出てくる。滝上も、今日はまともな夕飯になるとほっとした。

インドカレーも、高級店になれば金はかかる。しかしここは気楽な店で、カレー二種類とナンのセットで千円だった。ただし飲み物は別料金。

真夏に辛いカレーを食べたら汗が引かなくなると考え、滝上は一番辛くないというバターチキンカレーと豆のカレーにした。それにアイスコーヒーをつける。奈加子は普通のチキンカレーとほうれん草のカレー。飲み物はラッシーを頼んだ。

インドカレーの店も、料理が出てくるのは早い。ナンはその都度焼いているはずだが、たぶんあっという間に膨らんで焼き上がるのだろう。出てきたナンを見て、滝上は一瞬言葉を失った。長さ四十センチ……いや、五十センチはありそうで、巨大な平皿からはみ出し、両端がテーブルにつきそうになっている。裂こうとしたが、予想していたよりも熱く、なかなか上手く摑めない。一方奈加子は、平然とナンの端をちぎり取った。ほうれん草のカレーにつけて食べると、顔をしかめる。

「結構辛いわね」

滝上もようやくナンをちぎって、バターチキンカレーにつけた。こちらはほとんど辛味がなく、むしろトマトの酸味が強く感じられる。これならまた汗をかくこともあるまい。

奈加子は、鼻の頭に汗を浮かべ始めた。化粧が崩れますよ……と言おうとして言葉を呑みこむ。何か会話のきっかけになりそうなことを口にするのは自爆行為だ。

食べ終えると、奈加子は紙ナプキンで軽く鼻の頭を叩いた。大急ぎでラッシーを飲み、氷の音を「カラン」と響かせてグラスをテーブルに置いて、食事の終了を無言で告げる。

「滝上君、こういうカレーはよく食べるの?」

「いや、自炊なんで」再度の嘘。自分の本当の姿を糊塗《こと》することには慣れている。滝上は尻ポケットから財布を抜いて、料金ちょうどをテーブルに置いた。

「まめなのはいいことね。料理をしそうなタイプには見えないけど」

「野菜炒めぐらい、誰でも作れますよ」

奈加子が自分の分の金を出し、店員を呼んだ。テーブルで精算を済ませると、すぐに席を立つ。奈加子はあれこれうるさい人間だが、仕事に関して文句を言わないのは美点と言っていいだろう。今もエネルギーチャージ完了で、やる気満々という感じだった。

マンションに戻ると、ワイシャツにネクタイ姿の若い男が、不安気にホールの前に佇《たたず》んでいた。

「田口《たぐち》さんですか」滝上は先に声をかけた。

「あ、はい」不安な表情からイメージされる通りに、声も頼りない。

「警視庁の滝上です」

「安田です」奈加子がすぐに続いた。

「目黒不動産の田口です」

田口が名刺を差し出したので、仕方なく交換する。一刻も早く部屋の中に入りたいのだが……もっとも、後で連絡することがあるかもしれないので、名刺の交換は必須だ。

念のため、滝上は部屋のインタフォンを鳴らした。反応なし。

「鍵を開けてもらえますか」

頼みこむと、田口が喉を上下させて合鍵を取り出した。オートロックを解除し、二人を先に中へ通す。エレベーターの方へ向かいながら、滝上は田口に訊ねた。

「西片若菜さんは、どういう方なんですか？」

「いえ、あの、個人的にはお会いしたことがない人なので、よく知りません」

「職業は？」

「派遣社員と聞いています」

「ここの家賃はいくらですか？」

「ワンルームで八万七千円、１ＬＤＫで十三万五千円です」

「いや、西片さんの部屋の話です」会話が上手く転がらない。自分の聞き方が中途半端だったのかと苛つきながら、滝上は確認し直した。

「ああ……ワンルームで八万七千円です」

安くはない。派遣社員だったら、そんなに収入はないだろうし、身分も不安定なはずだ。どうしても都内に住みたいのなら、もう少し都心部から外れた場所に部屋を探せばいいのに。

「ここ、どういう人が多いんですか」滝上は質問を変えた。

「だいたい、単身者ですね。学生さんか、若いサラリーマンです」

「なるほど」

エレベーターに乗りこむと、不快な沈黙が満ちた。田口の緊張が、こちらにもビリビリと伝わってくる。彼は何か勘違いしている——確かに西片若菜は焼死したと見られている。しかし部屋は何も関係ないはずだ。

エレベーターの扉が開くと、滝上は「別にびびる必要はないですよ」と声をかけた。

「いや、びびってるわけでは……」

「部屋で人が死んでいるとか、そういうことを想像していたんじゃないですか？」

「こういうの、初めてなんです」

「部屋で自殺とか、今まで経験ないんですか？」

「ええ」

自殺だけではない。一人暮らしの高齢者の孤独死、あるいは事件に巻きこまれて殺された遺体――いわゆる「事故物件」になってしまうマンションやアパートは、それほど珍しいものではない。東京で不動産屋に勤めていれば、遅かれ早かれそういうことにもぶつかるはずだ。

「中は我々が確認します。外で待っていて下さい」

それで解放されたと思ったのか、田口はようやくほっとしたようだった。

逆に滝上の緊張感は高まってきた。中に別人の遺体がある――ふと、そんな考えが脳裏を過《よぎ》ったのだ。若菜の行動は、常軌を逸したものである。「ロッソ」に対する恨みが犯行の根底にあるのではないかと滝上は疑っているが、もしかしたら何らかの理由で精神が暴走し、事件に走ったのかもしれない。その背後にあるのは、例えば恋愛関係のもつれとか……自室で恋人を殺してしまい、自棄《やけ》になって誰でもいいから道連れにして自殺しようとした――そういうシナリオにも無理はない。

ドアを開ける前、滝上は鼻をひくつかせた。中に遺体があれば、七月のこの暑さだ、死臭――腐敗臭が廊下まで流れ出していてもおかしくはないが、取り敢えず臭いはしなかった。

田口が鍵を開けると同時に、滝上はラテックスの手袋をはめた。ドアを盾にして、中を覗きこむ。暗闇。やはり異臭はなし。人の気配も感じられなかった。

奈加子がさっさと玄関に入り、照明のスウィッチを入れる。彼女は、この部屋の中で何かが起きているとは想像していないのだろうか。あまりにも用心のない動きは、滝上を戸惑わせた。まるで新人刑事のようではないか。

「安田さん、慎重に」

奈加子が振り向き、怖い表情を浮かべる。そんなことは分かっている、とでも言いたげだった。

奈加子がバッグからオーバーシューズを取り出し、靴の上に装着してから中に入った。滝上も彼女に倣《なら》い、後から続く。

「何もないわよ」

先に部屋に入った奈加子が、あっさり言った。少しだけほっとして、滝上も部屋の中に歩を進めた。

確かに何もない――いや、生活の形跡はある。八畳ほどのワンルームにはベッド、小さなテーブルと一人がけのソファが置いてあった。ベッドはきちんとメイクされており、テーブルには何も載っていない。どうやら若菜――この部屋の主は、几帳面で綺麗好きな性格のようだ。

玄関から部屋へ続く短い廊下の片側がキッチンだった。料理はまめにしていたようで、水切りかごにはきちんと洗った食器がいくつも置いてある。冷蔵庫を開けると、中には野菜や飲み物が入っていた。死を覚悟して、中を綺麗に片づけた感じはない。一方奈加子は、キッチンの反対側のドアを開けた。中はトイレと風呂、そして洗面台。

「歯ブラシがあるわね」奈加子がほっとしたように言った。唾液は、ＤＮＡ鑑定のためのいい材料になる。

水回りの調査は奈加子に任せて、滝上はベッドを調べた。抜け毛が何本か……髪の毛はあまり有効な鑑定材料ではないのだが、補足にはなる。

二人は、取り敢えずＤＮＡ鑑定に使えそうな材料を集めて、ビニールの証拠品袋に入れた。この後は、鑑識が本格的な調査に入ることになる。それまで部屋は封鎖だ。

この部屋を封鎖するのは難しくない。鍵を閉めてしまえばそれでＯＫだ。「立ち入り禁止」のシールを貼る必要もない。ここへわざわざ――鍵をこじ開けてまで入ろうとする人間はいないだろう。とはいえ、その可能性がゼロとは言えない。それこそ恋愛絡みの事件で、恋人が渡されていた合鍵を使い、密かに部屋に侵入して何か持ち出すかもしれない。念のため、滝上はいつも持ち歩いている「立ち入り禁止」のテープをバッグから取り出し、ドアに貼りつけた。これで、誰かがドアを開ければ必ず分かる。このテープは特殊で、一度貼るとかなり高い粘着性を発揮するのだが、剝がすと「二度貼り」ができない。

「鑑識、どうする？」マンションを離れるなり、奈加子が訊ねてきた。

「きちんと調べてもらった方がいいと思いますけど、上の判断を仰ぎましょう」そう言って、スマートフォンを取り出した瞬間に鳴った。市来。

「両親と連絡が取れた。今こっちに向かってる」

「実家はどこですか？」既に午後十時近い。

「厚木だ」

「じゃあ、すぐですね。こっちは、歯ブラシと髪の毛を押収しました」

「よし、それでＤＮＡ型の鑑定はできそうだな。ただ、部屋は鑑識にもきちんと調べさせたい」

「封鎖しておきました」

「だったら問題ないな。鑑識には、明日の朝から入ってもらうように手配する。で、お前が見た限りではどんな感じだった？」

「整理整頓好きな一人暮らし、という感じですね。ざっと見ただけですが、特に怪しい様子はないです」

「分かった。築地中央署へ戻ってくれ。ご両親に話を聴くから、立ち会うんだ」

了解しましたとは言ったが、何となく釈然としない。どうして俺ばかりがこき使われるのか……他にもスタッフはいるのに。

まあ、いい。仕事がなくてブラブラしているよりはましだろう。今夜は遅くなる——もう徹夜の覚悟もできていた。しかし先程のカレーでエネルギー補給も十分。何より、事件の特殊性が、滝上の闘志をかきたてていた。

事件が難しければ難しいほど、やる気は高まる。強行犯係の連中は、殺人事件を担当する自分たちこそが捜査一課の花形だと思っているが、殺人事件の捜査など、それほど難しくない。俗に「殺し三年火事八年」という。刑事として一人前になるには、火災担当の方がよほど大変なのだ。ましてや今回の一件は、火事に加えて殺人事件である。もしかしたら強行犯係が担当すべきかもしれないが、とにかく今は、自分たち火災犯捜査係が主役だ。

滝上たちは、若菜の部屋から持ってきた毛髪、歯ブラシを科捜研に回す手続きを進めた。さらに鑑識と連絡を取り、明日の朝一番で若菜の部屋を精査するよう正式に頼む。これで今夜の仕事は一段落——しかし、市来の指示もあり、若菜の両親にも話を聴かねばならない。いい加減疲れてきたが、こういう作業はできるだけ早く進めておいた方がいい。

珍しく池内がやる気を出して、事情聴取に立ち会う、と申し出た。こいつはまだ若い——係で最年少の二十九歳だから、子どもを亡くした親の苦しみや悲しみは理解できないかもしれないが、まあ、いいだろう……どうせいつかはこういう事態にも直面しなければならないのだから、早い方がいい。

十一時過ぎ、若菜の両親が署にやって来た。父母ともまだ五十代——それは分かっていたが、見た目は疲れ切り、ひどく老けて見えた。身元の確認は明日以降……遺体がひどい状態だということをしっかり覚悟してもらってからになる。しかしできれば、遺体との対面は避けたかった。親が見ても確認できる保証はないし、ショックを受けて欲しくない。衝撃で倒れた家族の面倒まで見なければならないとなると、また仕事が増えてしまう。滝上としては、本筋以外の仕事は願い下げだった。

「身元の確認は、DNA型の鑑定で行います。直接ご確認してもらう必要はありません」滝上は面倒ごとを避けようと、両親に説明した。

「いえ、娘に……会わせて下さい」父親が粘った。

「実際に対面するのは、もう少し先になります」何とか両親を遺体から遠ざけようと、滝上は堅苦しく続けた。「あまり言いたくないですけど、これから解剖もあります。それが終わってからでないと、面会は無理です」

解剖という言葉に敏感に反応したのか、母親がわっと泣き出した。これはしょうがない……滝上は泣き声を何とか聞き流そうとしたが、あまりにも長く続くので、仕方なく「申し訳ありませんが、そういう決まりがありますので」と言い訳した。これは事実なのだが……。

「もっと……もっと相談に乗っていれば……」

嗚咽《おえつ》を漏らしながら母親が言った。これは何か動機につながる話かもしれないと、滝上は身を乗り出したが、父親が怒った表情で話し始めたので、腰を折られた。

「娘が放火したというのは本当なんですか」

「確定したわけではありません」滝上は慎重に言った。「しかし、かなり信用できる目撃証言がありますし、傍証でも、娘さんが自分で火を点けたことはほぼ証明されています」

「放火した、しかも自殺だと？」父親の目は真っ赤になっていた。その言葉を聞いた母親が、一際《ひときわ》大きな泣き声を上げる。

「まだ確定したわけではありません」滝上は早くもうんざりしていた。信じたくないのは分かるが、焼身自殺を図って、人を一人殺したのは、間違いなくあんたたちの娘さんなんだよ。

最近、人を巻きこんで自殺するケースが目立つ。そういう時にＳＮＳなどでよく上がる声が、「死にたいなら一人で死ね」だ。罵《のの》りたくなる気持ちは滝上にも理解できないではないが、実際にはそうやって一括りにできるほど事態は単純ではない。特に今回は、自殺の形ではあるが、野村真沙美を狙った犯行ではないかと滝上は読んでいる。「殺したい相手を巻きこんで自分も自殺した」感じで、最初から自殺目的で誰かを偶然巻きこんでしまったのとは、似ているようでまったく違う。

「娘さんは、何か問題を抱えていたんですか？」

滝上は先ほど感じた疑問を両親にぶつけた。父親は困惑した表情を浮かべるばかりで、何も答えない。母親が泣きながら顔を上げ、「お金が……」とぽつりと言った。

「お金がどうしたんですか？」滝上はすかさず突っこんだ。

「お金を借りていて……」

「初耳だぞ」父親の顔面が急に青褪《あおざ》める。「いくらだ」

「分かりません」母親が首を横に振る。「一度、十万円都合したことがあります。でも、実際にいくら借りていたかは……」

「そんな大事なこと、何で黙ってたんだ！」父親がまた怒りを爆発させる。

本格的に夫婦喧嘩が始まってしまいそうだったので、滝上は少しだけ声を大きくして事情聴取を続けたが、結局それ以上の情報は得られなかった。

しかし……二十七歳の女性に借金があり、家族にも泣きついていたとすると、何か深い闇を抱えていたのは間違いない。直接犯行に結びつくかどうかは分からなかったが、捜査のとっかかりにはなるだろう。

両親には、明日もう一度事情聴取することにした。父親は、これから車を運転して厚木に帰ると言ったが、滝上たちは拝むようにして押し留めた。これで事故でも起こされたら、たまったものではない。取り敢えず近くのホテルを紹介し、予約も取った。

二人を送り出した時には、既に時刻は翌日に食いこんでいた。さて、今夜はどうしたものか……特捜本部は設置されたので、署の道場に泊まってしまう手もあるが、あれは疲れるものだ。帰ろうと思えば帰れる。有楽町線の新富町駅までは歩いて三分ほどだから、急いで出れば、終電に間に合うかもしれない——しかし、急ぐのが面倒臭くなってしまった。

しょうがない。取り敢えず今夜は署に泊まることにしよう。自宅の風呂に入れないのが辛かったが、一晩ぐらいは我慢しなければ。署の風呂場を借りるのも気が進まないので、トイレの洗面台で頭だけ洗ってよしとしよう。とはいえ、タオルもない……電通ビルの裏あたりにコンビニエンスストアがあったはずだと思い出し、滝上はぶらぶらと歩き出した。まだ梅雨明けは宣言されておらず、空気には湿気が籠っている。明日は雨の予報だったなと思い出し、早くもうんざりしてきた。

泊まりに必要なものを買いこみ、店の前でミネラルウォーターのペットボトルを開ける。一口飲んで「ああ」と声を漏らし、数時間ぶりに煙草をくわえた。この辺も路上喫煙禁止なのだが、構うものか。だいたいこの時間だと、歩いている人もいない。

一服してほっとしていると、スマートフォンが鳴った。市来が呼び戻そうとしているのかと思ったが、鳴ったのは私用のスマートフォンの方である。こんな時間に誰だ……と訝《いぶか》りながら画面を確認すると、見慣れぬ電話番号が浮かんでいた。知らない相手と話す気にもなれず、無視してしまおうかと思ったが、つい反応してしまうのは刑事の習性である。

「はい」こちらから名乗るつもりはなかった。

「亮司君かい」

「ああ……高井《たかい》さん」

ほっとして、滝上はスマートフォンを握り直した。昔馴染み——三十年も前から知っている人物だ。その頃滝上は、まだ幼稚園児だったのだが。

「今、話せるかい？」

「話してるじゃないですか」気楽に応じながら、滝上は尋常な事態ではないと悟った。日付が変わってから電話してくることなど一度もなかった——親父が死んだか、と想像した。

それならそれでいい。人生の区切りになる。何だったら、祝杯を挙げてもいい。

「夕方、そっちで火事があっただろう」

「そっちでもニュースになってるんですか？」高井は静岡に住んでいる——はずだ。よほど事情が大きく変わったのでない限りは。

「ああ。銀座の真ん中で二人亡くなったのは、大事《おおごと》なんだろう」

「それはそうですね」

「君は、この件を担当しているのかい？」

「担当しているかどうかは言えませんが」一体何事だ？　警戒して、滝上はスマートフォンをきつく握った。

「被害者の一人が、野村真沙美さんだと聞いたが」

「確定はしていません——していないそうですよ」滝上は慎重に言い直した。

「そうか……頭に入れておいて欲しいことがある」

「何ですか？」

「銀座で『ロッソ』という高級クラブを経営している野村真沙美さんだよな？」

「まだ確定していませんよ」滝上は繰り返した。混乱するばかり——高井の意図がさっぱり読めない。

「落ち着いて聞いてくれ。重大な話なんだ」

落ち着いて聞いていられない話だった。滝上は、掌が汗をかき始めるのを感じていた。スマートフォンを何度も握り直す。

第二章　謎の女

クソ、どういうことなんだ。

滝上は、何度も寝返りをうち、時間とともに薄れる眠気を何とか取り返そうとした。

高井からの情報が、ずっと頭の中で回っている。本当だとすればかなり昔の話で、何か関係があるとは思えないが、それでも意外なところでつながっているのが人間関係というものだ。

——もしかしたら、これが父親の破滅の第一歩になるかもしれない。そうでなくても、昔から黒い噂の絶えない人間なのだ。今回の件に何か関係があったら、致命的な一撃を受ける可能性もある。

それはそれでありがたいことだ、と皮肉に考える。自分は父親と縁を切って——父親にすれば自分の方から「切った」感覚だろうが——故郷から逃げ出した人間だ。今となっては何の関係もないが、もしも父親が破滅したら、遠くから眺めてニヤニヤしてやろう。実際、それを想像すると楽しいのだが、次の瞬間には自分に対する「余波」を考えてしまう。警察の調査能力については、滝上もよく知っている。些細な手がかりから過去の事実を引っ張り出し、事件として立件できなくとも人の弱点を握る——そういうことが得意なのだ。

いったい何十回、寝返りを打っただろう。このまま起き出して徹夜しようかと思った瞬間、ふと意識が途切れる。次に気づいたのは、隣で誰かがもぞもぞと動き、大きな溜息をついた時だった。ゆっくり目を開け、左腕を突き出して腕時計を確認する。六時四十分……いつもの起床時間だ。自宅以外の場所で寝ても、生活習慣は簡単には変わらない。

布団から抜け出し、寝床に使っていた道場を出る。この署にも食堂があり、簡単な朝食は食べられるのだが、そういう場所で食事する気にはなれなかった。結局少し歩いて、昨夜も買い物をしたコンビニエンスストアで朝食を仕入れることにする。

今日は雨の予報だった。今年は、梅雨入り直後は毎日のように激しい雨が降ったが、七月に入ると真夏の青空が広がる日々が続いており、空梅雨だろうと言われている。しかし今日は雲が低く、湿度も高い。間もなく、久しぶりの雨が降り出しそうだった。

サンドウィッチ一つとコーヒーを買った。店の外のゴミ箱の上にコーヒーのカップを置き、サンドウィッチにかぶりつく。三つ入っているのをあっという間に食べてしまい、コーヒーに取りかかる。コンビニのコーヒーも美味くなったものだ。この値段でこの美味さを出すには、どれほどの工夫が必要なのだろうと改めて感心する。

低いところを飛んで行くカラスの鳴き声が、すぐ耳元で聞こえた。最近、都内ではあまりカラスを見なくなったが、どこへ消えてしまったのだろう？　まったく……今朝は集中できていないのか、余計なことばかり考えてしまう。滝上は頭を振ってすっきりさせ、熱いコーヒーで眠気を追い払って煙草に火を点けた。それからスマートフォンを取り出し、ニュースをチェックする。

昨日の火事は、それなりに大きいニュースになっていた。ポータルサイトのニュースは、見出しを見ただけではどの程度の長さの記事か分からないのだが、どこのサイトでもトップ画面に残しているのは、重大事件だと判断しているからだろう。

当然、滝上が知っている以上の事実が載っているわけではない。ざっと読んで、各紙──ネットに流れているニュースは、結局新聞やテレビのニュースの流用なのだ──の記事に大きな差がないことを確かめ、スマートフォンをズボンの尻ポケットに落としこむ。短くなった煙草を携帯灰皿で揉み消し、コーヒーを飲み干して戦闘準備完了になった。

食事してから顔を洗うのは普段と逆だが、この際順番が入れ替わるのは仕方がない。署に戻った滝上は、トイレに入ってシャツを脱ぎ、昨夜に続いて洗面台に頭を差し入れて冷たい水で頭を濡らした。取り敢えずこれで、ひどい寝癖は直るだろう。タオルで慎重に髪の水滴を拭ってから、今度は上半身を拭いていく。こんなことでは汗臭さは消えないだろうが、今日だけの我慢だ。

やはり泊まりこんでいた市来が、八時半から捜査会議を開く、と宣言する。今朝は捜査一課長も臨席予定だ。

「特捜の陣容はどうなりますか？」滝上は訊ねた。

「うちと、所轄の刑事課で……トータル二十人ほどだ」

そんなものだろうな、と滝上はうなずいた。いずれにせよ犯人は既に死んでいるのだから、普通の特捜で一番重要なポイントになる「犯人逮捕」は関係ない。捜査はひたすら、若菜がどうしてあんなことをしたか——動機の解明に集中することになる。普通の特捜本部事件に比べれば、かなり楽な捜査になるだろう。鼻唄混じりで、気楽なペースでやれる。

何しろ犯人は、どこへも逃げられない。

滝上の頭には、自分だけが知っている情報——父親の問題が引っかかっていたが、これは今すぐどうこうできることではない。

午前八時半、会議室で捜査会議が始まった。二十人態勢というのは、特捜本部としてはそれほど大規模ではない。もっと複雑、重大な事件だと、所轄の他の課員、近隣の所轄、機動捜査隊などの応援も得て、百人規模に膨れ上がることがある。今回はこぢんまりとした陣容のせいか、刑事たちの気合いもイマイチ入らない。実際、どこかだれた空気になっているのを、滝上は素早く感じ取った。

所轄の若手刑事、柏田《かしわだ》による事務連絡が続いた。亡くなった二人の解剖は、今日の午前中に行われる。正式な身元の確認は解剖が終わるまでには終えたい。しかしこれは科捜研に任せてあるわけだから、特捜としてはいくら頑張っても何にもならない。

市来が話をまとめにかかった。

「今後、捜査の主眼は動機面の解明になる。もちろん、容疑者の西片若菜に精神的な問題があり、誰彼構わず巻き添えにして自殺した可能性も否定できないが……西片若菜の周辺捜査に加えて、被害者の野村真沙美についても調査を進める。二人の間に何かトラブルがあって、それが動機になっている可能性もあるからな」

野村真沙美の調査を任せられたら困る、と滝上は内心冷や冷やした。彼女と父親の関係を、誰かが探り出すかもしれない。いや、表沙汰になる可能性はかなり高いのではないか……しかしその役目を自分が背負いたくなかった。自分の過去がバレると――知っている人間は知っているのだが――面倒なことになるかもしれない。捜査を誤魔化すわけにもいかないし。

取り敢えず、野村真沙美の捜査に触らないためには、別の仕事に取り組むしかない。市来が一瞬言葉を切ったタイミングを狙い、滝上は手を挙げた。

「何だ」市来が面倒臭そうに、滝上に向かって顎をしゃくる。

「西片若菜の両親の事情聴取、俺に任せてくれませんか？　昨夜からの続きで……事情聴取担当の人間は、頻繁に替わらない方がいいでしょう」

「分かってるよ。今、お前にそれを指示しようとしていたんだ」

滝上はひょいと頭を下げたが、次の瞬間、市来が「相棒は安田で頼む」と言ったので、さっとうつむいて表情を隠した。気の合わない相手と組んで仕事をするのは地獄だ……まあ、彼女にはあまり喋らせないで、自分が主導権を握ってやればいいだろう。奈加子にはメモ取りに専念してもらう——それで上手くいくはずだ。

全体の捜査会議が終わると、その後は一緒に動く刑事同士で個別の打ち合わせになる。滝上はさっさと両親を呼び出して事情聴取に入りたかったが、昨夜若菜の両親と会っていなかった奈加子は、その前に詳しく事情を知りたがった。

「いや、まだそんなに話を聴いていないんですよ。何しろ、昨夜会ったのが遅かったですから」

「どういう借金か、詳細は分からないの？」

「親は少し尻拭いをしただけで、それ以上は聞いていないそうですけど……」そこまで言って、滝上ははっと気づいた。父親と母親では、娘との距離がかなり違うようだ。別々に事情を聴いた方が、スムーズにいくのではないだろうか。実際、昨夜は父親がしばしば激昂《げっこう》したために話が頓挫してしまった。昨夜二人で話し合って、両親で情報を共有したかもしれないが、とにかく二人を切り離してやってみよう。

「安田さん、ご主人の方から話を聴いてくれませんかね。俺は奥さんから聴きます」

「引き離し作戦？」奈加子もピンときたようだった。「いいわね。どちらかが嘘をついている可能性もあるし」

「いや、両親は嘘はついてないでしょうが……」おそらく、父親が詳しく事情を知らなかっただけだ。

「分からないわよ。人を殺すような人間の親だから」

こんなところで血のつながりを持ち出されても困る。だいたい、普段から奈加子は偏見に満ちた発言が目立つのだ。犯罪者を人間のクズと決めつけたり、その家族を平気で貶《おとし》めたりする。被害者にも責任があると言って中傷することさえあった。滝上も同じように考えることはあるが、口には出さない。それでなくても警視庁の中では浮いているのだから、余計なことを言ってさらに反感を買う必要はないと自覚している。

しばし相談して、二人を警察へ呼び、それぞれ別の取調室で事情聴取することを正式に決めた。夫婦を引き離して話を聴くとなると、何が起きたのかと心配されそうなものだが……それを口にすると、奈加子が「任せておいて」と妙に自信たっぷりに言った。大した能力もないのにこういうことを言うと、後で痛い目に遭うのだが、彼女がどんなひどい目に遭おうが俺には関係ない、と滝上は開き直った。

滝上は、電話で父親と話した。昨夜の激昂ぶりは消え、極めて平静な口調……疲れてはいるようだったが、今日は多少冷静に話ができるかもしれない。

「警察署においでいただいて大丈夫ですか？　こちらからお迎えに行ってもいいんですが」

「いや、大丈夫です。しかし、ちゃんとお話しできるかどうか……」

「お疲れですか？」

「というより、娘のことをあまりよく知らなかったんだなと……昨夜、妻と話して愕然《がくぜん》としました」

「父親と娘の関係なんて、だいたいそんなものじゃないですか？」最近はいつまで経っても仲がいい、友だち同士のような親子も少なくないが、いつしかまったく他人のようになってしまう場合も珍しくない。特に子どもが家を出て一人暮らしを始めると、どうしても親子の距離は開いていく。

それが自然、当然だと滝上は思う。親などさっさと切り捨て、子は子で自分の人生を切り開いていくべきだ。親も、子は離れていくと覚悟しておいた方がいい。

「しかし、親としても責任を感じます」

「あまり深刻にならないで下さい。取り敢えず、署の方で改めて話を伺います。こちらへ来ていただけますね？」滝上は念押しした。

「一時間ぐらいで行きます」

二人には、新橋のホテルを紹介していた。近くなのだが、これから準備をしたら、確かに一時間ぐらいはかかるだろう。

「分かりました。お待ちしています。署の場所は分かりますか？」二人が昨夜署を出た時には、既に日付が変わっていた。人通りもなく静まり返ったオフィス街は、昼間とはまったく表情が違うはずだ。

「ナビがありますから」

「お手数おかけします」

一応丁寧に礼を言ったものの、滝上の胸の中にはジャリジャリした想いが残った。犯罪者の親……やはり、いつの間にか奈加子と同じようなことを考えている。

刑事の発想は、どこでも、誰でも同じなのだろう。ベースは極端な性悪説——この世には加害者と被害者、それに刑事しかいない。


若菜の両親は、滝上が「別々に話を伺いたい」と言うと、はっきりと難色を示した。しかし滝上は薄い笑みを浮かべたまま、「じっくり話を伺うには、一対一の方がいいですから」と言い続けて押し切った。二人がそれを信じているかどうかは分からなかったが。

滝上は母親と対峙《たいじ》した。あまり眠れなかったのだろう、明らかに疲れ切った様子で顔色は悪い。

「楽にして下さい」

滝上はペットボトルのお茶を勧めたが、母親は手を出そうともしなかった。両腕を股の間に垂らして背中を丸め、このまま小さくなって消滅したいとでも願っているようだった。

「今日は、順番に話を聴いていきます。若菜さんは、厚木生まれなんですね？」

「はい」

「学校は――高校まで厚木ですか？」

「そうです」

滝上は、小学校から高校まで、若菜が通った学校の名前を全て聞き出し、念のために書き取った。いずれも公立。神奈川県の学校のレベルはよく分からないが、母親は「普通」と説明した。

「高校卒業後は、どうしたんですか？」

「新宿にある専門学校に入りました」

「どういう専門学校ですか？」

「ファッション関係です」

「じゃあ、そういうことに興味を持って……将来は洋服のデザイナーにでもなりたかったんですかね」

「最初はそう言ってましたけど、そういうのはハードルが高いんです」

「そんなに簡単になれるものじゃないんですね？」滝上には縁遠い世界である。背広が制服のようなもので、プライベートではジーンズにTシャツかトレーナーしか身につけないのだ。

「そうですね」

「今は、派遣社員ということでしたけど……」

「専門学校を卒業して、ショップの店員として働き始めたんですけど、あれはあれできつらしくて」

「ああ、立ちっぱなしですからね」

「もともと、そんなに人づき合いが得意な方でもないんです。お店に立つと、どうしても接客があるでしょう？　それが苦手だったようなんです」

「どこのお店ですか？」

全国各地に展開しているセレクトショップの新宿店だった。新宿に何かこだわりがあったのか？　その質問に、母親は静かに首を横に振って否定した。

「たまたまその店に回されただけです」

「当時はどこに住んでいたんですか？」

「最初は家から通ったんですけど、通勤が大変だったみたいです。人が多いのが嫌だと言って、結局近くにアパートを借りることになりました」

「それが、今の目黒の家ですか？」

「いえ、荻窪の方で」

新宿へ出やすい場所か……しかし中央線を使っていたとしたら、「人が多いのが嫌」な若菜は、もっと苦しんだだろう。自宅からの通勤で使う小田急よりも、中央線のラッシュの方がきついのではないだろうか。

「ショップには、どれぐらい勤めたんですか？」

「一年……一年は持ちませんでしたね」

「派遣会社に登録したのは、その後ですか」

「はい。いろいろやったんですけど、なかなか続かなかったようです」

「体調や精神状態はどうだったんですか」滝上は一歩突っこんで訊ねた。

「あまりよくはなかったですけど……どうでしょうね」母親が首を捻《ひね》る。

「あまり会ってなかったんですか？」

「年に二、三回ぐらい、帰って来るだけでした。もっと頻繁に帰って来るように言ったんですけど……」

「近いと、かえって里帰りしないものじゃないですかね」母親を少し安心させようと滝上は言った。

「アパートを引き払って家に戻って来るように、何度も言ったんです。実家にいればお金もかからないし、厚木で仕事を探したっていいんだし……厚木にも仕事がないわけじゃないんですよ」

「大きい街ですからね」滝上は適当に話を合わせた。実際は、神奈川県内の市町村についてはほとんど知らない。「でも娘さんは、東京にいることに拘《こだわ》ったんですね？」

「はい。おかしいですよね。人が多いのが苦手なのに、東京にいたいっていうのも」

「東京には何かあると考えがちなんですよ。特に若い時は、田舎よりも東京の方がいいと信じてしまう」

自分もそうだった。そしてアメリカで悪の道を知り、東京で闇に摑まれた。若菜も同じではないかと、昨夜から密かに想像している。若い人が金に困るとなると、今のご時世ではまず心配しなければならないことがあるのだ。

「昨夜、借金の話をされてましたね」

「はい」母親がぴくりと体を震わせた。

「もう少し詳しく教えて下さい。相談があったのはいつだったんですか？」

「去年です」

「去年のいつ頃ですか？」

「年末……」母親がスマートフォンを取り出して、画面をスクロールし始めた。しかしいつまで経っても、目当ての情報を見つけられない。

「ＬＩＮＥですか？」

「ええ」

「去年のものだと、見つけるのは大変ですよ。後で確認してもらえばいいです」このまま ずっと待つのは時間の無駄だ。

「十二月二十一日でした」母親が顔を上げる。

「間違いないですか？」

「カレンダーに書いてありました」

「ＬＩＮＥのメッセージがきたことをカレンダーに書きこんだんですか？」

「いえ、お金を振りこんだ記録なんです」

「十万円、でしたね」

母親が無言でうなずいた。この話は嫌な記憶なのか、母親の口は重くなり、事情聴取が遅々として進まなくなった。しかし……情報をつなぎ合わせると、若菜からは最初にＬＩＮＥで連絡があった。「少しお金貸して」という、軽い調子だったのを母親は覚えていた。しかし電話をかけて確認すると、実際には若菜は落ちこんだ口調で「すぐに十万払わないと大変なことになる」と打ち明けた。

母親は仰天して——額ではなく、娘が借金していた事実に、だ——いったい何事かと問い詰めた。もしも消費者金融から金を借りているとしたら大事《おおごと》だ。しかし若菜は、そんなに贅沢をしているわけではなかった。派遣の仕事がない時期もあるから、できるだけ慎ましやかに生活を引き締めているはず……実際、たまに会う若菜はいつも地味な格好で、服やアクセサリーに金をかけている様子ではなかった。目黒にマンションを借りているだけでも大きな負担で、他に金がかけられないという事情もあったのだが。

「それで、十万を貸すことにしたんですか」

「取り敢えず、十万円返さないと大変なことになると言っていたので……友だちに借りた、という話でした」

「それを信じたんですか？　簡単に十万を貸す友だちは、なかなかいませんよ」

「そうは思いましたけど、本人がとにかく慌てていて、こっちも慌ててしまったんです」

「何の借金かは話していましたか?」

「それを説明もしてくれなかったんです」

滝上は思わず腕を組んだ。二十七歳の女性が十万円の借金をする理由は何だろう。額としては大したことはないが……慎ましやかに暮らしていたという母親の言葉が本当だとしたら、この借金は少し奇妙だ。例えば、悪い男に摑まって貢いでいたとか……人生経験の少ない若い女性なら、そういうこともありそうだ。あるいはギャンブル。しかしふいに、嫌な予感が膨らんでいく。もしかしたら、かつて自分がはまった悪路に、彼女もはまっていたのではないだろうか。実際最近、若者が薬物に気軽に手を出すのが問題になっているのだ。

「例えばですが……あくまで仮定の話ですよ」滝上は慎重に切り出した。

「何ですか」母親が警戒したように、すっと身を引いた。

「娘さんが薬物に手を出していた可能性はないですか?」

「何ですか!」母親がいきなり悲鳴を上げた。「そんな馬鹿なこと、あるわけないでしょう! 名誉毀損です!」

「ちゃんと確認したことはありますか?」滝上は冷静に訊ねた。

「そんなことを聞く親はいません!」母親の怒りは、昨夜の父親以上の激しさだった。

「薬物を使うと様子が明らかに変わりますから、親しい人にはすぐに分かります。親から見て、様子がおかしかったことはありませんか？」

「そんなこと、ありません」母親が強く否定した。

「だったら、その十万円はいったい何だったんでしょうね」

「分かりません」

本当に知らないのだ、と滝上は確信した。後でさらに確認する必要はある——薬物の影響下での犯行かもしれない——が、今はこれ以上突っこむ必要はないだろう。そもそもあまり実家へも帰っていなかったのだから、最近の様子を聴くなら、もっと相応しい相手がいるはずだ。

「昨夜亡くなったもう一人の女性は、高級クラブの経営者です。銀座にある『ロッソ』という店の野村真沙美さん。この名前に聞き覚えはありませんか？」

「ないです」母親が即座に否定した。

「今日の朝刊で名前が出ていましたけど……」

「そんな記事、読めるわけがないじゃないですか」

母親が鋭い視線を向けてきた。話ができるようになってはいるが、彼女にはだいぶ恨まれているな、と嫌な気分になる。

「とにかく、昨夜の火災で亡くなったもう一人の女性です。聞き覚えはないですか？」

滝上は繰り返し訊ねた。

「ないです」

「若菜さんは、派遣の仕事以外に仕事をしていませんでしたか？　水商売とか」

「まさか」

「今は、そういう人は珍しくもないですよ。副業も許される時代ですし……バイトのかけ持ちは当たり前です」

「聞いてません。人と触れ合うのが苦手なのに、どうして水商売なんかできるんですか？」

「若菜さんは、将来はどうしたかったんでしょうね？」滝上はつい訊ねた。東京に馴染めないのに、借金をしてまで住み続ける意味は何だったのか。

東京に「くさび」を打っていたのだろうか。どうしても離れられない事情があった……実家ではできない何かが、東京では味わえたとか。

どうしても薬物を想像してしまう。地方でも薬物は入手しやすくなったが、東京でははるかに簡単だ。

想像は広がっていく。人が薬物に手を出す最大のきっかけは「誰かの誘い」なのだが、意思が強ければ断ることはできる。断りきれない気持ちの弱さが、次々とジャンキーを生み出すのだ。しかし……薬物の影響下で起きた犯罪だったら、救いようがない。

解剖結果で、事件は早く解決するのではないかと滝上は想像した。もしも若菜の遺体から何らかのドラッグの成分が検出されれば、「責任能力はなかった」ということにもなりかねない。そしてはっきりした動機を確定するのは不可能、という結論にもなるだろう。もちろん、生前の彼女の様子をもっと調べなければならないが。

　結局、母親とは雰囲気が悪いまま、事情聴取を終えざるを得なかった。夫婦を丁寧に送り出した後、奈加子とすり合わせをする。やはり父親よりも母親の方が娘との関係は濃かったようで、情報もこちらが話す方が多い……何だか損をしたような気になったが、別々に話を聴いていたのだから、こんなものだろう。

　結論。両親とも、若菜が何をしていたか、どうして借金ができたかは分からない。

「この件、進めるべきだと思う？」

「借金ですか？」

「借金も含めて、西片若菜の身辺調査」

「それは当然、必要でしょうね」何を言っているのだ、と滝上は内心眉をひそめた。「犯行に走った動機は何か、調べるのは王道の捜査ですよ」

「精神的に追いこまれていた可能性もあるわね」

「だから？」早くも滝上は苛ついてきていた。彼女が自分をわざと怒らせようとしているのでは、とさえ思えてくる。

「本当に自殺だった可能性もあるでしょう。だとしたら……これは事件と言えるのかしらね」

「人が死んでいるんですよ？　当然事件です。それに、被害者と犯人のつながりもまだ分かっていない。恨みから犯行に走った可能性も否定できないでしょう」

「被害者から金を借りていたとか?」

「それも含めて、今は何も否定できませんよ」

この人は俺より本当に一年先輩なのだろうか、と滝上は訝った。あまりにも甘いというか、素人めいた台詞をしばしば口にする。コンビを組んでしまったのは不運としか言いようがないが、係の面子《メンツ》は限られているから仕方がない。

滝上は市来と話して、他の「若菜班」の人間の動きをチェックした。現在、若菜が登録していた派遣会社を調べて、いつどこで働いていたか、リストを作って事情聴取を始めたところだという。どこかでトラブルを起こして、問題を抱えこんでいたのではないだろうか。

その仕事を手伝う手もあった。若菜は、最初に就職したショップを辞めた後、派遣社員としてあちこちの会社で働いてきたという。かつての職場を全てフォローし、彼女を知る社員に事情聴取していくには、かなりの時間と人手がかかるだろう。

しかし滝上は、そこでふと別件を思いついた。

「スマートフォンの解析は始まってるんですよね?」

「ああ」市来が答える。

「メールやLINE、どうですか?」

「いや、まだそれは……科捜研がやることだからな」市来が渋い表情を浮かべる。別に科捜研がサボっているとか仕事が遅いというわけではなく、単に鑑定しなければならないものが多過ぎるのだ。何しろ最近は、解析技術が進み、そのせいもあって鑑定すべき証拠品は増える一方である。ロックされたパソコンやスマートフォンへのログインまで任されているのだから、人手も時間もいくらあっても足りないだろう。

「分かったところから当たっていきましょうか？　派遣の仕事以外にも、プライベートでつながっていた人間はいくらでもいるでしょう」

「そうだな」市来が受話器を取り上げた。科捜研に電話をして、さっさとこちらの要望を伝える。いろいろと問題もある男だが、「説明がシンプル」というのは大きな美点だ。この男と話していると、時間が無駄にならずに済む。

「取り敢えず、メールの情報を流してもらうことにした。それをチェックしてくれ」

「部屋の方はどうですか？」午前中から、鑑識が本格的な調査に入っている。滝上は、何か——薬物が出てくるのではと想像していた。

「捜索は終わったと連絡が入ってきたが、何も出ていないそうだ」

「そうですか……」

「何か出てくると思ってたのか？」

「いや、そういうわけじゃないですが」

昼飯を済ませてから、滝上は若菜のメールの調査に移った。想像していたよりも少ない。彼女の人間関係はミニマムだったのだろうか……その後、すぐに連絡が取れそうな人間を何人かリストアップしていた。メールアドレスしか分からない人間だと、こちらからメールを投げても無視される恐れがある。電話番号などを記載している相手の方が摑まえやすい。

奈加子と手分けして、まず電話攻勢に出ることにした。滝上が最初に狙ったのは、石《いし》垣《がき》紗耶《さや》という女性。会社の名前とメールアドレス、電話番号が記載してあり、紗耶がプライベートな連絡用にも会社のメールアドレスを使っていたことが分かった。ふと記憶に引っかかったので確認してみると、二年ほど前に若菜が派遣されていた化粧品会社だった。

「はい、首都圏営業部、石垣です」紗耶は会社の電話にすぐに出た。

「お忙しいところすみません」滝上は丁寧に切り出した。「警視庁の滝上です」

「警視庁……」途端に紗耶が警戒した。

「警視庁捜査一課の滝上です」正確に言い直した。「突然で申し訳ないですが、あなたは、西片若菜さんと知り合いですね？」

「はい……もしかしたら火事のことですか？」

「そうです」ニュースはチェックしていたのか……だったら話は早い。「今、西片さんの知り合いの方に話を聴いています。あなたは、西片さんがそちらの会社にいた頃のお知り合いですか？」

「はい」

「最近も連絡は取っていますね」

るのだろうか。

「ええ、まあ……」紗耶が答えを濁した。自分が疑われているかもしれないと怯えてい

「これから会社にお伺いしたいんですが、よろしいですね」彼女が勤める化粧品会社は中央区新川――霊岸島にある。覆面パトカーなら署から五分、歩いても二十分ほどだ。

「会社ですか？」紗耶の声が高くなる。「会社はちょっと……」

「ご迷惑はおかけしないようにしますので。会社に着いたら連絡します」

「あの、ちょっと――」

滝上は返事を待たずに電話を切ってしまった。逃げられるかもしれない――何か用件を作って会社を出てしまえば、取り敢えずは滝上に会わずに済むだろう。しかしこちらは、会社の電話だけでなく、個人用のスマートフォンの番号、それにメールアドレスも把握している。これだけ情報を摑んでいれば、遅かれ早かれ警察には捕まるものだ。

滝上は手帳に「証人に会いに行く。霊岸島」とだけ書いてページを破り、電話中の奈加子に渡した。奈加子がスマートフォンから耳を放し、「こっちはまだ終わってないわよ」と文句を言ったが無視する。彼女を待っていたら遅くなるばかりだ。少しでも情報を摑んだら、すぐに確認に行く――こんなのは刑事の基本中の基本だ。

空いている覆面パトカーがなかったので、滝上は雨の中を早足で歩き出した。傘が必要なほど激しい降りではないが、顔を濡らす雨が鬱陶しい。それでも、途中で傘を買う

時間も惜しかった。

会社は、亀島川にかかる高橋を渡ってすぐ、八重洲通り沿いにあり、実際には署から歩いて二十分もかからなかった。その代償として、滝上のシャツは雨と汗でびっしょりになってしまったが。連日三十度を超える中、二日続きで汗を吸ったこのシャツは、もう使い物にならないかもしれない。

会社は、昭和の時代に建てられたような古めかしいビルに入っていた。化粧品会社……女性が多いのだろうかと想像していたのだが、ロビーに入るとそんなこともなかった。多くの会社のように、行き交っているのはほとんど男性である。

さて、どう攻めるか……と思った瞬間、声をかけられた。

「滝上さんですか？」

「滝上です」どうして分かったのだろう……しかしすぐに、自分だけがここでは場違いな存在なのだと悟った。他の人たちは、夏用のさっぱりした格好をしている。滝上だけが、脱水機で絞られたようにボロボロの感じなのだ。

「石垣紗耶さんですね」

「はい」

「わざわざ待っていてくれたんですか？」

「電話されても困りますし……あの、外でもいいですか？」

「構いませんよ」微妙な雨の中にまた出るのは気が進まないが、本人がここでは話せないというなら仕方がない。

「近くでお茶が飲める店があるんですが、そこでどうでしょう」

「もちろん、いいですよ」

一瞬の間に、雨が強くなっていた。紗耶はすかさず折り畳みの傘を広げたが、滝上は手ぶら……紗耶が、申し訳なさそうに滝上の顔をちらりと見たが、滝上は黙って首を横に振った。この程度の雨、何でもないですから――。

歩いて三分ほどで、カフェに辿り着いた。カフェとはいっても、飲み物ではなく料理がメーンの店のようだ。木を多用した店内の雰囲気は暖かく清潔で、いかにも女性が好みそうな感じがする。中途半端な時間なので、他に客はいなかった。

椅子も木製で、クッションもないせいか、どうにも落ち着かない。当然煙草は吸えない――店内に、馴染みの臭いはまったくなかった。

二人ともコーヒーを頼む。睡眠不足の滝上にとっては、眠気を追い払ういい機会だったが、紗耶には余計な時間というところ……落ち着きなく体を揺らし、滝上と視線を合わせようとしなかった。かなり背が高い――少なくとも百六十五センチはありそうで、髪をショートボブにしているせいか、どことなく男性っぽい雰囲気もあった。年の頃、三十歳ぐらいか。化粧品会社に勤務しているのに、自社の化粧品をたっぷり使っている感じではない。ほぼスッピン――あるいはスッピンに見えるようなメイクをわざわざやっているのかもしれない。

「名刺をいただけますか」滝上は自分の名刺を差し出しながら言った。

「ああ……はい」いかにも嫌そうに、紗耶が名刺を取り出す。

「別に、あなたに何か問題があるわけじゃないんです」滝上は素早く説明した。「こういうのは嫌だと思いますけど、捜査にはどうしても必要なことなんです」

滝上は受け取った名刺を検《あらた》めた。肩書きは「首都圏営業部　大店《だいてん》担当」とある。

「大店って何ですか?」素朴な疑問を感じて滝上は聴いてみた。

「ああ、デパートとかショッピングセンターとか……町場の路面店以外の商業施設に入っている店を、うちでは大店って呼ぶんです」

「そういうところへの営業を担当されているんですね」

「ええ」

「西片若菜さんのことですが……」滝上は手帳を広げてちらりと見た。「そちらへ勤めていたのは二年前——九月から年内一杯だったと聞いていますが、間違いないですか?」

「はい」紗耶がスマートフォンに視線を落として確認した。

「当時、一緒にお仕事をしていたんですか?」

「私はずっと営業なんですけど、彼女は営業補佐——会社で連絡やスケジュール調整をしたり、雑用も引き受けてもらいました」

「そういうのは派遣の仕事なんですか?」

「時と場合によります。あの時は、西片さんが担当でした」

「派遣でもできる仕事なんですね」滝上は念押しした。

「派遣かどうかよりも、気が利くかどうかが重要なんです」少しむっとした口調で紗耶が言った。「派遣だから——みたいな扱いをすると、今は問題になりますよ」

「失礼……私の周りには派遣社員がいないので」

紗耶が滝上の名刺を自分の方へ引き寄せた。その上にスマートフォンを置く。無意識の仕草なのか、自分の名前を見たくないのか……後者だろうと皮肉に思いながら、滝上は確認した。

「四ヶ月しかいなかったんですね。そういうの、よくあるんですか?」

「ケースバイケースです」

「この時は、四ヶ月だけの契約、ということですか」

「そうだったと思います。私が人事をやっていたわけじゃないですから、契約の関係はよく分かりませんけど」

「どんな人でしたか?」

「ちゃんとしてましたよ。律儀というか、事務的な仕事は得意みたいでした」紗耶が即座に言った。

「ちゃんとしてた、ですか」滝上はわざとゆっくり言葉を繰り返した。こういうのは事件の時にはよくある反応——容疑者の人柄について聞くと、しばしば「真面目な人」

「きちんとした人」という答えが返ってくる。実際、「以前からおかしかった」「あの人ならやると思っていた」という答えを聞くことは滅多にない。ごく普通の人が、どこかで壊れて犯行に走る——犯罪の九割はそういうものだ。

「ちゃんとしてました。普通に仕事をして、ミスもない人でした」紗耶が言い切った。

「だったら、会社としても辞めさせるには惜しい人材だったんじゃないですか」

「契約は契約なので……どういう経緯で辞めたかは知りませんけど、年末に『今年一杯で終わります』と挨拶してきたんです」

「残念でしたね」

「ええ……」

「あなたは、西片さんと仲がよかったはずです。いや、今も仲がいいでしょう」

「あの、何でそんなことを？」紗耶が不安そうに言った。

「最近も彼女とメールしてますよね？」しかも時々会っている。メールの内容を見ると、多くはランチの約束だった。当たり障りのない話だが、プライバシーに触れることなので、内容まで見たことを明かすつもりはなかった。

「してますけど……そんなことまで調べたんですか？」

「殺人事件の捜査ですので、ご了承下さい」滝上はさらりと言った。ここで言い合いになると、いつまでも話が前に進まない。

「何か、詮索されているようで嫌なんですけど」紗耶がはっきりと抗議した。

「分かります。しかし、西片さんは亡くなりました。状況はご存じですね」

「……ええ」紗耶が低い声で認めた。

「異例の事態なんです。どうしても状況を確認しなければなりません」

「あの、自殺なんですか？」紗耶がさらに声を落とした。

「それも、今は何とも言えません。とにかく、西片さんの交友関係や、どんな生活をしていたかを知る必要があります。最近も会っていましたね？」

「……時々」紗耶が言った。

「ランチとかですか？」

「そうですね」

「どんな感じですか？　今は、仕事はしていなかったんじゃないかと思いますが……」

「派遣の仕事ですから、合う合わないもありますし、間が空くこともあります。この半年ぐらいはたまたま……いい仕事がなかったんだと思います」

「それで悩んでいたことはないですか？」

「もちろん、悩んでいましたよ」紗耶があっさり認める。「仕事がなくて平気な人はいないでしょう」

「派遣会社に登録して、いろいろな仕事をするのは不本意だったんですかね？　本人は、元々ファッション関係への就職希望だったと聞いています。専門学校も、ファッション関係だったと」

「そうですね」紗耶がうなずく。

「今もそうなんですか？　機会があれば、ファッション関係の仕事をしようとしていた？」

「いえ」紗耶が力なく首を横に振った。「そういう話をしたこともありますけど、もう諦めたって言ってました」

「二十七歳というのは、諦めるには早過ぎる感じがしますが」

「諦めるタイミングは人それぞれです。彼女の場合、最初の会社を辞めた時に——その話、知ってますか？」

「ショップで店員をしていた？」

「ええ。あの時に、ファッション業界で自分の居場所はないと悟ったって言ってました」

「だったら今は、どういう感じで……」何が楽しみで、何を目標に生きていたのだろう。その疑問は口に出せなかったが。

「どうしていいか、自分でも分かっていなかったんだと思います。仕事がある時は仕事して、そうじゃない時は大人しくしている」

「恋人は？」

「いませんでした。いないと、はっきり言ってました。嘘をついていた感じじゃないです」

「あなたは、彼女に金を貸したことはないですか？」滝上は本題に入った。

紗耶は何も言わない。うつむいたまま、テーブルに置いたスマートフォンの位置を直している。指摘が当たったのだ、と滝上は確信した。

「石垣さん？」

紗耶が無言でノロノロと顔を上げた。その顔に浮かんでいるのは怯え――自分に何かまずいことが跳ね返ってくるのではと、本気で心配している。

「実は他にも、彼女に金を貸していた人がいるんです」

「本当ですか？」紗耶が目を見開いた。

「ええ。十万円です」

「ああ……」紗耶がまた顔を伏せる。しかし一瞬後には顔を上げ、「貸しました」と認めた。

「いくらですか？」

「やっぱり十万円です。今年の冬ぐらいでしたけど」

「名目は？」

「それはちょっと……若菜さんもはっきりとは言わなかったんです」

「目的が分からないのに貸したんですか？」滝上は思わずテーブルに身を乗り出した。

滝上の感覚だったら、「何も言わずに黙って金を貸してくれ」と頼んでくるような友人は、その段階で絶交だ。もっとも今は、絶交するにも友人もいないのだが。

「泣かれたんですよ」紗耶が自嘲気味に言った。自分の甘さを認識して、過去の行動に呆れているのかもしれない。

「そこまで必死だったんですか」

「嘘泣きではないですね」

「なるほど……」滝上は顎を撫でた。丸一日髭《ひげ》を剃っていないので、鬱陶しいことこの上ない。見栄えも最悪だろう。常にシェーバーも持ち歩くべきかもしれない。

「しょうがないから、そのままコンビニに行って、十万円下ろして渡しました」

「返してくれましたか？」

「次の月に……でも、正直言って、少し嫌な感じでした」

「友だちに金を貸すと、額の多少に関係なく、嫌な感じになりますよね。それで――その金、あなたは何だったと思います？」

「どうでしょう……生活費かな」言ってはみたものの、紗耶は自信なげだった。「ちょうどその時も、仕事が切れていた時期だったから」

「他に、彼女に金を貸していた人、知りませんか？　そちらの会社の昔の同僚とか？」

「若菜さんが勤めていた頃に、よく話をしていたのは私だけです。仕事で、毎日顔を合わせていたので。辞めた後で会っているのも、私だけだと思います」

「なるほど……最後に会ったのはいつですか？」

「春ぐらい……五月の連休明けだったと思います。ランチを食べて、いろいろ話をして」

「いろいろって、どういう内容ですか」滝上はさらに突っこんだ。

「いろいろはいろいろいろです」紗耶が頑《かたく》なになった。「下らないことばかりですよ。わざわざ話すようなことじゃないです」

「なるほど……」

一瞬質問が途絶えたところで、紗耶がコーヒーを飲んだ。何だかひどく疲れた様子で、滝上は彼女からほぼ情報を絞り出してしまったと確信した。

「他に、西片さんと親しい人はいないですね？」滝上は念押しした。

「いないと思います」

「分かりました」滝上もコーヒーを飲んだ。普段は一日五杯か六杯は飲むのだが、今日は朝飲んだきり……それ故、少し冷めたコーヒーでも染みるほど美味かった。

しかし気分は上向かない……西片若菜という女性が抱えていた闇が、次第に滝上の心を侵していくようだった。


夜の捜査会議では、まだ動機面についての方向性は定まらなかった。現在、線は二本ある。若菜が「ロッソ」あるいは野村真沙美を狙って放火殺人を起こしたというのが一本。もう一本は、若菜が何らかの理由で――かなり多額の借金があったのではと滝上は想像していた――自暴自棄になり、たまたま「ロッソ」を焼身自殺の現場に選んだというものだ。

しかし……焼身自殺というのは、実はそれほど多くない。そして現場は、圧倒的に住み慣れた自分の家が多いのだ。まったく関係ない飲食店に入りこんで自らガソリンを浴び、火を点けるという事件は、滝上の記憶になかった。

今回は、総勢二十人ほどと比較的少人数の特捜なので、意見は活発に行き交う。これが五十人、百人態勢の特捜だと、一人が発言する時間は限られてしまうし、そもそも上の指示を受けるだけで終わってしまうことも多い。

「被害者の野村さんの方も、よく分からないところが多いんですよ」

同期の冨山の報告に、滝上はどきりとした。「分からない」ということは、あの件はまだバレていないはずだが、いずれは辿り着くのではないだろうか。

「前科はないんだな？」市来が確認した。

「ありません。それは間違いないんですが、今の店を出す前に何をしていたかが分からないんですよ」

「出身は静岡か……」市来が手帳に視線を落とした。「東京へ出て来たのは？」

「高校を卒業してからですが、それから店を開くまでのキャリアがはっきりしません。現在三十七歳で『ロッソ』のオープンが七年前――高校卒業後から十数年の足取りは、まだ摑めていません」

「遅い」市来がぴしりと言った。「そこをもっと早く詰めろ。現在につながるトラブルがあるとしたら、その辺に遠因があるかもしれないぞ」

「トラブルがあるとしたら、今の商売に原因があると思いますけどねえ」冨山がぶつぶつと文句を言った。

「その辺も調べるんだ。家族は？」

「連絡が取れて、こちらへ来ました。軽く話はしたんですが、まだ動揺していて、詳しい話は聴けませんでした」

「そうか。そこはじっくり時間をかけろ。結局、両親が娘さんのことは一番よく分かっているだろう」

「了解です」冨山が低い声で言った。

「しかし今のところ、西片若菜との接点はないんだな？」市来が滝上に話を振った。

「まだ分かりません——あるかもしれません」

「お前の読みではどうなんだ？」

「西片若菜は、半分転落しかけていたと思います。将来の目標もなく、仕事がない時期もありました。あちこちから金を借りていたのは間違いないようですね」

「そういう人間が、銀座の高級クラブに関係あるかどうか……そこで働いていたことがあるとか？」

「現段階では、そういう話はまったく出ていません」しかし、あり得ない話ではない。何かトラブルになって店を辞め、今でもそれを恨んでいるとか。

「あり得ないですね」冨山が断定した。「店員の名簿は潰しました。過去に、西片若菜があそこで働いていたことはありません。野村真沙美さんはきちんとした人でしたから、記載に漏れはないと思います」

「偽名で働いていた可能性は？」市来が問いかける。

「それもないですね。従業員に話を聴いたんですが、野村さんは雇う人の身元を相当厳しく調べていたそうです。興信所を使うこともあったと言いますから」

「そいつは……やり過ぎの感があるな」市来が呆れたように言った。

「それぐらいちゃんとしないと——店の女の子もしっかりしていないと、ああいう店の信用は保証されないんでしょう」

「俺たちには縁がない世界だな」

市来が言うと、軽い笑い——滝上には失笑に聞こえた——が響く。

捜査会議はすぐに終わりになった。翌日も、今日と同じ捜査を継続。とにかく野村真沙美、そして西片若菜の周辺捜査を完全に終えるのが先決だ。

滝上はさっさと署を後にした。ダラダラ残って、聞き込みの際の逸話を肴《さかな》におしゃべりする連中もいるのだが、そういう輪に入る気は一切ない。つき合いにくい相手という評判が立っていることは自分でも分かっているが、そういうお喋りなど、滝上には何のメリットもないのだ。

家に帰り、ゆっくりとシャワーを浴びて缶ビールを手にした。久しぶりのアルコールで少しだけ気が緩む……窓を開けて空気を入れ替えたが、まだ雨が降っているせいで、不快に湿った風が入りこんでくるだけだった。これではかえって、部屋に湿気が籠ってしまう。窓を閉めて、エアコンをドライに設定し、ソファに腰を下ろした。

充電中のスマートフォンを見遣る。昨夜——正確には今日になってからかかってきた高井の電話の内容が気になる。何か、今回の事件につながる手がかりがあるのではないか……もう一度高井と話をすれば、もっと情報を引き出せるかもしれないが、どうにも気が進まない。

自分の過去——捨ててきた過去と向き合うことにもなるはずだ。

滝上はスマートフォンに手を伸ばさなかった。

「男じゃないかと思ったんですよね」

若菜の専門学校時代の友人・秋田《あきた》玲香《れいか》が打ち明けた。

「恋人ですか？」

「いや、そういうわけじゃなくて……」言いにくそうだった。

建て替えが終わった渋谷・東急プラザの裏手にある喫茶店。ＪＲの駅を中心にした渋谷の中心部には高層ビルがずらりと建ち並び、まったく新しい街に生まれ変わったが、この辺は以前とほとんど変わらない。滝上にすれば、この気安い雰囲気こそ渋谷だった。若者の街と言われる渋谷だが、道玄坂と玉川通りに挟まれたこの付近は、昔から新橋辺りに匹敵するサラリーマンの桃源郷である。

玲香はすぐ近くのスタイリストの事務所に勤めていた。専門学校を出てからずっと同じ事務所で働いているということで、学校での専門を活かした仕事と言えるだろう。その辺は、若菜とはずいぶん違うわけだ。

玲香が煙草に火を点けた。滝上もそれにつき合う。隣に座る奈加子が、露骨に嫌そうな表情を浮かべた。相手はリラックスするために煙草を吸っているのだから、ここは平然としていて欲しい。

「若菜は、駄目な男によく摑まるんですよ」

「そうなんですか?」

急に奈加子が話に乗ってきた。玲香の目が彼女の方を向く。何となく、奈加子を相手にした方が話しやすそうだったので、滝上は口をつぐんだ。

「専門学校の時に、二度、騒ぎを起こしてるんです」玲香が打ち明けた。

「どんな?」

「二回とも、ショップの店員が相手だったんですけど、お金を騙し取られて……普通、同じパターンで二回、引っかかります? あの子、学習しないんですよね」

「今回も、そういうことがあったと思いますか?」

「そういうわけじゃないけど……」玲香がまだ長い煙草を灰皿に押しつけた。「まずいなとは思ってたんですよ。いつか、もっと悪い男に引っかかって、本当にひどい目に遭うんじゃないかって。だけど、焼身自殺なんて……あり得ないでしょう」

薬物について疑ったが、男の線も考えておくべきだろうか。

玲香が新しい煙草を取り出して口にくわえた。ライターの火を近づけたが、手が震えて煙草に火が点かない。煙草に険しい視線を向けてから、パッケージに戻した。小さく溜息をつくと、「死ななくてもいいのに」とつぶやいた。

「ショックですよね」奈加子が言った。

「ショックです」玲香が認めた。「あの子、精神的に少し弱い面があったんですよ。それは間違いありません。そのせいか、変な男に――口が上手い男に引っかかって、痛い目に遭ってたんです」

「学校を出た後も？」

「何度か」玲香がうなずく。

「それで金を貢いだりして？」

「まあ……貢いだというほどじゃないでしょうけど、お金は使ってたんじゃないかな」

「人から借金したりしても？」

「ああ――何に使ったかは知らないですけど。私も五万貸したことがあります」

「いつですか？」

「二年……三年ぐらい前？」玲香が首を傾《かし》げる。

「理由は？」

「聞いたけど、答えませんでした。何だか可哀想だから貸したけど、それからちょっと会いにくくなっちゃいましたね」

「メールは頻繁にしてたんでしょう」

「メールだけです」玲香が肩をすくめる。「会って、また『お金を貸して欲しい』って言われたら嫌だし」

「じゃあ、メールだけで適当に話を合わせていた、と」

「そうですね、はい」玲香があっさり認めた。「だけど、死ぬなんて……そんなに悩んでいるなら、相談してくれてもよかったのに」

死んでからそういうことを言うのは簡単だ。実際には、重いものを背負わされた方が後悔することになる。玲香は今にも泣きそうだったが、何とか踏み止まった。

しかしこれをきっかけに、玲香に対する事情聴取はぐずぐずになってしまった。最初は、古い友人に対して突き放したような言い方をしていたのだが、やはり「焼身自殺」という事実は暗いショックになって、心の底に根づいているのだろう。

滝上はさっさと事情聴取を終わりにしたかったが、奈加子の質問がなかなか終わらない。いい加減にしろ……無駄話じゃないかと苛々《いらいら》したが、割って入るタイミングが摑めない。

終わって玲香を解放すると、奈加子が冷めたコーヒーを飲んで「男ね」ときっぱりと言った。

「どうしてそう思います？」

「人間の性癖って、そんなに簡単に変わらないのよ。一度でも駄目男に摑まった人間は、その後何度でも同じようなタイプに引っかかる。学習しないのよ」

「そうですか？」

「意志も弱いんでしょう」奈加子がうなずく。「それで、結局最後は、一番ひどい男に引っかかるのよ」

「今回もそういう人間がいたと？」

「間違いないわね」奈加子があっさり断言した。「この線を調べていけば、間違いなく動機が分かるわよ」

「駄目な男に摑まって、金の問題で悩まされた挙句、最後は自殺……そういうことですか」

「私の読みでは」奈加子が自信たっぷりに言った。

しかしこれは「衝動的な焼身自殺だった」という想定が前提の話である。若菜が意図的に「ロッソ」を狙った線も、まだ否定できない。だいたい、若菜のスマートフォンのデータを解析した限り、男との接点はなさそうなのだ。メール、メッセンジャーとも、相手は女性ばかり。男性は仕事関係のみと分かっていた。部屋に固定電話はなかったから、連絡用にはスマートフォンを使うしかなかったはずだが……とにかく男の線がまったく出てきていないのだ。その辺を奈加子はどう考えているのだろう。

彼女と議論しても時間の無駄になりそうだが、滝上は、まだ一本の線に絞りたくなかった。男性関係よりも、薬物絡みの可能性を考えてはしまうが。

この日の事情聴取はこれで終了。発生から三日目の動きとしては、何とも遅い。しかし事件は様々——事件によって捜査のやり方もまったく違ってくるから、必ず同じような動きをするとは限らない。

捜査会議は八時半に終わった。さっさと帰ろうと思ったが、今日はまだ夕飯を食べていない。所轄が用意してくれた弁当が会議室の後方のテーブルに積み重ねてある。一つ手にとって、一人だけ離れた席に座り、ガツガツと食べ始めた。特捜本部ができても、できるだけ署が用意してくれた弁当は食べないようにしているのだが——冷めた弁当は味気ないものだ——たまには悪くない。

さっさと食べ終え、ペットボトルのお茶を飲みながら、スマートフォンでニュースをチェックする。これも習慣のようなもので、自分には直接関係なくとも、事件・事故の情報は常にアップデートしていかないと気持ちが悪い。なかには、仕事を離れたら新聞の社会面すら絶対に読まない、という刑事もいるのだが。

滝上の目が、あるニュースに引きつけられた。「ああ?」思わず声を上げてしまう。

「どうしたの?」

いきなり声をかけられ、びくりとした。いつの間にか、傍に奈加子が立っている。

「いや……」

「何か、やばいニュースでも？」

「何でもないですよ」

滝上は腰を浮かし、スマートフォンをズボンの尻ポケットに入れた。弁当を片づけ、さっさと会議室を出て行く。

階段で一階へ降りる途中、踊り場でもう一度スマートフォンを確認した。間違いない。その名前を見るのは久しぶりだった。同姓同名の別人である可能性は……ないだろう。年齢も合致しているはずだ。

嫌な予感がする。二つの事件が、自分の周りで渦巻いているようだ。しかしこの段階では、滝上にできることは何もない。

それでも、情報は収集しておかねばならない。滝上は通話履歴から、高井の電話番号を呼び出した。まだ登録していなかったことに気づき、慌てて情報を入力する。この番号には、これから何度も電話することになるだろう。

第三章　夜を生きる

高井は電話に出なかった。それほど遅くない時間だからまだ仕事をしているかもしれないし、車のハンドルを握っている可能性もある。高井もそろそろ七十歳のはずだが、あの辺では自分で車を運転しないと、日々の暮らしにも困る。

自宅へ戻ってからかけ直すことにした。玄関に入ってドアを閉め、スマートフォンを取り出すと、駅からここまで歩いてくる間に高井から電話があったことに気づく。出損ねたが、まあ、いい……電車の中や、歩きながらではできない話なのだ。

ソファに腰を下ろしながら、リダイヤルボタンを押す。すぐに高井が電話に出たので、ほっとして煙草に火を点けた。

「電話をいただいたみたいだが」高井が切り出す。

「すみません、コールバックしてもらったのに出られなくて」

「いや、それはいいけど……どうかしたか？」

「岸本《きしもと》さんが亡くなった——殺されたんですね」

「ああ」高井の声が一気に暗くなる。

「岸本さんは、もう秘書を辞めていたんですよね」ネットの記事では「無職」となっていた。七十六歳だから、別に不思議ではない。政治家の方がいつまで経ってもバリバリの現役でも、秘書はある程度の年齢になれば辞めて、後進に仕事を引き渡すものだ。逆に言えば、秘書というのはそれだけ激務で、年齢を重ねてまで続けられるものではない。金の管理だけを担当する「金庫番」なら別だが、岸本はそういう仕事はしていなかったはずだ。

「五年前に辞めてるよ」

「どうしてそっちじゃなくて、東京に住んでいたんですか？」

「娘さんが、結婚して東京に住んでるんだ。実は、奥さんが体調を崩していてね。その治療もあって、娘さんが東京で一緒に住むように勧めてくれたそうだ。いい娘さんじゃないか」

滝上は何も言わなかった。適当に話を合わせてもいいところだが、何故かそうしたくない。高井は気にする様子もなく、話し続けた。

「ま、ついてたんだと思うよ。岸本さんは、かなり長く東京にも住んでいたから、知らない街でもないわけだ。子どもが『面倒を見る』と言っても、住み慣れた街を離れるのが嫌で拒否する人も少なくないけど、岸本さんは娘さんに誘われて、迷わず東京へ引っ越した」

あの岸本文夫《ふみお》が、とふと不思議に思う。滝上は子どもの頃から彼を知っているのだが、昔はただ「怖い人」という印象しかなかった。何しろ大きい――子どもの目からは正確な身長は分からないものだが、たぶん百八十センチはあっただろう。あの世代の人間としては図抜けて背が高く、しかも立派な口髭をはやしていた。今だったら「ダンディ」と言われるかもしれないが、子ども心には怖い人にしか見えなかった。特に鋭い眼光……常に警戒している様子で、何となくこちらの心根まで見透かされている感じがした。

「岸本さん、秘書としては長いですよね」

「長いよ」高井が認めた。「市議の最初からだから、二十五年だ」

ということは、初めて会った時は、滝上はまだ六歳だったわけだ。六歳の子どもにとっては、なかなか手強い相手だったと思う。その後、言葉を交わすことは何度もあったが、「怖い人」という最初の印象が覆《くつがえ》ることはなかった。

「最近、会いましたか?」

「いや、東京へ引っ越してからは会ってないな。年賀状のやり取りぐらいだった。俺も歳だしな……」

「高井さん、何歳になったんですか」

「今年七十になった。もうあちこちガタがきてるよ」

高井が甲高い声で笑った。その笑い声を聞いた限り、衰えている感じはまったくない。高井は豪快な男で、滝上の最初の記憶は、当選祝いの席で豪快にコップ酒を呑み干す姿だった。しかも、いくら呑んでもまったく乱れない。鍛え方が違う、ということだろう。さすが、江戸時代から続く造り酒屋の八代目だ。

「ちょっと嫌な感じがするんですけどね」

「うん……そうだな」高井が認めた。

滝上は、先日の高井との電話を思い出していた。あの時初めて、父の愛人の存在を教えられたのだった……。

「これで、関係者が二人死んだことになるんですよ」

「関係者と言うのはどうだろう。二人とも今は関係ない。岸本さんは、知事とは今も連絡を取り合っているかもしれないが、あの女性は絶対に関係ない」

「実は続いていた、なんていうことはないですか？」

「まさか」

「きっぱり切り捨てたわけですか」滝上は皮肉混じりで言ってしまった。

「まあ、あれだよ」高井が居心地悪そうに言った。「政治家は、常に身辺を綺麗にしておかないといけないからな」

「そんなに高尚《こうしょう》な考えの持ち主だったら、そもそも愛人なんか持とうと思わないでしょう」しかもこれが初めてではない。

「亮司君は、基準が厳し過ぎるんだよ」

滝上は黙りこんだ。基準とかそういう問題ではない。ただ許せない——感情的なのは分かっているが、それ故に絶対に譲れない部分であった。

「亮司君はどう思うんだ？」

「この事件を捜査しているわけじゃないから何とも言えませんが、嫌な感じはしてます」

「そうか……」

「最近、そっちはどうなんですか？　静岡県の政界は」

「どうもこうも、穏やかなものだよ。安定している。知事は議会との関係も良好だし、選挙は来年だけど、もう三期目の声が出ている」

「いつまでやるつもりですかね」滝上は半ば呆れて言った。

「政治家に定年はない。日本の政治家が本領を発揮するのは六十からだし、知事はまだ六十三歳だ。もう一期やっても六十八歳、大きな病気さえなければ、四期、七十二歳まで務めるだけの力は十分ある」

「一人の人間が十六年も知事をやるのは、どうかと思いますけどね」滝上は鼻を鳴らした。人は、権力の座に長くいればいるほど腐っていく。確実に。

「東京や大阪みたいに、頻繁に知事が交代するのもどうかと思うけどね」高井が反論した。「知事は都道府県の顔なんだから、それがくるくる替わるようでは、地方自治は安定しない」

「御説ごもっともですね」この会話はあまり続けたくなかった。

「しかし、確かに引っかかるな。岸本さんのことは、こちらでも大騒ぎになっている。何か、情報はないのかい？」

「自分で捜査しているのでない限り、情報なんて入ってきませんよ」おかしな事件なのは間違いないが……殺人事件の「典型」から外れた感じなのだ。

「何か分かったら、教えてもらえるとありがたい」高井が遠慮がちに頼みこんできた。

「それを膨らませて、地元で触れ回るんですか？　勘弁して下さいよ」

「そんなことはしないさ」高井がむっとした口調で言った。「しかし、岸本さんも可哀想だよな。知事を一筋に支えて、ようやく奥さん孝行ができるようになったと思ったら、こんなことになって。家族のショックは、大変なものだろうね」

「でしょうね」自分には関係ないが、と滝上は冷静に考えた。ただ……事件としては無視しておくわけにはいかない。これは、自分にも引っかかってくる可能性がある。

いや――これはピンチではなくチャンスかもしれない。長年反目を続けてきた父親は、今、政治家として絶頂期にあると言っていい。この二つの事件が、父親のキャリアに致命的な影響を与える可能性があるとしたら、調べて弱みを握るのも面白い。

秘書というのは、政治家の表も裏も知り尽くしているものだ。そういう人間が殺されたとなったら――岸本に、父とはまったく関係ない人生があったらともかく、何となくこの事件は父につながっていきそうな気がする。

関係者二人の死。それが偶然とは思えないのだった。

滝上の父親は、「職業として」政治家を選んだ人間だった。最近では珍しく、二世でも政治家の秘書出身でもない。静岡の高校を卒業後、東京の大学を出て地元に戻り、父親——滝上の祖父が興した建設会社で働いていた。

父親に政治への関心を持たせたのは、祖父だろう。祖父自身は政治家ではなかったが、地方で建設業をやっていると、どうしても政治との深い関わりができる。仕事の多くは公共事業だから、地元の政治家とはいい関係をキープしておかなければならないし、田舎では選挙は最大のイベントである。祖父もずっと、地元の保守系代議士の後援会で中心的な役割を果たし、その系列の県議や市議とも深いつながりがあった。

子どもの頃から選挙が身近な存在だった父が、政治に興味を持つのは当然だったかもしれない。「自分も政治の道へ進みたい」と言い出した時、祖父は諸手を挙げて賛成したようだ。自社の金を注ぎこみ、社員を総動員し、最初から選挙を全面的に取り仕切った、と滝上は伝説のように聞いている。

父は、いきなり国政選挙に打って出るような無謀な真似はしなかった。その頃——父が政治の世界に進もうと決めた三十代前半の頃は、祖父が応援していた代議士がまだ現役で、しかも引退後にその息子が地盤を引き継ぐのが既定路線になっていたから、そこに割って入りたくはなかったのだろう。それ故まず、一番身近な選挙——地元の市議選に出馬し、祖父のバックアップもあってトップ当選を果たした。市議を二期務めた後で県議に転身。県議二期目の途中で、いよいよ国政に打って出た。この頃、県内の政治状況は、中央政界の政党再編の動きを受けて複雑混沌としていたのだが、父は民自党公認で衆院選に出馬して楽々と当選した。

　滝上はその頃、もう大学に進学して東京で一人暮らしをしていた。後から、父親が東京に引っ越してきた感じである。議員宿舎に住む手もあったが、滝上は同居を拒否した。どうしても一人暮らしを続けたかった——せっかく東京のマンションで一人暮らしを満喫できるようになったのだから、それを手放すつもりはまったくなかった。

　その後父は、衆院議員選挙に二回連続当選し、大臣の声も聞こえ始めたのだが、五十六歳の時に地元の知事が急逝したのを受け、代議士を辞めて知事選に出馬した。この選挙でもあっさり当選を果たし、三年前には再選されている。これで、選挙では実に九連勝である。基本的に自分中心、権力欲にまみれたクソ野郎だが、選挙に強いのは間違いない。

　ちなみに家業の建設会社は、父の兄が継いでいた。しかし数年前に癌で亡くなり、今はその息子——滝上の従兄弟である元春《もとはる》が社長の座に就いている。まだ四十歳になったばかりの従兄弟も、一族の常として選挙に首を突っこみ、地元の政治家と濃い関係を築いているのだろうか。

　父の経歴を今でもすっかり覚えているのが、自分でも嫌だった。さっさと忘れるべきなのに……いや、これは「敵を知る」ことだと自分に言い聞かせる。

滝上は濡れた髪をバスタオルで拭いながら、缶ビールを開けた。喉を潤してから煙草に火を点ける。灰皿には、既に吸殻が五本。毎朝家を出る時に灰皿を綺麗にする癖があるので、この五本は帰宅してからのものだとすぐに分かる。一時間で五本は、明らかに吸い過ぎだ。

さらに三本を灰にした後、テレビを点ける。ちょうどニュースの時間で、岸本が殺された事件はヘッドラインで流れた。悲痛な面持ちで「殺人事件です」と切り出してから、女性アナウンサーがニュースを読み上げ始める。しかし聞くまでもなく、滝上の頭には事件の概要がすっかり入っていた。

事件の発生は、今日の午後五時頃。まだ十分陽射しが強い時間帯で、現場はよりによって自宅だった。

犯人は宅配便のドライバーを装ってインタフォンを鳴らした。たまたま家には岸本しかおらず、本人が応答してドアを開けたところで、いきなり銃で撃たれた——正面から一発、倒れたところでさらにとどめの一発。もしかしたら最初の一発で、岸本は倒れる前に事切れていたかもしれない。

こんな馬鹿な事件が、というのが最初にニュースを見た時の滝上の印象だった。日中、被害者の家を訪れた犯人が、いきなり発砲する——日本ではまずあり得ない手口だ。昼間に銃が使われる犯罪というと暴力団絡みぐらいで、しかも組事務所への銃撃、というケースがほとんどだ。民家が襲われ、住人がいきなり撃たれるような事件は、滝上も聞いたことがない。

画面には現場の様子が映っていた。とはいえ、自宅前は封鎖され、黄色い規制線の手前から映しているだけなので、どこが現場かすら分からない。カメラがズームすると、一軒の家の前で鑑識課員が動き回っているので、辛うじてそこが現場だと分かった。

狙われたな、と判断する。

世の中には通り魔という犯罪がある。誰でもいいから狙う——しかし通り魔事件が発生するのは、路上などのオープンスペースである。人の家で突然発砲するのは、通り魔とは言えないのではないだろうか。

誰かに話を聞きたいが、今は無理だろう。日本の警察は、銃による犯罪を非常に重視する。銃社会ではないからで、今回の事件も捜査一課は最優先で調べるだろう。当然、所轄も捜査一課も刑事はフル回転で、滝上の質問に答えてくれる人などいるはずもない。

そう思うとむしろ、気になって仕方ないのだが……少し時間を置こう。

今はさっさと寝るしかない。こちらにはこちらの仕事があるのだ。コンディションを整えておくのも給料のうちである。しかし滝上は、「こちらの仕事」が自分の本分ではない気がしてならなかった。

やるべきことは他にあるのではないか。

翌朝、所轄に出勤した滝上は、市来に声をかけられた。

「昨日は、えらい事件が起きたな」

「ああ……銃撃ですか？」どきりとしたが、滝上は平静を装った。

「日本であんな事件が起きるとは、世も末だ」市来が首を傾げる。「一課の最優先事項は、あの事件になったな」

「うちはうちでやるしかないでしょう」滝上は肩をすくめた。「こっちだって重要事件ですよ。人が二人死んでるんですから」

「お前にとっては物足りないんじゃないのか？　被疑者死亡で送検して終わるのは間違いないんだから」

「事件は事件です」

市来が鼻を鳴らし、「何だかつまらなそうにしてるじゃないか」としつこく言った。

「これが平常運転ですよ」滝上はまた肩をすくめた。

朝から現場に散っている刑事もいるので、朝の捜査会議はスキップされた。滝上は、今日の事情聴取の手順を奈加子と打ち合わせたのだが、どうしても気もそぞろになってしまう。

「滝上君？」奈加子が非難の視線を浴びせてきた。

「ああ……何ですか」

「ちゃんと聞いてる？　今の話、頭に入った？」

「もちろん」実際は、最後の方はほとんど聞いていなかったが……岸本の件がどうしても気にかかり、そちらに意識が向いてしまう。早く話をしたい相手がいるのだ。昨夜あれこれ考え、岸本宅のある練馬中央署の特捜本部には、話ができる人間がいると気づいていた。

「じゃあ、行くわよ」奈加子が立ち上がる。まだ不満そう……滝上の態度が気に食わないのは明らかだった。

気もそぞろになるのは当たり前じゃないか。事件が二つも、自分の父の方を向いている。これが破滅への第一歩になるならザマアミロというところだが、何が起きているか分からないのは不安であった。

どちらも自分で調べたい。しかし、この状態ではどうしようもなかった。銀座の事件に縛りつけられ、練馬の事件は横目で見ているしかないだろう。そもそも担当でもないのだから。

何か、両方の事件を捜査する上手い手はないものか。滝上の思考はそちらに集中していた。

今日最初の事情聴取の相手は、若菜の専門学校時代の友人、戸川真美《とがわまみ》だった。メールのやり取りからアドレスだけは把握できていたのだが、署名も何もないので正体は分からないままだった。当該のメールアドレスに対して、「警察だが事情聴取したい」と打診したのだが、音沙汰なし。正体は玲香から教えてもらえたので、彼女から連絡を回してもらうことにする。玲香が、「あの二人が連絡を取り合っているなんて知らなかった」と首を傾げたのは気になっていたが……専門学校で二年一緒に学んだ仲でも、卒業してしまえばバラバラになるのだろう。

玲香から電話番号を教えてもらい、昨夜連絡を取って、今日一番での面会を了解してもらった。こちらも気が重い。電話で話した限り、いかにも迷惑そうな様子だったのだ。「立場」の問題もあるかもしれない。真美は、若菜たちが卒業した専門学校の中では、出世頭のようなのだ。卒業後、美大に入り直してさらにデザインの勉強を続け、大手アパレルメーカーにデザイナーとして雇われていた。自分のデザインした服が商品になる――それは、若菜が専門学校に入る時に夢見ていた仕事のはずである。

順風満帆にいっている人間は、警察の事情聴取など受けたくもないだろう。

真美とは、六本木にある本社近くのカフェで会うことになっていた。こういうパターンも少なくない。警察署へ呼ぶほどではないが、職場では事情聴取が難しい……こういう時、東京は便利な街だ。話ができる場所はいくらでもある。

真美は小柄な女性で、白いポロシャツに細身のジーンズというラフな格好だった。デザイナーなら、もう少し派手で個性的な服装でもおかしくなさそうだが……ただしマスクは白い不織布ではなく、濃紺で洒落《しゃれ》たロゴ入りだった。席に落ち着くと、滝上は「ずいぶんシンプルな服ですね」と率直に感想を口にした。

「ああ」真美が両手を挙げ、ポロシャツの肩を引っ張った。「うちのブランドのものです。ジーンズも」

「広告塔みたいなものですか？」

「広告する必要もないですけどね……」真美が苦笑する。「それなりに浸透していますから」

「もっと尖ったデザインを作るのかと思ってました」

「そういう服ばかり作って、自分でも着ていた時期もありますけど、飽きるんですよね。結局、こういうシンプルな格好に落ち着きます」

「はあ……なるほど」ファッションのこだわりは、滝上には理解できない世界だった。

「あの、若菜のことですよね」慎重に、探りを入れるように訊ねる。

「そうです」

「自殺したって……まだ信じられないんですけど」

急に顔から血の気が引き、唇が震え始める。にわかにショックが襲ってきたのだろう。滝上は急《せ》かす手に出た。こういう時、落ち着くのを見守るのも手だが、一気に質問を畳みかけると、相手は正気に戻ることがある。

「最後に彼女に会ったのはいつですか？」

「もう一年ぐらい前ですね。去年です」声は震えているが、きちんと答えてくれた。

「その時はどういう用事で？」

「向こうからメールで誘ってきて、一緒にご飯を食べたんです」

「どんな話をしましたか?」

「ああ、それは……あの……」真美が体をよじり始めた。

「金ですか?」滝上はずばりと聞いた。「金を貸して欲しいという話じゃなかったですか?」

「何で知ってるんですか?」真美がびくりと身を震わせ、背筋を真っ直ぐ伸ばす。

「そういう話をいろいろな人から聞いています。いくらですか?」

「……五万円です」

「貸したんですか?」

「いえ」真美が力なく首を振った。まるで、自分が金を都合しなかったがために、若菜が死んでしまったとでもいうように。「あの、その時は持ち合わせがなかったんです。本当です」

「分かりました」滝上はうなずいた。「彼女はどんな様子でしたか?」

「ちょっと落ちこんでましたけど、でも、一瞬でした。大したことじゃないからって言ってたんですけど……お金を借りていて、返さないといけないという話でした」

「借金ですか」返済に追われて、母親だけでなく知り合いに金を借りまくっていたのだろうか。もしかしたら、単純に生活費が足りなかったのかもしれない。仕事がない時期もあった。実家が定期的に金銭的な援助はしていなかったことも分かっている。となると、生活に困窮する時期があってもおかしくはない。贅沢はしていなかったはずだが……部屋を調べた限り、やはりブランド品の服やバッグなどはなかった。事情聴取した人たちも、一様に「暮らしぶりは地味だった」と証言している。

「はい」真美がこくんとうなずく。

「いくらぐらいか、言ってましたか？」

「いいえ。でも、消費者金融とかじゃないと思います。そういうところなのかって聞いたら、否定してましたから」

「じゃあ、個人から借りたのかな」銀行、とも考えにくい。

「そうかもしれません」

「それが誰なのかは？」

真美が無言で首を横に振った。そこまでは聞けなかったということか。しかし、借金があったのは間違いないだろう。会う人が皆、彼女から借金を申しこまれている。返済のためにまた人から金を借りる――雪だるま式に膨らんで、最後は破産するパターンだ。

「彼女は普段、どういう人とつき合ってたんですか？」

「よく分かりません。そんなに頻繁に会っていたわけではないので」

「異性関係はどうですか？　恋人とか」

「そういう話もしたことはありますけど、今は――少なくとも一年前は、特定の相手はいなかったと思います。昔から、男の人とつき合うと、必ず周りに言うタイプだったので」

「駄目男によく摑まっていたそうですね」

真美が笑みを浮かべかけた。この話は、仲間内では有名だったのだろう。ただし、致命的ではなかったはずだ。とんでもないことに巻きこまれていたら、絶対に笑い話にはできない。

「まあ……そういうこともありました」真美が認める。「でも、最近どうだったかは知りません」

「最後に会った時、様子はどうでしたか？」

「普通でしたよ。あ、でも、少し元気がなかったですね。お金に困っていたら、元気な訳がないと思いますけど」

「どれぐらい深刻な感じだったんでしょうね。生活にも困るぐらい？」

「そんなことはないと思います。ご飯も、結局割り勘でしたし」

「なるほど」

借金があったのは間違いないが、死ぬほど深刻ではなかったようだ——少なくとも一年前は。それから状況が悪化したのかもしれない。

真美からは情報が出尽くした、と判断する。そもそもあまり頻繁に会っていたわけではないというので、これぐらいが限界だろう。滝上たちは丁寧に礼を言って彼女と別れ、次の参考人に会いに行った。

次の相手は桜井幹郎《さくらいみきお》。スマートフォンで連絡を取り合っていた相手ではなく、玲香から教えてもらった人間だった。かつてのボーイフレンド――駄目男ではなかったようで、不動産会社に勤める普通のサラリーマンである。電話すると、桜井は「話をするなら警察で会いたい」と自分から言ってきた。予想外の申し出だったが、外回りが多いので時間の自由は利くし、警察官と話しているところを誰かに見られたくない、という理由だった。

一度築地中央署に戻り、一階の交通課の前で桜井を待ち構える。約束の時間の五分前、半袖のワイシャツを着た大柄な男が、ハンカチで額の汗を拭いながら警務課に向かって歩いてきた。滝上は立ち上がり、すぐに「桜井さん」と声をかけた。

「あ、どうも」ごく軽い返事……髪を短く刈り上げ、ビジネス向けの角ばったデイパックを左肩にかけている。

「わざわざすみません。上に部屋を用意したので、そちらでお話ししましょう」

「取調室ですか」桜井が緊張した口調で訊ねる。

「いえ、普通の会議室ですよ。二階ですから、階段でいいですか？」

「もちろんです」

滝上は桜井を先導して二階の小さな会議室に入った。奈加子は後からついて来る。そう言えば今日の彼女は、ほとんど喋っていないな、と思い出した。まあ、彼女が喋ると話の腰を折られてしまうことが多いから、これでいい。

た。それからまた、ハンカチで額を拭う。短く刈り上げた髪が、汗でキラキラ輝く——会議室に落ち着くと、桜井がバッグから緑茶のペットボトルを取り出して大きく呷《あお》っ

今日の最高気温は三十五度の予想だ。

「しかし、クソ暑いですね」滝上はラフに話に入った。真面目そうな男だから、少し気を楽にさせてやってもいいだろう。

「今年は異常ですよね。梅雨明けしたら死にそうだ」

「外回りは大変でしょう？」

「マスクが辛いし、洗顔シートが減る一方ですよ。一週間で二パックぐらい使うんです」

「でも、人と会う前に、一々顔を洗ってもいいですよ」実際彼の顔は、汗でテカテカになっている。汗臭いわけではないが、本人も不快ではないだろうか。

「汗っかきなんで、夏は地獄ですよ」

「何だったら、ここで拭いてもらってもいいですよ」実際彼の顔は、汗でテカテカになっている。

「いや、大丈夫です……あの、私、容疑者ってわけじゃないですよね？」声を潜めて桜井が訊ねる。

「交友関係があった人全員に話を聞いているだけです」

「そうですか」大きく息をつく。「いきなり警察って言われると、ビビりますよ」

「ビビることなんかないですよ。我々はただの公務員ですから」

「彼女のことですよね？」桜井が慎重に切り出した。

「あなたは彼女の死に心あたりがありますか」

「まさか」瞬時に桜井の顔から血の気が引く。「冗談にもほどがありますよ」

「失礼しました」滝上はさらりと謝った。「彼女と過去につき合っていた人の中に、あなたのようにまともな人はいなかったみたいですね」

「ああ……」桜井が少し惚《ほう》けたような表情を浮かべた。「なんか、そうみたいですね」

「何か思い当たることでも？」

「まともとかまともじゃないとかではなくて、私では物足りなかったみたいです」

「そんなことをはっきり言われたんですか？」

「言われてないですけど、そういうの、雰囲気で分かるじゃないですか。真面目なだけのサラリーマンは、退屈だったんじゃないですかね」桜井が自嘲気味に言った。

「そもそもどこで知り合ったんですか？」

「合コンです。三年前に……私は数合わせで呼ばれただけなんですけどね。暇だったんで、まあ、いいかなと思って」

「それが交際のきっかけですか……どちらが先に声をかけたんですか？」

「それは、私が……一応」桜井がもぞもぞと体を動かした。「ほら、彼女、見た目はいいじゃないですか。その時来ていた女の子の中では、一番でした」

滝上は、彼の左手薬指に光る指輪に目を止めた。まだ新しい——傷一つついていないように見える。

「あなた、新婚さんですか？」

「ええ」

「若菜さんと別れたのは、奥さんが原因ですか？」

「まさか、違いますよ」途端に桜井の顔が青褪める。「冗談じゃない。嫁と知り合ったのは、若菜と別れてからですよ。二股かけるようなことはしません」

「滝上君」奈加子が低い声で忠告を飛ばした。

言い過ぎか……確かにそうだったかもしれないが、言い直しはできない。一瞬口をつぐんだ隙を狙うように、奈加子が突然会話に割って入ってきた。

「順番に話を聞かせて下さい」奈加子は冷静だった。本当は、ゴシップ話は大好きなはずだが。「合コンで知り合ったのが三年前、ということですね？」

「ええ」桜井ががくがくとうなずく。

「実際につき合っていた期間はどれぐらいですか」

「半年ぐらいです」

「じゃあ、交際はごく短い間だったんですね？　すぐに別れた」

「そうなんですよ」桜井が太い指を組み合わせた。「最初はいいと思ったんですけど、やっぱり私には合わないのかなって感じてきて。彼女、最初から『つまらない』ってよく言ってたんです。彼女から見たら、私はつまらない男だったみたいですね。実際、ただのサラリーマンだし。つき合う相手は堅実なだけじゃ面白くないっていう人もいるんですかね」

そういう感覚は分からないでもない。世の中には「危ない男」「駄目な男」に引かれる女性が一定数いるものだ。

「別れ話はあなたの方から？」

「ええ」

「要するにテンションが合わなかったということですか」

「はい、そういう感じです。贅沢な女性とかは、頑張ればまだ何とかなるけど、危ないことが好きな人っていうのは……ついていけないですよ」

「スリルが好きなんですかね」

世間話のような二人の会話を聞きながら、滝上は若菜の人物像が次第にはっきりしてくるのを感じた。基本は、少し危険な男と一緒にいて、自分もスリルを味わいたいタイプなのだろう。ジェットコースターが好きかもしれない、とも想像した。

「彼女は実際に、何かヤバイことに手を出していませんでしたか？」滝上は話を取り戻した。

「ヤバイって……」

「危険な連中とつき合いがあったとか、薬物に手を出していたとか」

「薬物って、覚醒剤とか大麻とか、そういうもののことですか？」桜井の目がぐっと細くなる。

「例えば、何でもない時に妙にテンションが高かったりとか、一転して急に落ちこんだりとか……あるいは言動があやふやになったりとか、そういうことです」

「そういうのは特に感じなかったですけど、でも、分かりません。変なドラッグを使っている人なんか周りにいないから、どういう状況なのか知らないんですよ」

「そうですか……変な話ですけど、セックスはどうでした？」

「え？」

「セックスを楽しむためにドラッグを使う人もいるんですよ」

「どうかな。別に変なことはなかったですけど」桜井が口籠る。「だいたい、何を以て変というか、分からないです。普通だったと思うけど」

「人によって感じ方は違いますね」滝上はうなずいた。「金銭感覚が異常だったりとか、そういうことは？」

「確かに少し贅沢なところはありましたけど、それは俺でも理解できる範囲というか……」

「そうですか。ちなみに、あなたから金を借りたことはありませんか？」

「金？　ないですよ」桜井が怪訝そうな表情を浮かべる。

「彼女は、あちこちから借金していたようなんです。普段から金に困っていた様子はなかったですか？」

「いや」桜井が首を捻る。「そんなことはなかったですよ」

「なるほど……」

滝上が黙りこんだのを見て、桜井が急に不安そうに身を乗り出した。

「あの……聞いていいですか？」遠慮がちに訊ねる。

「どうぞ」

「彼女、本当にドラッグとか使ってたんですか？　私、そんな人とつき合ってたんですかね」

「今のところ、そういう証拠はありません。ただ、若い女性で自殺というと、動機はそれほど多くないんです。だいたいが、男女関係の悩みとか、職場でのトラブル……人間関係からくるストレスが原因ですね」

「ドラッグで自殺する人なんて、いるんですか？」

「精神的なダメージは間違いなく受けるし、金銭的な問題――破産することもありますからね」滝上はうなずいた。「ドラッグに関しては、解禁論も出ていますけど、体に悪いのは間違いありません。中毒になってすっかり体調を崩してしまう人も少なくないし、常用癖がついて、死ぬまで闇マーケットに金を払い続ける人もいます。ドラッグは被害者がいない犯罪って言いますけど、闇マーケットの資金源になることが最大の問題なんです」

「ヤクザとかですか」

「最近はヤクザだけでなく、半グレの連中も嚙んでますよ。それにドラッグマネーは、日本だけでなく海外にも流れます。海外では、本当に麻薬戦争になっている国もあるぐらいなんですよ。日本から流れた金が、そういうところで銃に変わっているかもしれない——そういうことまで考えている人は、少ないかもしれませんけどね」

解禁論者の言い分の一つがそれだ。合法化してしまえば、政府なり正式の業者なりがドラッグを扱うことになる。そうすれば、闇マーケットに金が流れることもない。実際、煙草や酒がそうではないか——体や精神に与える深刻な影響を無視して、そういう議論を進めたがる人もいる。

「とにかく、私の前で変な薬を使ったりしたことはないですよ。そういうのは一度も見たことがありません」桜井が強く言い張った。

「そうですか……」

「あの、この件、秘密でお願いできますよね？」一転して、桜井が下手に出た。

「もちろんです」

「うちの嫁は、別に私の昔の恋愛とかは気にしませんけど、こういう話になると……」

「昔つき合ってた人が亡くなったら、やっぱりショックですか」

「いや、正直に言えば、そんなに思い入れがあるわけじゃないけど……でも、死に方がきついですよね」

滝上はうなずいた。桜井は正直な男なのだろう。亡くなった人のことを、なかなかこんな風に突き放しては言えないものだ。多少は気を遣ってしまう。もしかしたら、正直というより、自分の保身しか考えていないのではないだろうか。

ある意味、勝手な男だ――しかし、これも当たり前の感覚だろう。誰だって自分の身が大事だ。俺も同じだ。こんなに心がざわつくのは、二つの事件が父親に絡んでいて、やがて自分の身に悪い影響が降りかかるのではないかと恐れているからだ。


夜の捜査会議で、滝上は野村真沙美の人生の空白が埋まり始めたことを知った。とはいえ、捜査のスピードは速くはない。夜の世界で生きてきた人の身辺を調べるのは、どうしても夜になってしまうから、通常の捜査のようにはいかないのだ。

冨山が、疲れた声で報告を続ける。そう言えば会議の前に、「今夜も会議が終わってからまた聞き込みだ」と零《こぼ》していた。現在分かっているのは、主に真沙美の両親から聴いた情報ということだろう。

「野村真沙美さんは、静岡の高校を卒業後、東京の短大に入りました。その頃から、アルバイトで飲食店で働いていたそうです。卒業後はバーで働き始めて、その後引き抜かれて、銀座のクラブで働くようになりました」

「銀座のクラブか……女子大生のバイトとしては、割がいいんだろうな」市来がどこか皮肉っぽく言った。

「店のナンバーワンになるような人ではなかったみたいですけどね。目立つ、派手な感じではなかった」

確かに。店の従業員に話を聞いた限りでも「堅実」なイメージしかなかった。どちらかというと、中小企業の手堅い経営者という感じである。確かにナンバーワンにはなれないかもしれないが、そういう人材も世の中には必要なはずだ。

手元には、真沙美の写真が何枚か集まっていた。免許証のごく真面目な写真から、店の女の子たちに囲まれた華やかな写真まで。昔勤めていた店で、店員の紹介用に使われていた写真も手に入っていた。冨山によると、短大を卒業した直後——二十歳か二十一歳頃の写真だという。はでやかに化粧をして、露出の多い服を着ているが、ちょっと無理をしている感じがしないでもない。ルックスは和風美人というべきだろうか。面長で目鼻立ちがはっきりしているものの、どこか控えめな雰囲気を漂わせている。

「基本的には、店を移りながら、ずっと夜の世界にいたようです。まだはっきりしない部分もあるんですが……例えば、二十四歳から二十五歳にかけて、どこで働いていたか分かっていません。東京を離れていた可能性もあります。ちなみに今の店のオープンは、七年前です」

「七年前ということは」市来が書類に指を走らせた。「三十歳の時か。三十歳で自分の店を持ったということは、相当のやり手だったんじゃないかな」

「それは否定できませんね。それとも、いいスポンサーがいたか」

「スポンサーねえ……こういうことに金を出す男ってのは、今でもいるのかね」市来が首を傾げる。

「いるんじゃないですか」冨山が嫌そうな口調で言った。「金は、あるところにはありますからね。とにかく、自分名義で『ロッソ』をオープンしたのは七年前です」

七年――その数字が、滝上の頭の中で勝手に転がり出した。七年前というと、父が代議士から県知事に転身した年だ。これは偶然なのか？　やはり、どこかできちんと情報を入手しておかなければ。滝上は、反射的に手を挙げてしまった。

「ちょっといいですか」

「何だよ」冨山が不満げに言った。自分の話を邪魔されたと思っているのかもしれない。

「静岡に行かせてもらえませんか？」滝上は、冨山を無視して市来に頼みこんだ。

「どうして」市来が不思議そうな表情を浮かべる。

「静岡――野村真沙美さんの出身地に、個人的な知り合いがいます。もっと詳しい事情を知っているはずです」

「しかし、そんな昔のことを調べてもしょうがないだろう」市来は渋い表情だった。それでなくても、「野村真沙美班」の深夜勤務が続いて、人と金のやりくりが大変になっているのだ。特に急ぐ用もないのに、静岡出張など冗談ではないと思っているのだろう。

「一日で済みますよ」

「だけどお前、何でそんな知り合いがいるんだ？」

「俺は静岡出身ですから」

「そうだったか？」市来が不思議そうな表情を浮かべた。

「ええ」

「初耳だな」

「別に言う必要がないから、言ってなかっただけです」話がまずい方向へ流れ始めるのでは、と滝上は内心冷や冷やした。しかしあまり慌てて言い訳すると、さらに面倒なことになるだろう。「今時、出身地の話なんかしないじゃないですか。俺も、人に自慢できるような高校時代を送ってたわけじゃないし」

会議室の中に失笑が漏れた。よし、これで市来もこれ以上突っこんでこないだろうと安心して、滝上は続けた。

「実は、この事件が起きてから、静岡の知り合いから何本も連絡をもらったんですよ。向こうでは、結構な騒ぎになっているみたいです」

「しかし、彼女のキャリアを見た限り、現在は静岡とは完全に縁が切れているようじゃないか」市来は依然として乗ってこなかった。

「半日で済みます」滝上は「一日」から時間を短縮した。「静岡なんて、近いもんですよ。何だったら、新幹線じゃなくて東海道線を使って行ってもいい」

「そんなのは時間の無駄だ」市来が手元の手帳に視線を落とす。「分かった。明日一日だけやる。必ず何か手がかりを持って帰って来いよ」

「何とかします」

勢いで言ってしまったが、じんわりと不安が募ってくる。故郷の静岡へはまったく帰っていない。高校卒業以来……いや、大学時代に二、三回帰省した記憶があるが、いずれにせよ十数年はご無沙汰だ。

捨てた故郷。しかし、久々に話した高井——故郷の象徴のような人だ——との間には、緊張感も何もなかった。まるで十数年の歳月が存在しなかったかのように、普通に話せた。取り敢えず今も繋がっている高井とのラインは大事にしたい。

今回の事件において、それがどんな結果をもたらすかはまったく想像もできなかったが。

滝上の出身地は旧清水市だが、上京して大学に入った年の春に静岡市と合併し、今ではこの自治体名は消滅している。現在は「静岡市清水区」。それ故滝上は、今でも自分の故郷が「静岡市」である感覚が薄い。

平成の大合併では多くの自治体が再編されたが、故郷を離れて東京で暮らしている人間は、生まれ育った自治体がいつまでも存在しているように感じる。例えば冨山は「田舎の名前が変わったのを思い出すのは、年賀状を書く時だけだ」と言っていた。

大学に入って田舎から足が遠のいてしまった理由の一つが、交通の便の悪さだ。いや、これぐらいで「不便」と言ったら他の地域に住む人に申し訳ないのだが、これだけ新幹線網が発展していると、東京から直通で行けない場所は「不便だ」と感じてしまう。清水の場合、一度静岡まで行って東海道線で東京方面へ戻るのが一番早いルートなのだが、この「戻る」のが面倒臭い。

土曜日。最近は、特捜が立つような重大事件でも、刑事たちは交代で休みを取るように言われる。働き方改革の一環なのだが、それでも何とか捜査は回っている。ただし、発生直後の週末となると、全員が休むわけにはいかない。築地中央署の特捜も、週末を挟んで順番に休む——滝上は土日とも出て、月曜日が休みになっていた。ただし今日の出張がどう転がるか分からないから、明日以降の動きはまだ決めていなかった。必要に応じて、引き続き静岡で仕事をすることになるだろう。

東京駅発午前七時二十七分の「こだま」に乗り、八時四十七分、静岡着。東海道線に乗り換え、清水まではわずか十一分だ。乗ってしまってから、別のルートもあったな、と突然思い出す。JRの駅から少し離れた静鉄の新静岡駅まで歩けば、終点の新清水までは二十三分。そして、目指す高井の家は、清水よりも新清水からの方が近い。かつて自分が住んでいた実家も……そう、静岡市にある高校への通学には、毎日静鉄を使っていた。

総合的に考えると東海道線を使ったほうが早かったのだと頭の中で計算し、滝上はガラガラの車内で目を閉じた。居眠りするわけにはいかないが、のんびりと電車に揺られていると、やはり疲れを意識する。

西口に出て、ざっと周囲を見回す。タクシーなどが停まっているロータリーは昔と同じようだが、駅周辺の光景はかなり変わっていた。昔はなかった高層マンションが何棟か……しかしそれを除けば、基本的に街の雰囲気はさほど変わっていない。歩き出すとすぐに「清水駅前銀座」と看板がかかったアーケードの脇を通るのだが、その古臭い感じが昔とまったく同じだったのだ。滝上が子どもの頃でもかなり古い商店街だったのだが、逆に今でも生き残っているところに、歴史の重みとしぶとさを感じる。しかし滝上は、昔からこの街にはほとんど思い入れがなかった。静岡駅に近い高校に通っていたせいか、遊ぶのも静岡駅周辺の方が多かった。

歩き出すとすぐに、妙な空の高さに気づいた。清水も田舎ではない――静岡市との合併前の人口は二十万人を軽く超えていたはずだ――し、駅前にはビルが建ち並んでいるのだが、それでも東京とは桁違いだ。少し視線を上げると、梅雨の晴れ間の青空が高く広がり、何となく背筋が伸びてくる。

駅前からしばらく西へ進み、最初の信号――清水駅前のスクランブル交差点を左折する。スマートフォンで地図を確認すると、記憶は完全につながった。国道一四九号線をしばらく南に歩き、東海道線の跨線橋《こせんきよう》――ではなくその側道を行くと、高井の家にぶつかるはずだ。

記憶通り。駅から離れるに連れ、子ども時代の記憶が鮮明になってくる。駅前というのは、しばしば再開発の対象になって景色が大きく変わるのだが、少し離れた住宅街だと、何十年経ってもそれほど様子は変化しないものだ。駅から遠く離れた幹線道路沿いの方が、巨大なショッピングセンターなどを中心に開発が進み、短期間に景色が一変してしまったりする。

高井の実家の造り酒屋が、先に目に入った。店先で酒を売っているのも昔の記憶通り。ただしそちらには用はない——昨夜電話をかけた時に「自宅の方へ来てくれ」と言われていた。政治関係では今でも現役で活動を続けているのだが、家業は完全に息子に譲ったのだと言う。

巨大な店構えに比べると、高井の自宅は小さなものだった……というより、記憶にあるのとまったく違う。明治時代に建てられ、市の文化財になるかもしれないと言われていた豪壮な屋敷だったのだが、目の前にあるのはモダンな造りのこぢんまりとした住宅である。決して「豪邸」とは言えない広さだ。いかにも地方の家らしいのは、ガレージが大きく、車が二台停まっていることである。ＪＲと私鉄が走る清水でも、普段の移動には車がないとどうしようもない。

表札の「高井」を確認したものの、不安は消えない。この辺には「高井」姓が多いのだ。本当にここだったか、確認しないといけないと思い始めた瞬間、目の前のドアが開いて高井が顔を見せた。

高井の顔を見た瞬間に少しぎょっとした。十数年も会っていないから変わっていて当然なのだが、それにしてもずいぶん縮んだ……腰は曲がり、シャツは枯れた枝に引っかかっているように見えた。会わない間に、何か大病でも経験したのかもしれない。

「亮司君か」

「ご無沙汰してます」滝上は頭を下げた。

「……立派になったもんだな。ま、上がりなさいよ」

「失礼します」

昔話をしにきたのではなく、あくまで捜査——自分にそう言い聞かせて、滝上は家に入った。長い廊下の奥へ歩いて行く高井に声をかける。

「建て替えたんですか？」

「ああ」一瞬立ち止まった高井が振り向いて答える。そのまま、廊下の右にある部屋に入ってしまった。

彼の後に続くと、そこは応接室というか書斎というか……普通の家ではあまり見られないような部屋だった。部屋の中央には、横に長いテーブルを挟んで二人がけのソファが二つ、さらに一人がけのソファも二つ置いてあった。ここで、六人が一堂に会して打ち合わせができるわけだ。他に、机が二つ。どちらの机にもパソコンが載っていて、ここで仕事ができそうな雰囲気だ。壁の一面は書棚だが、本はごく一部にしか入っておらず、あとはファイルフォルダやバインダーで埋まっている。もしかしたら、この部屋が「高井酒造」の司令部なのかもしれない。

「仕事はここでしてるんですか？」滝上は思わず訊ねた。

「酒屋の方の仕事？　いや。そっちは店でやってる。昔と同じだよ」

「じゃあ、ここは？」

「選挙関係の資料なんかが置いてあるんでね。人が集まる時もここを使う」

「選挙本部のようなものですか」

高井の家は、清水のあらゆる選挙の中枢になっていたのかもしれない。実際、滝上の実家からほど近いこの家に、毎日のように大人たちが出入りしていたのを、よく覚えている。まるで会社みたいだ、と子どもながらに考えたものだ。

「高井さんは、今でも現役なんですね」

高井が低い呻き声を上げながら、ソファに腰を下ろした。膝か腰が悪いのだろう、と滝上は推測した。

「現役でやるしかないんだ。最近は田舎でも、若い連中は政治にあまり興味を持たない。昔は選挙といえば祭りだったし、地元をよくするために、自分たちの代表を政治の世界に担ぎ出そうとする意識が強かったんだがねえ……今時、そういうのは流行らないらしい。だから今でも、何だかんだで私が人と会ったり調整したりする。さっさと若い連中が声を上げて、私を引きずり下ろしてくれるといいんだが」

「クーデターを望んでいるんですか？」

「まあね。若い連中にはそれぐらい元気がないと困る」

そんなことはまず無理だ。地方の政治は、地元の財界と密接に結びついている。癒着というわけでなくても、互いに地元に利益をもたらし、発展させたいという気持ちは共通しているのだ。しかも、政治家も地元の会社の経営者も世襲が多い。親の——あるいは祖父の代から続く濃厚な関係は、そう簡単には切れないものだ。いくら若い世代が、高井のような「老害」を蹴落として自分たちに有利な政治の世界を作ろうとしても、そう簡単にはいかない。複雑に入り組んだネットワークに搦《から》めとられ、いつの間にか身動きが取れなくなっているのに気づくだけだろう。

「家は、いつ建て替えたんですか?」

「五年前だ」

「前の家は立派でしたけどね」

「あれは、古かっただけだよ」高井が苦笑した。「市の文化財にでもなっていればそのまま残したかもしれないけど、そうじゃなければ……ただ広いだけで不便な家に住む意味はない。これぐらいこぢんまりしている方が住みやすいよ」

中に入ってみると、実際にはかなり広い家だと分かった。正面から見た限りはさほど大きくないのだが、奥に広いのだ。玄関先から廊下を見ただけで、その奥行きがすぐに実感できる。

「例の事件の関係だろう?」高井がテーブルに置いてあった煙草入れの蓋を開け、一本取り出した。勧められたが首を横に振って断り、自分の煙草にすかさず火を点ける。それにしても、煙草入れにガラス製の灰皿……こういうのは平成のうちには消えたと思っていたのだが。

そこそこ広い部屋だが、二人で煙草をふかしていると、急激に空気が汚染され、視界が白くなる。これも懐かしい雰囲気だ。最近、煙草の煙が充満するような場所にいた記憶がない。

「野村真沙美さんのことですが、出身がこっちなんですね」

滝上はいきなり本題に入った。家の話を続けても構わないのだが、どうにも熱が入らない。それを言えば、静岡駅で新幹線を降りてからずっと、ざわざわと落ち着かない気持ちが消えなかった。やはり自分は、この故郷を拒絶しているのだと意識する。過去の記憶が次々に蘇ってきたが、それでも懐かしい感じはまったくない。

高井が煙草をくゆらせながら、滝上の顔をじっと見た。質問の真意をじっくり検討しているようだった。

「らしいね」結局、短く認める。

「短大進学で東京に出て、その後はずっと東京暮らし――向こうで水商売をやっていた。そういうことじゃないですか」

「そのようだ」

「高井さんはどこまで知っていたんですか？」

「こういうのは、報告書が出るものじゃない。男と女の関係は、本人たちにしか分からないだろう」

「しかし親父は公人です。プライベートなんか、ないに等しい。高井さんたちのように近い人は、知ってたんじゃないですか」

「いや、さすがに寝室にまで入りこむわけじゃないからね」高井が苦笑する。

「いったいどういうわけでこんな……年齢もとんでもなく離れてるじゃないですか」

「そういうの、嫌かい」高井が滝上の目を真っ直ぐ見ながら訊ねた。

「別に嫌なわけじゃないですが」若い頃の自分なら、汚いものを見るような目で父親を見ていただろう。しかし今は違う。一度「関係ない」とはっきり意識したら、父親のことを考えることもなくなった。

「当時は、知事も男盛りだったということだよ。もう、十数年も前だ」

「代議士時代ですか」

「そうなるね」

「まさか、十代の女性に手を出していたんじゃないでしょうね？　被害者は——彼女は、短大に進んでからすぐ、水商売の世界に入っている。まだ十代だったはずです」

「それはないだろう。だいたい、知事が行くような店には、十代の女の子はいないよ」

高級好みか。キャバクラなら若い女性が多い方が客受けもいいのだろうが、高級なクラブとなるとそうもいかない。

「どういう経緯で男女の関係になったかはご存じですか？」

「そこまでは知らない。君こそ、本当に何も知らなかったのか？　君も東京にいた頃じゃないか」

滝上は無言で首を横に振り、煙草を灰皿に押しつけた。確かに大学時代は東京にいた。しかし父親とはほとんど没交渉——向こうから縁を切られたわけで、父親が何をしていたかなどまったく知らない。公的な活動にも興味は湧かなかった。

「彼女は、七年前に自分の店を開いています。七年前というと、親父が静岡に引っこんだ時期と一致するんですよね」

「それは……」

「何かご存じなんですね」滝上は突っこんだ。「高井さんは、親父と一番近い人だ。私的な相談も受けていたはずですよね」

「そういうこともあったが……」

「手切金か何かとして、金を渡したんじゃないですか？　それが店の開店資金になった。野村真沙美さんはかなりのやり手だったはずですが、三十そこそこで銀座に自分の店を持つのは、かなりハードルが高かったはずです。かといって、銀行が簡単に貸してくれるわけもないでしょう」

「手切金という言い方はどうだろう」高井がやんわりと滝上を非難した。「出資、ということじゃないかな。店を持ちたいという希望を叶えてやったんじゃないだろうか」

「しかし、野村真沙美さんと親父は、その後で切れているでしょう。代議士時代の垢を落として知事になる——そのために、彼女を切ったんじゃないんですか？」

「否定はしないが……正直言って、具体的にどういう話し合いがあったかまでは、私も知らない」

「誰が知っているんですか」

「知事本人だけだ」

「例えば亡くなった——殺された岸本さんはどうですか？　岸本さんも、ずっと親父の側にいて、あれこれ世話を焼いていたんでしょう？　別れ話になった時、代理人ぐらいはやりそうですが」

「それも分からない」

「親父の関係者が二人も死んでいるんですよ？　何かあったと考えるのが自然でしょう」

「警察はそれを疑っているのか？」

「今のところは俺だけ——たぶん、俺だけです。でも、俺の胸の中だけにとどめておけるのは、時間の問題でしょうね」

「この情報を何かに使うつもりか？」探りを入れるように高井が訊ねた。

「いえ」滝上は反射的に嘘をついた。「事件を解決したいだけですから。他には何も考えていません。親父にも、余計なことは言わないでもらえますか？」

既に何か手を打っているかもしれないが……滝上は何とか本音を隠した。滝上の本音——父親を破滅させたい。転落する様を見てニヤニヤしたい。暗い思いが、心の中でどんどん広がっていく。

第四章　捨てた街

　さっさと東京へ戻ってもよかったが、まだ昼前である。滝上は、野村真沙美の実家を訪ねてみることにした。同じ静岡市内と言っても、清水からはだいぶ離れた駿河《するが》区――駅で言えば、東海道本線の安倍川《あべかわ》駅の近くで、滝上もほとんど知らない街だった。駅舎は新しく、半円形を描くモダンなデザインだったが、駅前には商店街らしい商店街もない。駅舎を出るとすぐに、住宅地が広がっていた。高い建物も見当たらず、一戸建ての家ばかりが並んでいる。

　駅から十分ほど歩いて、真沙美の実家を見つけ出した。かなり古びた一戸建てで、玄関先に置かれたポットの花は枯れている。外から見ただけで、誰もいないことは分かった。刑事の仕事でずっと街を歩き回り、人と会っていると、家に入らなくても中の様子が分かるようになるものだ。居留守を使われても、そこに潜む人の気配をはっきり感じ取れる。

　インタフォンを押してみる。やはり反応なし。気配もなかった――誰もいないのは間違いない。

「今、留守だよ」

声をかけられ、慌てて振り向く。いつの間にか隣の家のドアが開き、七十歳ぐらいの男性が顔を突き出していた。

「そうなんですか」滝上は男に向き直った。

「葬式……というか、葬式の準備で東京へ行ってる」

「ここ、野村真沙美さんのご実家ですよね」

「そうだよ」男の顔が微妙に歪む。滝上は男に歩み寄り、素早く表札を読んだ。木製の表札は風雨で汚れて見えにくくなっていたが、辛うじて「須藤《すどう》」と分かる。

「須藤さん、ですね」

須藤が怪訝そうな表情を浮かべたが、滝上の顔と表札を交互に見て状況に気づき、「ああ」と短く言ってうなずいた。

「警察です」滝上はバッジを示した。「東京から来ました」

隣人に話を聴いて何か分かるだろうか。両親は上京していても、こういう時は親戚が留守番をしているかもしれないと期待していたのだが。

「ああ……この事件の関係で？」

「そうです。野村真沙美さんの人となりを知りたいと思いまして」

「可愛い子だったよねえ」須藤がしみじみと言った。「この辺にはちょっといない感じの、垢抜けた子でね」

「ずっとここに住んでいたんですか？」

「生まれた時からね。だから、子どもの頃から知ってるよ」

「高校までこちらだったんですね」

「そうだね」須藤がうなずく。「卒業して東京へ出て、短大に入ったんだ」

「その後はずっと東京ですよね」

「でも、こっちへはよく帰って来てたよ」

「そうなんですか？」

「何年ぐらい前かな……もう十二、三年ぐらい前？　お父さんが体調を崩して、かれこれ二年ぐらい、入退院を繰り返してたんだ。その頃は週に一回ぐらいは帰って来て、病院へ行ったり、お母さんの手伝いをしたり、まめにやってたよ。親孝行な子だよね」

なるほど、と滝上は納得した。夜の世界での真沙美のキャリアの中で「空白」になっていた時間は、父の看病に費やされていたのかもしれない。夜の仕事をしながらだと、そんなに頻繁に帰省はできないだろうし、そのために一時的に仕事を辞めた、あるいは昼間の仕事に転じていた可能性もある。

「真沙美さんが東京で何をやっていたかは、ご存じですか？」

「いや……」一瞬間を空けた後、須藤が首を傾げる。「働いていたんだろうけど、何をやってたかまでは知らないな。でもあの子のことだから、真面目に働いてたんだろうね」

「真面目な子だったんですか？」

「お父さんが、昔から体が弱い人でね。仕事もやったりやらなかったり……お母さんがずっと働いてたんだけど、真沙美ちゃんも高校生になってからは、バイトして家計を助けてたんだよ。静岡の駅ビルにパン屋があって、そこで三年間、働いてたんじゃないかな。看板娘ってところですよ」

「よくご存じですね」

いかにも田舎らしい話だ……誰もが詮索好きというか、隣近所の状況を監視するように見ている。

「時々、売れ残りのパンをもらったから。いや、うちも食べるものに困ってたわけじゃないけどね」須藤が慌てて言い訳した。「パン屋っていうのは、どうしても売れ残りが出るんだよね。捨てるのがもったいないから店員が持って帰ってくる、それをお裾分けしてもらっただけだよ」

「よくある話ですよね」滝上はうなずき、先を促した。

「まあ、三年間、よく働いたもんだよ。卒業して家を出て行った時、お母さんは泣いてたけどね。どうしても東京の大学へ行きたいからって、アルバイトで稼いだ金を貯金してたんだってさ」

苦学生か……しかし、放課後のパン屋のバイトで、どれだけ稼げただろう。放課後から閉店まで毎日毎日——自分の高校時代を振り返ると、何も言えなくなってしまう。あの頃の滝上は、父親の生き方に反発を覚えつつ、自らの立場に安住していた。金持ちというわけではなかったが、金に困った記憶もない。バイトしたことすらなかった。

「家族仲はよかったんですね」

「よかったというか、お互いに支え合って生きてたんだよ」

「ええと」滝上は一瞬迷った。いくら隣近所のことをよく観察しているにしても、実際の家庭の事情をどれだけちゃんと知っているだろう。しかし、取り敢えず聴ける話は全部聴いておかないと。「真沙美さんが水商売をやっていたのはご存じですか?」

「ああ……まあ、そんな話は聞いたことはあるよ」須藤が前言を翻《ひるがえ》した。やはり、近所の噂話は耳にしているのだろう。

「今は、東京で自分の店を持っているんです」

「水商売についてはよく分からないけど、それはそれで大したものだね」須藤が自分を納得させるようにうなずいた。「でもあの娘《こ》は、そんな風には見えなかったな。水商売の人というと、昼間でも派手な格好をしている感じがするだろう? でも、帰省してきた時にはいつも地味な服装で、その辺の普通の主婦という感じだったよ」

「結婚はしていないんですけどね」

「イメージとしては、ということですよ」

「そんなに頻繁に帰省していたのは、お父さんの看護以外にも何か用事があったからでしょうか」

「どうかねえ」須藤が首を捻る。「でも、家族仲がよければ、月に一回や二回帰省するのは珍しくないでしょう。東京はそんなに遠くないしね」

「ご両親が心配ですよね。娘さんを亡くされて、精神的に大きなダメージを受けていると思うんですが」

「ねえ、まったくその通りだよね。仲がいい家族だけに心配だ」須藤がうなずく。

「三人家族だったんですよね？」滝上は確認した。

「いや」須藤がふっと目を逸らした。

「他にも家族がいたんですか？」

「弟さんがいたんだよね」

「そうなんですか？」これは初耳だった。真沙美の両親に事情聴取した冨山は、こんな基本的な情報さえ聴き出せなかったのだろうか。あるいは報告があっても、滝上が聞き逃していたのか。『いた』ということは、亡くなったんですか？」

「高校の時にね。自転車通学してたんだけど、事故で……まあ、あの時は可哀想だったよ。相手は信号無視のトラックで、交差点で跳ね飛ばされて即死だった」

「真沙美さんと弟さん、何歳違いですか？」

「年子だったと思う……そう、年子だね」自分の説明に納得したように須藤がうなずく。

「亡くなった時、真沙美ちゃんは高校二年生だった。確か、二年生の終わり頃——冬だったね。私も葬式には出たんだよ」

須藤はその後も、野村家の噂話を聞かせてくれた。次第に事件には関係なさそうな方向に流れていったので、滝上は話を引き戻した。

「帰省している時に、こっちでよく会っていた人はいなかったですかね？　例えば、昔の同級生とか」

「同級生かどうかは知らないけど、よく遊びに来ていた子はいたよ。女の子……女の子なんて言っちゃいけないけど」

「よく見てたんですね」滝上は少し皮肉をこめて言った。

「そりゃあ、目立つ車だったからねえ」

「目立つ？」地を這うようなシルエットのスポーツカーか、戦車と押し合いができそうな巨大なSUVか。「そんなに派手な車なんですか？」

「いやいや、営業車」須藤が小さく笑った。「地元の不動産屋の営業車で、とにかく目立つのよ。全体に紫で、会社名が黄色で書いてあってね。あれ、運転していて恥ずかしくないもんかね」

恥ずかしくてもいつかは慣れる。それよりも、大きな手がかりが手に入ったことがありがたい。目立つということは、警察的にもありがたい話なのだ。

「駿府《すんぷ》エステート」。古い地名と英語を合体させた名前は、無理な接木《つぎき》をしておかしな具合に捻《ねじ》れてしまった盆栽のような感じがする。自分がこの街にいた頃にも、この会社はあっただろうか？　高校時代より以前のことをほとんど覚えていないのだと改めて気づく。いや、そもそも高校生は不動産会社のことなど気にもしないものだ。

調べてみると、駿府エステートの本社は駿府城公園の近くにあり、さらにＪＲ静岡駅の南側に「南口店」を構えているのが分かった。ローカルな不動産屋としては、結構大きな規模かもしれない。

不動産屋だから、土曜日でも営業しているはずだ。そう思って本社に電話をかけ、当該の女性の割り出しにかかる。外で営業もする女性、三十七歳。そして真沙美の出身高校の名前を出すと、すぐに分かった。南口店にいる笹岡恵美《ささおかえみ》。楽勝だったなとほくそ笑みながら、一度電話を切る。田舎の人は素直というか親切というか、「警察」の名前は意外に効果を発揮するものだ。東京だと、そもそも警察だと信用してもらえず、話が進まないこともままある。

南口店の電話番号を調べ、すぐに電話した。今日の滝上はついている。電話に出たのが笹岡恵美本人だった。

「野村真沙美さんの事件を調べている者です」名乗った後、滝上は簡単に自分の仕事を説明した。

「ああ」恵美が気の抜けたような返事をした。

「真沙美さんは、頻繁に帰省していたと聞いています。あなたとよく会っていたとも

「……高校の同級生ですよね？」

「ええ」

「実は私も、静岡の高校の出身です」

「そうなんですか？」

自分の出身高校の名前を告げたが、恵美にピンときた様子はない。まあ、これは仕方ない。運動部なら試合で顔を合わせることもあるだろうが、そうではない人間は、他校に行く機会はあまりないものだ。しかも滝上は、真沙美たちの一年下になる。同じ市内にある高校に在籍していたという共通点だけでは、話が盛り上がるわけもない。

「とにかく、少し話を聞かせてもらえませんか？」

「構いませんけど、これから来客なんです」

「何時ぐらいに空きますか？」

「一時——一時半なら」

「でしたら、一時半にそちらへお伺いしていいですか？　ご迷惑はおかけしませんので」

「はあ……私に話せることがあるかどうか、分かりませんけど」

「それは、話してから考えます。よろしくお願いします」

念のために、南口店の場所を確認する。南口のロータリーから伸びる「石田街道」沿いのビルの一階で、目立つ看板が出ているから見逃すことはない、と彼女は説明してくれた。そう言われると、何となくあの辺の光景が脳裏に蘇る。静岡駅の周辺は、北口が飲食店などの多い繁華街、南口は銀行や企業の支店などが多いビジネス街という感じだ。ただし、滝上の高校は北口にあったので、特に用事がなかった南口側の記憶は薄い。何となくとっつきにくい、冷たい街という印象がかすかに残っているだけだった。

さて、少し時間に余裕ができた。今のうちにこの辺で昼飯を済ませておこう。静岡駅の近くでうろうろしていると、知り合いに会う可能性がないとは言えない。もう十数年も帰っていないし、こちらも高校生の頃とはずいぶん顔が変わっているだろうから、気づかれないとは思うが、念のため——同級生にでも見つかったら面倒だ。

結局、安倍川駅へ戻る道すがら、ステーキ店を見つけて衝動的に入ってしまった。特にステーキが食べたい気分ではなかったが、そもそも滝上は食べ物にこだわりがないので、逆に言えば腹が満たされれば何でもいい。

店内は気やすいファミレスのような雰囲気だったが、ステーキは「黒毛和牛」と謳っているだけのことはある値段だった。財布に痛いな……結局一番安いカットステーキのランチを頼んだ。安いといっても、百グラムで千九百八十円。溜息をついてメニューを閉じる。土曜の昼時で、それほど広くない店内はほぼ満席だった。家族連れが多く、人気の店だと分かる。

さっさと食べて再起動したかったが、ステーキというのはカレーのように早食いはできない。しかもこの店の肉は、そこそこ歯応えがあり、きちんと噛み終えるのに時間がかかるのだった。

覚悟を決めてゆっくりとステーキを食べ、食後のコーヒーで口中の脂っこさを洗い流す。これでほっと一息……。

「お下げしてよろしいですか」と声をかけられ、顔も上げずに「はい」と返事をする。しかし店員が立ち去る気配がない。何事かと顔を上げると、怪訝そうな表情を浮かべた女性店員が、空になったステーキの皿を持ったまま立っている。

「ええと……もしかして喜多《きた》君？」

その名前で呼ばれて、滝上は苛立ちが爆発しそうになるのを感じた。しかし辛うじて抑える――俺を知っているということは、たぶんそれなりの知り合いだ。

「分からない？　嶋岡《しまおか》よ。嶋岡和香《わか》」

「ああ、どうも」つい素っ気ない返事をしてしまう。名前を聞いて、高校の同級生だということは思い出したが、ここで昔話をするつもりは毛頭ない。それに、捨てた名前で呼ばれたのが気に食わなかった。いや、それは因縁か。彼女は自分が「喜多」を名乗らなくなったことも知らないだろう。

「どうしたの？　今、東京にいるんじゃないの？」

「ああ。ちょっとこっちで仕事でね」

「そうなんだ」

「君は？　ここで働いている？」滝上は、高校時代の和香の姿を現在の姿と重ね合わせようとした。それほど背は高くない——それは変わっていないのだが、横幅はだいぶ広くなった。愛嬌のある笑顔は昔と同じ感じがするのだが。

「バイトよ、バイト」

「そうなんだ」

「子どもも手がかからなくなったから、パートで」

「子どもさん、大きいのか？」

「上が中学一年生、下が小学五年生」

「ああ……」
三十五、六歳なら、中学校一年生の子どもがいてもまったくおかしくない。しかし滝上は、時の流れを突然感じた。彼女は着実に年齢を重ねている。きちんと結婚し、きちんと子どもを育て、きちんと働いているのだろう。自分の人生が間違っているとは思わないが、あまりの違いに呆然とするばかりだった。
しかし、いつまでも呆然としているつもりも、彼女と旧交を温めるつもりもない。膨れ上がるのは不安感だけだった。田舎特有の濃い人間関係——そこから完全に逃れたと思っていたのに、まだつながっているとは。

滝上は伝票を摑んで立ち上がった。

「ご馳走様」

「いいの？　コーヒー、まだ残ってるけど」

見下ろすと、黒い水面はほとんど下がっていない。

「いや、いいんだ。急ぐから」

「じゃあ、また……こっちへ帰って来ることがあったら連絡してね。皆、会いたがってるから」

嘘。高校の同級生の自分に対する印象は——滝上の属性は「喜多亮司」という一人の高校生ではなく、「県議会議員の息子」だった。当時からそういう立場を疎ましく思い、その後は父親と衝突して人生から転落しかけ、ついには父の姓を捨てた。

そういう事情を、高校時代の友人たちは知らない。今の自分は、大学の終わりから警察官になるタイミングで新しく作り直した人格なのだ。

仕事のためとはいえ、この街へ戻って来たのは失敗だった。しかし多少嫌な思いをしても、やらねばならないことがある。やれるのか？　破滅の先に何があるか、お前は読めているのか？


約束の時間の五分前、滝上は駿府エステート南口店の前に立った。新しい、大きなオフィスビルが林立する街並みは、東京と変わらないように見えたが、今日は土曜日なので人は少ない。平日は、もっと賑わうのだろう。

外から覗きこんでみると、店内はガラガラだった。不動産屋には土日もないはずだが、今は暇な時間帯なのかもしれない。

中に入って、「滝上」という名前だけを名乗り、笹岡恵美と約束がある、と告げる。すぐに恵美が、カウンターのところに出て来た。ブラウスに茶色いチェックのベストを合わせるのが、ここの女性社員の制服のようだった。恵美は身長百六十センチぐらい、少し茶色がかった髪をショートボブにまとめていた。目鼻立ちがはっきりした顔立ちが、今は非常に暗く見える。滝上の訪問で落ちこんでしまったのは明らかだった。

「中へどうぞ」

「失礼します」

他の社員の視線が一瞬気にかかったが、無視して中に入ると、小さな囲いの中に通された。ここが個別の商談スペースなのだろう。パーティションで区切られているだけで、上は空いているので、大声で話していたら他の社員に聞かれてしまう。ここはできるだけ声を抑えていこう、と滝上は決めた。

「お忙しいところ、すみません」滝上は低い声で切り出した。

「いえ」恵美は視線を落としがちだった。「どういうことなのか、未だに分からないんです」

「今、それを調べています」

「お葬式、どうなるんでしょうね？　こっちでやるんでしょうか」

「それも、私は聞いていないんですが……」決まっていないのだと思う。解剖は終わったが、遺体はまだ東京にある。先ほど特捜本部に電話を入れたところ、両親は現在も冷静に判断できる状態ではなく、東京で火葬をするか、そのまま静岡へ遺体を持ち帰るか、決めかねているという。

こんな状態にあって、冷静に判断できる人間はいない。

「ご実家には何度も電話したんですけど、出ないんです」

「ご両親は、東京にいます」

「携帯の番号を知っていれば……」恵美が唇を噛む。「友だちも皆、心配しているんです」

「何か分かったら、私の方からあなたに連絡しますよ。お友だちも、葬儀には参列したいと思っていますよね？」

「もちろんです」

「その中であなたは、特に彼女と仲がよかった」

「はい」

認めた瞬間、恵美の目から涙が溢れる。声をかけるべきかどうか迷ったが、滝上は待つことにした。恵美は涙を流しているが、嗚咽しているわけではない。程なく落ち着くだろう、と予想した。

滝上の予想通り、恵美はハンカチをしばらく両目に押し当てていたものの、涙はすぐに引っこんだ。短く鼻をすすると、低い声で「すみません」と謝った。

「真沙美さんは、よくこちらに帰省していたそうですね。ご両親の面倒を見るためですか」

「はい」

「あなたは彼女とよく会っていた、と聞いています」

「そうですね。こっちへ帰って来たらお茶を飲んだり、食事をしたり……ストレス解消させてあげないといけないと思ってました」

「ストレスが溜まっていたんですか？」

「東京での仕事は大変だったと聞いています。水商売って、いつも気を遣ってばかりですよね？」

「相手をリラックスさせるために気を遣う――まさにそういうことだと思います」滝上はうなずいた。

「それに、お父さんの看病なんかが重なって……家には仕送りもしていたし、本当に一生懸命やっていたんですよ」

「水商売を始めたのは、もしかしたらご両親を助けるためですか？」

「それもあったと思いますけど、真沙美は『性に合ってる』って言ってました」

「短大を出てすぐ、そういう商売を始めたそうですけど……」

恵美が無言でうなずく。どうやら真沙美は、恵美には何でも報告、相談していたようだ。故郷に、どんなことでも話し合える親友がいる――滝上には縁遠い世界だ。

「水商売を始めたことについて、どう思いました？」

「実は、高校生の頃からそう言っていたんです」

「そんなに早く？」

「弟さんが事故で亡くなったの、知ってますか？」

滝上は無言でうなずいた。やはり真沙美の現在は、家族の過去につながっていく……。

「弟さんは優秀で、家族も将来に期待をかけていたんです。でも、あんな事故に遭って……ご両親もすっかり落ちこんでしまったんです。それにお父さんは昔から病気がちで、いろいろ大変でした」

「そういう話は聞いています」

「真沙美は、『自分が家族を支えていかないといけない』っていつも言っていました。それで、手っ取り早く儲けるには水商売がいいと考えていたんです」

「高校生がそんなことまで考えるものですかね」滝上は首を傾げた。

「真沙美は昔から、家族第一ですから」

「じゃあ、ご家族もそれで納得してたんですね？」

「申し訳ないって言ってたみたいですけどね。でも、水商売は真沙美には合ってたみたいです。考えてみれば、あの子、昔から人に喜んでもらうのが好きで、優しかったんですよ。ホスピタリティ？　そういうのが自然に身についていたんです」

「なるほど……」

「真沙美が頑張って、一時はお父さんも調子がよくなって、仕事にも復帰したんです」

「いつ頃ですか？」

「十年ぐらい前かな。お父さん、静岡建業で働くようになったんです。その頃もう、五十歳を過ぎてたんですけど、真沙美も喜んでいました」

滝上はどきりとした。静岡建業は、まさに父の実家が経営する建設会社である。しかも十年前というと、父が真沙美を愛人にしていた時期だ。真沙美が父に泣きついて、父親を静岡建業に押しこんでいたのか？

あり得ない話ではない。地方では、コネで全てが決まるのだ。

「お父さんは、ずっとその会社にいるんですか？」

「いいえ、すぐ辞めたそうです。かなり無理して仕事していたみたいで、また体調を崩して、辞めてからしばらくは入院と退院を繰り返していたはずです。いろいろ頑張ったけど、結局、真沙美は上手くいかなかったんですよね」恵美が溜息をついた。

「あなたはそれを見守っていた」

「見守っていたというか、見ていただけです」いっそう大きな溜息。「家族の中のことですから、外の人間ができることなんて、限られていますよね」

「だからこそ、あなたが落ちこむ必要はないですよ」

「でも、真沙美自身のことは……」恵美が目を伏せる。「もっと相談に乗っておけばよかったと思います」

「彼女自身に、何かトラブルでもあったんですか？」滝上は身を乗り出した。今まで、真沙美個人——あるいは「ロッソ」に関するトラブルは、一切表沙汰になっていない。

「真沙美、この半年ぐらい、ちょっと様子がおかしかったんです」恵美が打ち明けた。「こっちへ帰って来る度に話したんですけど、いつも上の空で人の話を聞いてなくて……明らかに悩んでいる感じだったから、聞いてみたんです」

「彼女は何と？」

「店の方でいろいろ問題がある、という話でした。店の女の子が何人も辞めて、後釜を探すのが大変だって。私はよく知らないんですけど、彼女のお店って、かなり高級なんでしょう？」

「そうですね」厳密に言えば「S」クラスではなく「A」というところだろうが、滝上は恵美に話を合わせた。

「そういう店で働く子は、綺麗なだけじゃなくて教養もないといけない……会社の偉い人とかも来る店ですよね？」

「確かに、接待が多いみたいですね」

「お客さんに話を合わせるためには、何も知らないで笑ってばかりじゃ駄目だって。真沙美、店の女の子たちには毎日ちゃんと新聞を読むように、口を酸っぱくして言っていたそうです。自分もそんな風に教わったからって。でも最近の子は、そういうことに真面目に取り組まないそうです」

「なるほど……真沙美さんのお眼鏡に適う女性は、なかなか見つからない、ということですね」

「でも、悩みの原因はそれじゃなかったと思います」

おいおい——滝上は心の中で舌打ちした。本筋の話があるなら、そっちをさっさと言ってくれ。

「お店以外の話ですか？」

「従業員の確保に困っているっていう話は、何回も聞いてます。だけど今回はちょっと様子が違っていて……そうですね、店のことじゃないと思います」

「だったら何ですかね？　あなたにも打ち明けていなかったんですか？」

「ストーカー、みたいな？」

「どういうことですか」滝上はぐっと身を乗り出した。ストーカー絡みのトラブルは、容易に事件に結びつく。

「面倒な話を持ちかけられて、受けるかどうか迷っている、という話でした。真沙美は、やる必要があると思っていたみたいですけど、やったら今まで積み上げてきたものが全部駄目になるかもしれないって——すみません、抽象的な話で」

「確かに、どういう話なのか、想像もできませんね」滝上は腕組みをした。「その件で、相当悩んでいたんですか？」

「だと思います。はっきりとは言わなかったんですけど」

「相手は？」

「男性だと思います。『彼が』って言っていたので」

「その男性が何かを提案した。真沙美さんとしても、やるべきこと、やりたいことだと判断していた。しかし、やったら仕事に悪影響が出るかもしれない——そういう感じですかね?」

滝上はまとめた。恵美がこくりとうなずいたが、微妙な表情が浮かんでおり、彼女自身納得していないのは明らかだった。

「例えば、薬物関係とか?」

「何ですか、それ」恵美が食ってかかるように言った。「真沙美が薬物って……そんなこと、あり得ません」

「彼女自身がそういうものに縁がなくても、ああいうお店を取り引き場所に利用しようとする人間もいます」

「あり得ません」恵美がぴしりと言った。

「どうしてそう言い切れるんですか?」

「真沙美は、薬に対しては異常に敏感なんですよ。子どもの頃から病院には縁があったでしょう?」

「ああ……」父親は病弱、弟は事故死。消毒薬の臭いが充満する病院を毛嫌いしているであろうことは簡単に想像できる。しかし、そういうストレスから——嫌いなものから逃れるために薬物に走る人は少なくない。そう、人間はごくごく些細なことがきっかけで、あっさりドラッグに手を出すのだ。

「お父さんが、一時薬でだいぶ苦しんでいたんです」

「まさか、違法薬物に手を出していたとか？」

「違います」恵美がむきになって言った。「服用していた薬が合わなくて、症状が悪化したんです。でも、ずっと原因が分からなくて……そういうこと、結構あるみたいですね」

「聞いたことがあります」

「小学生の時にそういうことがあって、真沙美本人も薬が大嫌いだったんです。頭痛持ちだったんですよ、あの子」

「そうなんですか？」

「高校の頃は相当ひどくて、でも絶対に薬を飲もうとしなかったんです。あの、おでこを冷やすシート、あるでしょう」

「ええ」滝上は思わず、自分の額に掌を当てた。汗をかいた後で、じっとりと濡れている。

「頭痛の時、頭を冷やすと少しよくなるんですよね。だから、授業中にも額に貼って、先生に怒られてました。そんな人が、ドラッグになんか手を出すと思います？」

滝上は何も言わなかった。精神的な悩みだけでなく、体の問題でドラッグに手を出す人間も少なくない――むしろその方が多いかもしれない。「ダイエットに効果的」「疲れが取れる」と誘うのは、特に覚醒剤の売人が人に近づく時の典型的な手口だ。

「彼女に近づいて来た男性がどんな人だったか、分かるといいんですが……」

「お客さんではないと思うんですけどね」恵美が推測を口にした。

「どうしてそう思いますか?」

「今思い出したんですけど、家の前まで来られたことがあるって言ってました。お客さんは、さすがにそんなことはしないでしょう」

「そうでしょうね」それこそストーカーになってしまう。それより滝上は、恵美の反応に少しだけ苛ついた。彼女は、喋りながら徐々に思い出すタイプなのかもしれないが、こういう人と話していると、小刻みに情報が出てきて、いつまで経っても話が終わらない。

しかし実際には、彼女の話はここで尽きてしまった。真沙美にしても、恵美に相談してもどうしようもないことだと諦めていたのだろう。せいぜい愚痴を零す程度……もっとも、愚痴ればそれだけでもストレス解消になるから、真沙美としてはそれでよかったのかもしれない。

結局一時間ほど話して、滝上は店を辞去した。一応、参考になる話は手に入ったが、ここからどう捜査を広げていくかは難しい。むしろ話せないこと——自分のプライベートに関わることに、大事なポイントがある。

あくまで滝上にとっての、だが。

東京駅から、築地中央署の最寄駅である新富町や東銀座へは意外に行きにくい。今日は暑さがそれほど厳しくなさそうだったので、滝上は八重洲口から歩くことにした。甘かった。この辺りはひたすら土地が平坦で、高いビルもあるのだが、歩く場所によっては夏の日差しをもろに脳天に浴びる。夕方が近いのに気温が下がる気配はまったくなく、滝上は途中でへばってしまった。喫茶店を発見して逃げこみ、マスクを下ろして一息つき、頼んだアイスコーヒーを一気に半分ほど飲んでしまう。それからミルクとガムシロップを少しだけ加え、糖分を補給していくことにした。エアコンの冷気が体に染みこむうちに、ようやく汗が引いていく。

静岡出張の報告をどうするか……大した土産はないので、自分を送り出した市来は渋い顔をするかもしれない。かといって、必要以上に情報を膨らませるわけにはいかないし、真沙美と父に関する疑惑を打ち明けるなど、当然問題外だ。

この件は絶対に自分で決着をつける。相手は強者だが、できないことはない、と自信もあった。何しろ自分は、相手の懐に入れるのだから。向こうが拒否する可能性もあるが。

そう言えば……練馬中央署の事件について、新しい情報がまったくない。こちらも父が絡んでくるかもしれない話だから、情報を仕入れておかないと。思いついたままで保留にしていたこと——練馬中央署にいる同期の安岡《やすおか》に電話を入れようと思ったが、店の中では話ができない。

アイスコーヒーを飲み干してすぐに店を出たが、歩きながら話せることでもない。結局署に着いてから、交通課の前のベンチに座って電話をかけることにした。ここなら冷房も効いているし、土曜だから訪れる人もいない。誰かに盗み聞きされることなく話ができる、格好の場所だった。

「滝上？　何だよ、こっちはクソ忙しいんだ」安岡は最初から不機嫌そうだった。

「電話に出られるんだから、そこまで忙しくないだろう。だいたいお前、特捜で電話番してるだけじゃないか」

「それが管理職の仕事なんだよ」

安岡が不満そうに言った。彼は去年、警部補に昇任して——同期ではトップクラスの早さだった——今年から練馬中央署刑事課の係長になっている。おそらく今後も、所轄と本部の異動を繰り返しながら、順調に出世の階段を上がっていくだろう。出世に興味がなく、巡査長の肩書きは得たものの、今でも実質的にヒラ刑事の滝上とは雲泥の差である。何しろ巡査長は、試験に合格してなるものではないし、警察法に定められた正式な階級でもない。勤務年数が長くなった平巡査に与えられる「救済措置」のようなものだ。

「で？　そっちはどうなんだよ」滝上はわざと気楽な調子で切り出した。

「お前には関係ないだろう。そっちこそ、放火事件で大変じゃないのか」

「いや……そっちの被害者もちょっと知ってるもんでね」

「何だって?」安岡がいきなり食いついてきた。「知り合いだったら話を聴かせろよ。こっちも――」

「もう行き詰まってるのか」

滝上の指摘に、安岡が黙りこむ。いきなり家の玄関先で発砲してターゲットを射殺――すぐにでも解決しそうな事件ではある。最近は防犯カメラの普及で、街中に監視網が広がっているも同然だし……ただ、繁華街に比べれば、住宅地には防犯カメラは少ない。

「うるさいな」安岡が吐き捨てる。「こいつは重要案件だぜ」

「そうだな。市民生活を守るためにも、さっさと犯人を逮捕してくれ」

「お前に言われなくても分かってる」安岡は本気で怒っているようだった。「ヤクザの事件でもないのに銃が使われるのは異常事態だからな」

「誰の責任でこんなことになってるのかね……しかしこれ、通り魔じゃないだろう?明らかに狙ってやった感じだ」

「だろうな」安岡が認める。

「被害者はヤバそうな人間なのか?　マル暴と関係があるとか?」

「それはないね」安岡が断言した。

「今は無職なんだろう?」どこまで摑んでいるのか……少し不安になりながら、滝上は訊ねた。

「そうだ。奥さんと一緒に、娘さんの家に世話になってる。もともと、代議士秘書だよ」

「代議士?」話が核心に近づいてきた。鼓動が高鳴るのを感じながら、滝上は先を促した。

「代議士というか、今は静岡県知事だな。喜多安武《やすたけ》知事。知ってるか? お前、生まれは静岡だろう」

「今は東京都民だよ」

「自分の故郷の話じゃないか」

「もう長いこと帰ってない」故郷、と言われると寒気を覚える。

「五年ほど前に秘書を辞めてる。年齢だろうな……その頃、もう七十過ぎだったから」

「じゃあ、今は悠々自適ということか」やはり特捜は、かなり詳細に情報を摑んでいるようだ。

「奥さんが病気で、東京の病院で治療するために、こっちへ引っ越して来たらしい。喜多知事が代議士の時代には東京に住んでいたらしいから、馴染みがないわけじゃないだろうな。年寄りは、自分が住んでいるところからなかなか引っ越したがらないものだけど」

「それで? 何か事件につながるような問題は出てきてないのか?」

「ない」安岡が断言した。

「ずいぶんあっさり言うんだな。そんなにはっきりしてるのか」

「この件は今、捜査一課の最優先事項なんだよ。人も金も投入してるし、捜査にぬかりはない。お前のところみたいに、被疑者死亡でのんびり捜査してるわけにはいかないからな」

「言ってくれるな。こっちだって、同じぐらい重要な事件なんだぜ」

「だけど犯人は死んでる……犯人って言っていいのか？」

「まだ確定してない。そういう意味では難しい捜査だ」

「じゃあ、こんな風にのんびり電話してる暇なんかないじゃないか。用事は何なんだよ」

「激励」

「一言も激励してもらってないぞ」

「そうか。頑張れ」

「ふざけるな」

吐き捨て、安岡が電話を切ってしまった。どうもこの男と話しているとからかいたくなる……すぐに熱くなるのだ。

取り敢えず、捜査はほとんど進んでいないことが分かった。ということは、自分が割って入る隙間はある。問題は、実際にどうやって割って入るかだ。しばらく座ったままあれこれ考えてみたが、ふと浮かんだアイディア以上に上手い手を思いつかない。

仮病。

捜査会議はまだ始まっていなかった。滝上は市来の前に立ち、報告を始めたが、さっそく演技を混ぜた。大袈裟に咳きこみ、顔を真っ赤にしてみせる。

「何だよ、風邪か？」市来が顔の前で手を振る。

「すみません。出張中に急に調子が悪くなって……今、夏風邪、流行ってるじゃないですか」

「まさか、コロナじゃないだろうな」

「さあ……民間のPCR検査を受けておきますよ」滝上はマスクを軽く手で押さえた。

「頼むぜ……で、どうだった？」

「被害者――野村真沙美さんは、何らかのトラブルに巻きこまれていたようです」

滝上は、恵美から聴いた話を筋道だてて報告した。市来の表情があっという間に険しくなる。

「ストーカーみたいなものか？」

「相手は男のようですが、ストーカーとは言い切れませんね。金の問題か薬物か、犯罪絡みの可能性もある」

「あのクラブは、薬物とは関係なさそうだが」

「それは、もっと詳しく調べてみるべきでしょう。従業員以外――客にも事情聴取した方がいいんじゃないですかね」

「野村真沙美さんの手帳が、実質的な顧客リストとして使える」

「ああ、そうですね」滝上はうなずいた。「ロッソ」の店内は一部が激しく焼けたが、致命的な被害はなかった。幸いなことに様々な書類やパソコンなどは無事に押収できている。その中に、真沙美が何年も使っていたシステム手帳があって、滝上も確認していた。単なる顧客名簿に止《とど》まらない詳細なメモで、客の名前や勤務先、連絡先の他に、酒や肴の好み、趣味などが詳細に書きこんである。こういうデータを、接客に活かそうとしたのだろう。

「あの手帳から顧客の線を洗おう。今のところ、西片若菜との関係が一切出てこないし、少しこの線を広げた方がいいな」

「西片若菜の存在が謎ですよね。動機につながる材料がない」

「それなんだがな……今日、科捜研から連絡があった。解剖後の組織検査で、おかしな薬物が検出されたらしい」

「おかしな?」日本国内でメジャーな違法薬物というと、大麻に覚醒剤、それとMDMAなどのカジュアルなドラッグぐらいだ。「珍しい薬物ということですか?」

「日本ではほぼ検出されていない――ドラッグというか、薬品、鎮痛剤だよ。アメリカ製で、『スヴァルバン』という薬だそうだ」

「スヴァルバン」滝上は低く繰り返してから口をつぐんだ。まさか……またこの名前を聞くことがあるとは思わなかった。警察の中でも、この薬品について知っている人間はほとんどいないだろう。

「しばらく前に、アメリカで問題になった薬だそうだ。手術後の痛み止めなんかにも使われるかなり強い鎮痛剤なんだけど、陶酔感や高揚感が出て、常用性が高い。幻覚が出る副作用もあって、アメリカ国内ではだいぶ前に使用が禁止されたそうだ」

「日本で、咳止めを使うようなものですかね」

「あれよりずっと効果も中毒性も強いらしいけどな。アメリカ国内では使用が禁止されたけど、メキシコでは今でも製造されていて、アメリカには違法に入ってくるらしい」

「メキシコとアメリカのドラッグ戦争は、コカインだけじゃないんですね」

「まあ、どこの国でも、違法な薬物に手を出す人間はいるってことだよ。ただし、西片若菜には渡米歴がない。渡米というか、一度も海外に行っていないはずだ。パスポートも持っていないし」

「組対は、この薬物については知ってるんですかね?」警視庁の中では、組織犯罪対策部第五課が薬物捜査の担当だ。

「非公式に確認した。そういう薬があることは把握していて、情報は収集しているが、国内での流通は確認していないらしい」

「また面倒な話ですね。渡米歴がないのにそういう薬を使っているということは、国内でも流通し始めている……」

「その可能性は否定できないな」市来がうなずく。「ということは、西片若菜は薬物中毒の影響下で、あんな事件を起こした可能性がある。もしもそうなら、組対も興味を持つだろう。この事件自体が、別の意味を持ってくるかもしれない」

「そうですか」そこで滝上は、またわざとらしく咳きこんだ。大袈裟な空咳で、喉が本当に痛む。

「おいおい、勘弁してくれよ」市来が背中を伸ばすようにして、滝上と距離を置いた。「熱でもあるんじゃないのか？　だったらさっさと帰れよ」

「ちょっと体温計を借りてきます。警務課にあるでしょう」

踵《きびす》を返し、滝上は思わずニヤリとした。市来が異常なほどの健康オタクなのは、係の中でも有名だ。毎日、三食に何を食べたか記録してカロリー計算をしているし、健康診断は年二回、さらに何種類ものサプリメントを愛用していて、それを飲むのに青汁を使うという徹底ぶりである。当然ながら、コロナやインフルエンザを極度に恐れていて、コロナ以前でも庁舎内でマスクをしていた。

仮病に簡単に騙されそうなタイプだ。これを利用しない手はない。

警務課にあった体温計は、旧式のものだった。脇に挟んで数秒では計測できないので、少し時間がかかる。滝上は体温計の先を指でしごいて、三十八度五分まで温度を上げた。

「死にかけですね」滝上は市来に向かって体温計を振って見せた。

「マジで熱があるのか？」

「三十八度五分。見ますか?」

「お前が脇の下に挟んだ体温計なんか、見たくもないよ」市来が滝上に向かって手を振った。「さっさと帰れ。熱が下がるまでは出てくるな。検査もちゃんと受けろ」

「一晩寝れば治りますよ」

「そうやって出てきて、他人にうつしまくっていった奴を、俺は何人も知ってんだ。勘弁してくれよ。今は洒落にならないんだから」

「じゃあ……取り敢えず失礼します」

よし、これでOK。少なくとも明日一日、特捜に顔を出さずに動いていても、問題にはならないだろう。さらに月曜日はローテーションで休みになっているから、二日間の猶予ができる。警務課に体温計を返し、さっさと署を出る。弾むような足取りにならないよう、気をつけた。


一度ぐっと上がったテンションは、一人になった途端に一気に落ちた。スヴァルバン。まさかここで、その名前を聞くことになろうとは。このドラッグ——いや、鎮痛剤については、もう少し詳しく情報を仕入れておきたい。市来は特徴として「陶酔感、高揚感、幻覚」を挙げていたが、もっと別の効果もあるはずだ。

誰に聞けばいいか……ネットで確認すると、英語のサイトではかなり詳しく説明があった。しかし、一々読みこんで内容を把握するのは面倒臭い。滝上は一年ほどアメリカに留学していて、英語は話す分にはあまり苦労しないが、読むとなるとそれなりに時間がかかる。しかも、ネットに出ている情報を鵜呑みにするわけにはいかない。こういう時は専門家に話を聞くのが一番確実だが、適当な相手が思い当たらない——歩きながら記憶をひっくり返し、さらにスマートフォンを取り出して電話帳をざっと見返した。ふと、一人の人間の名前に行き当たる。これは……そうか、一度だけ会って、連絡先を交換した相手だ。その後一度も電話したことがないし、向こうはこちらを忘れているかもしれないが、かけてみる意味はある。

とはいえ、歩きながらではややこしい話はできない。

滝上は自宅への道を急いだ。昼飯のステーキが重かったせいで、まだまったく腹は減っていないから、取り敢えず夕飯は先送りにして電話をかけてみよう。地下鉄に揺られながら、まずこの電話番号にショートメッセージを送ってみようかと思った。最近は、直接電話がかかってくるのが嫌われる傾向があり、話さなければならない用件がある人は、まずLINEなりメールなりで相手に確認するのが普通になっている。しかしこの相手に対しては、むしろそういう気遣いは不要ではないかと思った。何しろ六十歳……いや、今はもう七十歳近いはずだ。連絡手段は電話がデフォルトの世代だろう。

自宅に入ってドアを閉めるなり、登録してあった問題の番号に電話をかける。向こうが覚えていなかったら、一から説明しなければならず、かなり手間がかかる。

相手——市川巧《いちかわたくみ》はすぐに電話に出た。ただし、「はい」と不機嫌な声で返事するだけで、名乗りもしない。

「市川先生ですか？　大変ご無沙汰しております。警視庁の滝上です」

「滝上……」

思い出せないようだった。これは面倒なことになる、と滝上は身構えた。取り敢えず説明してみよう。

「しばらく前に、薬物事件の捜査の関係で、専門家のお話を伺いたいと思って、先生にお会いしたんです。『ネオエクスタシー』の話です」

「ああ、あの時の」

何とか思い出してもらえたようだとほっとして、滝上は続けた。

「素人の相手で大変だったと思いますが……その節はご迷惑をおかけしまして」

十年前、滝上はまだ所轄の刑事組織犯罪対策課にいた。本部だと、この二つは完全に別の「部」になるのだが、人の少ない所轄では、殺人事件や詐欺事件を扱う刑事課と、暴力団対策などを主に行う組織犯罪対策課を一つの課にまとめているところも多い。普段は、刑事係と組織犯罪対策係として別々に仕事をするが、大事件になると協力して捜査を行うことも少なくない。当時の滝上は刑事係に所属していた。

十年前に起きたのは、大学生二人が自宅で死亡しているのが見つかり、いずれも急性の薬物中毒と判断された事件である。その際、体内から検出された薬物があまり馴染みのないものだったので、滝上は管内にある薬科大学の教授を務めていた市川に話を聞きに行ったのだ。化学式を含めた専門的な話が続き、どんな内容だったかもほとんど覚えていないが……市川は、危険薬物の専門家でもあり、ドラッグ関係の捜査では警察も相談に行くような人物だった。

「お休みのところすみません」ここはあくまで下手に出ることにした。

「いやいや、もう大学も辞めているから、悠々自適——暇を持て余してますよ。また事件の関係ですか？」

「そうなんです」

「私は今は、公的な立場にないですから、話したことを根拠にして動かれるのは困りますけどね」

「了解です。ちょっとご教示いただければと……バックグラウンドを知りたいんです。スヴァルバンという薬なんですが」

「鎮痛剤だね」市川がすぐに反応した。「あれは、アメリカでは確か、副作用の問題もあって、十五年ほど前に製造中止になったはずだ。鎮痛剤というのは神経を麻痺させるわけだから、麻薬に似たような効果が出るのは当然です」

「常用性もあるそうですね」

「そのせいで、アメリカでは問題になったんですよ」

「他には何か、副作用はないんですか？」

「覚醒剤と同じような高揚感もあるし、幻覚作用もある……もう一つ、これははっきりしたエビデンスがあるわけじゃないですが、自白剤のような効果があると言われているんですよ」

「でも、そもそも自白剤なんていうものは存在しないはずですよね」そういうのが活躍するのは、映画や小説の中だけの話——滝上も十五年前、別の人間から同じように聞かされた。

「自白剤というと、そうですね、実際には想像の産物のようなものです。スヴァルバンの場合は何と言いますか……暗示にかかりやすくなるという感じですね」

「そんな副作用があるんですか？」

「ですから、ちゃんと分析・研究されているわけではないので」市川の口調にかすかに苛立ちが混じった。「製造中止になってしまいましたからね」

「メキシコではまだ製造されていて、アメリカにも流れているそうですが……」

「それは私も聞いていますよ」市川が認めた。「今、アメリカでは医療用薬剤による中毒が大きな問題になっています。日本でも、咳止めの濫用が問題になったことがあるでしょう？」

　先ほど、市来と同じような話をしたな、と思い出した。滝上はずっと立ったままだったのに気づき、ようやくソファに腰を下ろした。室内には昼間の熱が籠っており、座っているだけなのに汗が滲み出てくる。手を伸ばして、ローテーブルに置いたリモコンを摑んでエアコンの電源を入れた。すぐに冷風が吹き出てきて体を洗い、少しだけほっとする。

「スヴァルバンが日本に出回っているという情報があるんですが」

「初耳ですな」市川が意外そうな声で答える。

「ある遺体から、成分が検出されたんです」

「スヴァルバンが原因で亡くなった？」

「いや、そういう訳ではなく……死因は別ですが」その辺の事情は市川には話せない。今の市川は、本人が言う通りに、公的な立場にある警察の協力者ではないのだ。

「この人物――女性ですが――には、海外渡航歴はありません。となると、国内で流通しているものを入手したとしか考えられないんです」

「確かに」市川が認めた。「しかし今は、海外からも簡単に薬物が輸入できる。特にスヴァルバンは、メキシコでは製造されていて違法ではないですからね」

「これまで、日本で鎮痛剤として使われたことはなかったんですか？」

「薬として認可が下りなかったはずですよ。アメリカで問題になっているという情報は、早くから入ってきていましたから」

「なるほど」そうだとしても、入手は不可能ではないだろう。ネットでは、日々新しい薬物がカジュアルな形で紹介されているし、興味を持った人が探せば、必ず入手ルートは見つかる。そうやって、新種のドラッグはあっという間に蔓延《まんえん》していくのだ。

「いずれにせよ、裏ルートで日本に入ってきていてもおかしくないですよね」

「そういうことは、あなたの方がよくご存じでしょう」市川が苦笑した。「まったく、いたちごっことしか言いようがないですね」

「担当部署も頑張っているんですが……」

「売り買いする方が知恵が回るということでしょう――いや、これは失礼」

「実際、その通りです」滝上としても苦笑するしかなかった。「例えばなんですが……この薬を常用している人を、自在に操るようなことはできるんですかね」

「どうでしょう。私もスヴァルバンに関してはきちんと研究していたわけではないですから、何とも言えません。ただ、本当に効果的な自白剤が存在しないように、人を確実に誘導できるような薬も存在しませんよ。せいぜい、何となくそちらの方向を暗示できるぐらいじゃないですか」

「そうですか……」

「その人――亡くなった人が、何かやらされたんですか？」

「よく分からないんです。犯罪にかかわっていたのは間違いないんですが、今のところ、動機がまったく不明なんです。誰かに命じられた可能性も否定できません。例えば、死ねと言われたら死にますか？　あるいは自爆テロとか」若菜のやり方は、まさに自爆テロではないか？

「どうでしょうね。自爆テロというのは、幼い頃から体と心に染みついた宗教がバックボーンにある行為でしょう？　聖戦――それで死んでも、必ず神の救いがあると信じているから、やれる。現世の厳しさという背景もあって、救われるために命を捧げるということはあるでしょうね」

「日本人には理解しにくい感覚です」

「世界に冠たる無宗教国家ですからね」市川が声を上げて笑った。「まあ……私は今、責任を持って何かを語れる立場ではないですから、今お話ししたことを正式のものにされたら困りますよ」

「承知してます」

礼を言って、滝上は電話を切った。あまり話が進まなかったが、それでもスヴァルバンがかなり危険な薬だということは確認できた。

つまり、スヴァルバンは、日本ではまだ広く使われているわけではないのだろう。

滝上は、しばらく手の中のスマートフォンを見つめていた。そこに答えが書いてあるわけではないが、ヒントはある——電話をかけられる人間がいるのだ。ただし、この相手とは、市川以上に長い間話していない。向こうはとうに忘れている可能性がある。

携帯は怖いものだな、とふと思った。機種変更で何度替えても、電話帳のデータは引き継がれる。ただ番号交換して、一度も連絡を取ったことのない人間の番号が、いつまでも残ってしまうのだ。別に悪いことではないが、時々、自分が携帯電話によって過去につながっていると実感させられる。

過去は悪。自分はそこに浸っていた——今では確実にそう意識している。

この番号に電話をかければ、必然的に過去に引き戻される。利口な人間なら、絶対にそんなことはしない。ましてや今、自分は刑事……悪に対峙する立場なのだ。

しかし滝上の気持ちは複雑だった。何があったか、事実を知りたい。知ることで、父親を破滅させられるのではないか――前者は純粋な正義感、後者は悪の気持ちかもしれない。自分の中では、二つの価値観が共存している。普段は刑事としての正義だけで動いているのだが、やはり悪の芽が密かに生き延びていることを意識させられた。

番号を呼び出し、「通話」ボタンを押す。スマートフォンを耳に押し当てた途端、不安が波のように押し寄せてきて、切ってしまおうかと思った。しかし手は動かない――動かせない。

相手は、呼び出し音が三回鳴ったところで出た。

「喜多だ」低い声で名乗る。

「ああ」拍子抜けしたような声。「何だ、いきなり」

「話がある」

「勘弁してくれよ。刑事さんと話すようなことはないぜ」

ということは、向こうは、俺が今何をしているか知っているわけだ……監視されているような気分になって、さらに不安は募った。

「俺の方ではあるんだ」

「あんた、こっちの担当なのか？」

「いや」

「じゃあ、用事はないだろう」

「ある。会ってくれ」滝上は頼みこんだ。「お前の情報が必要なんだ」

第五章　ジャンキー

馴染みのない街へ行くと緊張する。真夜中だと尚更だ。

滝上は午前零時過ぎ、六本木にいた。捜査でも遊びでもほとんど足を踏み入れることがない街は、この時間でもざわついている。指定された場所は、外苑東通りから入る饂《う》飩《どん》坂――道標で名前が分かった――沿いだった。緩い下り坂を少し下りたところに建つ、雑居ビルの五階。

エレベーターを下りると、目の前がその店「デラシネ」のドアだった。「会員制」の看板がかかっているわけではないが、何となく入りにくい雰囲気を発している。滝上は一つ深呼吸してからドアに手をかけた。やたらと重いドアで、滝上がしっかり体重をかけて、ようやく人が入れるだけの隙間が開くぐらいだった。

中に入ると、鋭い視線が突き刺さってくる。ここが暴力団の巣でないことは分かっていたが、客筋は良くなさそうだ。滝上はドアのところで立ったまま、店内を見回した。カウンターの一番奥についていた勝田《かつた》が滝上に気づき、さっと目礼する。

滝上が背の高い椅子に手をかけた瞬間、勝田が「聞かれたくない話か？」と言って周囲を見回した。

「ああ」

「じゃあ、奥へ行こう。あんた、何を呑む？」

「いらない」

「何か呑んでも、変なことにはならないぜ」勝田が苦笑した。「あんたが自分で金を払うんだから。ついでに言えば、これも頼む」勝田が自分のグラスを指で弾いた。

「好きなだけ呑んでくれ」

勝田が椅子から滑り降り、店の奥へ向かった。ただの壁だと思っていたのだが、目を凝らすと、壁と完全に一体化したドアがあるのが分かった。勝田がドアを押し開けると、中は完全な暗闇……しかしすぐに、パッと灯りがついて、勝田は室内に身を滑りこませた。滝上もすぐに後に続く。

事務室だった。「デラシネ」は、ガラスとクロムを多用したいかにも高そうなバーなのだが、心臓部である事務室は素っ気なく、ただ金勘定をするためだけの場所という感じだった。デスクと応接セット、それに従業員用だろうか、ロッカーが四つあるだけ。

勝田はソファに腰を下ろし、だらしなく足を広げた。グラスを持ったまま、滝上を凝視しながら切り出す。

「何年ぶりだ？」

「十年――いや、もっとだな」

「あんた、すっかり変わったな」勝田が無遠慮に言った。

「歳を取ったんだよ。お前もそうだろう」

「お互い、若い頃もあったけどな。あの頃は二十歳そこそこだったんだぜ？　信じられない」

まったくだ、とつい同意してしまいそうになり、滝上は口をつぐんだ。勝田もまた、滝上の過去に繋がる人間であり、今まで会うのを避けていたのだ。情報源としてならともかく……しかし勝田は、捜査一課が常態的にネタ元として使うような人間ではない。

勝田は、会わなかった十数年分、歳を取っていた。体にはたっぷり肉がつき、顔の筋肉は少し緩んでいる。三十代にしては老けた感じなのだが、それは長年の薬物の影響かもしれない。濃紺のスーツはそれなりに高価そうで、金には困っていない様子だった。

「しかし、あんたが電話してくるとは思わなかったよ」

「俺も電話する気はなかった。だけど、他に手っ取り早く話を聞ける人間がいなかったんだ」

「何の話だ？」勝田がとぼけ、ふっと目を逸らした。

「お前は、あれから一度も逮捕されていない」滝上は指摘した。そう、これだけドラッグの世界に身を浸しておきながら、勝田が逮捕されたのはただ一度である。

「当たり前だ」憤然《ふんぜん》と言って、勝田が煙草に火を点ける。滝上は我慢した。二人で向き合って煙を吐き出す——その様は、嫌な、消したい過去とつながる。「俺は、法に触れるようなことは一切してないからな」

「お前は、よほど下の連中の信用が厚いんだろうな。パクられた連中は、誰もお前の関与を認めなかった」

「関係ないんだから、当たり前だ」馬鹿にしたように勝田が言った。

そう、勝田はこれまで、完璧に逃げ切っていた。この男は、何というか……暴力団でも半グレでもない「第三勢力」というべき組織のトップになっている。表向きは飲食店を経営したり、輸入雑貨を扱うネットビジネスを行うなど、真っ当な商売をしている。しかしその「本業」は、海外からの違法な薬物輸入だ。これまで、勝田の下にいる人間が何人も逮捕されているが、そういう連中が勝田の名前をうたうことはなく、勝田本人はずっと「逃げ切り」に成功していた。

「……で、何が知りたい？　あんたはこっちの担当じゃないだろう」

「違う。ある事件で、お前もお馴染みのブツの名前が出てきたんだ。その流通ルートを知りたい」

「そのブツは？」

「スヴァルバン」

「ああ」勝田がうなずき、まだ長い煙草を灰皿に押しつけた。「あれか」

「馴染み深いだろう」

「あんたにとってもな」

滝上は一瞬黙りこんだ。この男と話していると、どうしても過去へ過去へと引っ張られていく。滝上としては、昔話だけは絶対に避けたい。

「で、スヴァルバンがどうした」勝田がグラスから一口呑んだ。ウィスキーのようだが、本当は何なのか、分からない。

「事件の関係者が服用していたようだ。勝手に体に入ることはないから、自分から進んで摂取していたんだろうな」

「あれは、アメリカでは禁止薬物になってる」

「メキシコではまだ作られてる。どういうルートで日本に入ってきたか、分からないか?」

「俺を疑っているのか?」

「さあ」滝上は肩をすくめた。「どうなんだ? 扱ってるのか?」

「いや」勝田が首を横に振った。「メキシコ産の薬は質が悪くてね」

「ドラッグの一大供給地じゃないか」

「それだって、大幅に水増しして——」ふいに勝田がニヤリと笑う。「俺は一般常識として知ってるだけだからな。メキシコとは何の関係もない」

「そこは追及しない」追及できない。もしもこの男が逮捕されるようなことがあったら、自分の立場も危うくなるかもしれない。最悪、警察にいられなくなる可能性もある。それだけは絶対に避けたかった。今はここが自分の足場なのだ。

「俺の命運は、あんたに握られてるってことか？」勝田が皮肉に笑う。

「俺は何もしない。他の刑事がどうするかは分からないし、何かしようとしても、俺は一切手出しをしない」

「あんたは上手く逃げ切ったしな」

滝上は何も言わなかった。逃げ切った――まさにその指摘が正しかったが故に。

「日本にもスヴァルバンが流通しているのは間違いない。個人輸入だったかもしれないが、お前は何か摑んでるか？」

「うちは一切関与してない」

「誰か、仲介業者がいるだろう」

「そうだな」勝田が頰を掻いた。

「誰だ？」

「常道会《じょうどうかい》らしいぜ」

「奴ら、そんなことにも手を出しているのか」

常道会は、広域指定を受けている暴力団である。薬物事件で末端の組員が逮捕されることは昔からよくあったが、それはほとんど覚醒剤絡みだった。

「覚醒剤と大麻」勝田が親指、人差し指を順番に折った。「日本では昔から、この二つがヤクの二本柱だ。でも最近は、種類が増えただろう。デザイナーズドラッグも、ドラッグ的な効果がある薬物もたくさん流通している。そういうのは覚醒剤や大麻よりもずっと安いから、若い連中に大人気だ」

「その分、お前らが儲けるチャンスが増えるわけだ」

「常道会なんて、過去の存在だよ」勝田が鼻を鳴らした。「組員はジイさんばっかりになって、動きも鈍い。覚醒剤や大麻は、東京では半グレの『新宿グループ』がかなりの部分を押さえてる。常道会にはそれを奪い返す力もないから、他のドラッグに手を出すしかないんだ」

「困窮して、そのまま収入源がなくなるといいんだが」

「暴力団にも、成長の限界があるんじゃないか」一端《いっぱし》の実業家気取りで勝田が言った。「奴らが悪いこと——悪い金儲けの手段を次々に編み出してきたのは間違いないが、そういうのはいつまでも続かない。歳を取って、頭の硬い奴ばかりになったら、どうしようもなくなるさ。あんたらも、いつまでも暴力団対策に金と人を費やしてる場合じゃないぞ」

「じゃあ、今後のメーンターゲットはお前たちだ」

「俺たちは……」勝田が肩をすくめる。「ま、無駄だな。そもそも、組織なんかないんだから」

　暴力団と、半グレあるいは勝田のような第三グループとの違いがこれだ。暴力団は、異常に「肩書き」を大事にし、若い組員は組織の中でどうやって這い上がって幹部になるかに心を砕く。しっかりした事務所を構えたがることなどを考えると、「悪の論理で動いている会社組織」のようなものだと言ってもいいだろう。しかし勝田たちのグループは、本拠地を持たない。携帯電話だけで連絡を取り合い、メンバー同士は一度も顔を合わせたことがない、というのも珍しくない。勝田自身は六本木の複数の店を根城《ねじろ》にしているはずだが、それは人と会う場合に使うためだ。

「常道会の奴らも、邪魔臭いんだよな」勝田がうんざりしたように言った。「もう力もないのに、未だに威張ってやがる。ぶっ潰すのは簡単なんだけど、俺は乱暴なことが嫌いなんだ。警察がやってくれたら、最高なんだけどな」

「奴らがスヴァルバンを扱ってるのは間違いないのか？」

「組として、じゃないよ。一部の連中さ」

「名前は？」

「知らないな」

「それ」滝上は、勝田がテーブルに置いたスマートフォンを指差した。「お前なら、電話一本で情報が取れるだろう」

「高くつくぜ」

「俺から賄賂を取ろうとしても無駄だ。そもそもお前に金を払っても『賄賂』とは言わない。あくまで情報提供料だ」

「相変わらず理屈っぽい奴だな」勝田が鼻を鳴らす。スマートフォンを手に取ったが、すぐには電話をかけず、滝上の顔をまじまじと見る。「これで一つ貸しだ……情報提供料なんかいらないよ。刑事を買えたら、ありがたい話だけど」

「俺は買えないよ」

「どうかな。買われてみたらどうだ？　警察の中に情報源があってもいいな、とずっと思ってたんだ」

「お前は……」滝上は溜息をついた。

「何だよ、俺がまっとうな道に戻ったとでも思ったのか？　あんたとは違うんだ。あんたは、一人で上手く逃げ切ったじゃないか。俺が昔の情報を流したら、どうなる？」

「とっくに時効だよ」

「過去のマイナスポイントが今になってバレたら、それはそれで立場がまずくなるんじゃないか？」

「脅す気か」滝上の苛立ちが募った。勝田が冗談を言っているとは思えない。

「ここは、お互いにプラスになる方法を考えた方がいいんじゃないか？　あんたも、今の仕事を続けたいんだろう？」

「考えておく」

こいつは阿呆か、と滝上は呆れた。自分たちの地下活動がずっと続き、無事に還暦を迎えられるとでも思っているのだろうか。いずれは何らかの要因——警察の捜査、裏切りによる内部崩壊、他の裏社会のグループの攻撃によって絶対に終わりを迎える。しかし警察は、日本という国家が存在する限り、絶対になくならない。

楽天的なことを考えているのは、勝田の脳がドラッグで完全にやられてしまっているからかもしれない。

滝上も、同じ道を辿るところだった。

十五年ほど前——滝上は、坂道を転げ落ちていた時期をつい思い出した。

滝上は、大学二年の夏から一年間、アメリカに留学していた。在籍していた大学に交換留学の制度があり、それを利用したのだ。別に積極的に英語を習得しようとか、向こうでないと学べない専門的な分野に取り組もうとしたわけではなく、日本での息が詰まるような生活から逃げ出したかっただけだ。

主に父親のせいでもたらされた、窮屈な生活から。

父親にしても、自分を海外へしばらく放り出すのは願ったり叶ったりだっただろう。あの件に関しては、珍しく親子の思惑が一致していたと思う。

留学先は、ロサンゼルス郊外、サンタモニカにある大学だった。最初は英語についていくのが大変だったが、一ヶ月もいると何となく慣れてしまった。そして慣れれば、街に繰り出す元気が出てくる。

太平洋に面したサンタモニカは、年間を通してほとんど雨が降らない温暖な気候で、昔からリゾート地として知られていた。しかしリゾート地にも闇はある。海辺にほど近い、昼間はショッピング客などで賑わう歩行者天国は、夜になると表情を一変させ、カジュアルなドラッグが気軽に売買される場所になるのだった。

海で泳ぐことやサーフィンなどに興味がなかった滝上は、ここでぶらぶらと時間潰しをすることが多かった。この時よくつるんでいたのが、日系三世の地元の学生だ。彼は、日本人と日本文化——特にアニメ——が大好きだったのだが、同時に高校の頃からのドラッグ常習者だった。

当時、滝上たちの大学からは何人かが一緒に留学していたが、その中の一人が勝田だった。父親が日本有数の菓子メーカーの役員——創業者一族につながる人物だった——である勝田は、代議士の長男という立場の滝上と、やたらとつるみたがった。「俺たちは、別種だから」と彼は自慢げに言ったものだ。要するに、他の人間とは出自が違う、上流階級。こいつは馬鹿か、と呆れたのを滝上は今でも覚えている。自分は、家族というしがらみから逃れたくて仕方がなかったのに。家なんかクソくらえ、だ。

滝上たちが大麻を吸うようになるまで、あまり時間はかからなかった。アメリカではごく当たり前——煙草より軽い感覚で使っている人が多かったので、抵抗感はほとんどなかったのだ。

もっとも滝上は、大麻がもたらす感覚がどうにも好きになれず、数回試しただけでやめてしまった。大麻が合わないならと、コカイン、ヘロインも勧められたのだが、さすがに手は出さなかった。中毒症状や習慣性の怖さなどは分かっていたからだ。

しかし、周りにいる人間が平気で薬物に手を出す中、自分だけがクリーンなのもどうか……二十歳そこそこだった滝上は、今と違い、孤独が怖かった。それでなくても家族との関係が最悪で、日本では常に孤独感を味わっていたせいだろう。アメリカで仲間と一緒にいるために滝上が選んだのは、クラシックなドラッグではなく、より安全に思えた鎮痛剤などの薬物だった。

アメリカでは、副作用の強い薬物が、大麻やコカインなどのドラッグの代替品として広く使われている。鎮痛剤などが多く、服用すれば陶酔感や浮遊感が得られる。その中で滝上が一番愛用していたのが、当時アメリカでも禁止が議論になり始めていたスヴァルバンだった。薬局で買う場合は処方箋が必要で、日本人留学生が正規に手に入れるのは簡単ではなかったのだが、そういう薬物を扱う売人を見つけるのは難しくはなかった。

スヴァルバンのような錠剤の場合、飲むだけでいいので、周りにばれにくいという利点もあった。ビーチに行く前に二錠飲んで、カリフォルニアの強い日差しを浴びていると、それだけで多幸感が得られた。あの効果は何というか……酒で酔っ払っているのとも違う、独特の浮遊感。頭が軽くなり、疲れや悩みが完全に吹っ飛んでしまう感じだった。日本で、常に全身を締めつけられるような緊張感に苦しめられていた時に比べると、信じられないような解放感があった。

しかし滝上の幸福は長くは続かなかった。スヴァルバンには様々な副作用があったが、その中には、胃にかなりの負担がかかるというものもあった。間もなく留学を終えようという翌年の五月、滝上は吐血して病院に運びこまれた。胃壁の炎症が激しくなり、急性の胃潰瘍になってしまったのである。幸い大事には至らず、数日入院しただけで済んだ。

それをきっかけに薬物をやめようとは思ったが、日本に戻ってからも薬漬けの生活は続いた。覚醒剤や大麻ではなく、やはり違法薬物……アメリカ生活ですっかりジャンキーになってしまった勝田は、帰国後も滝上につきまとい続けた。父親の立場、財力を利用した勝田は、自らドラッグを使うだけではなく、とうとう売人として商売まで始めてしまったのだった。滝上にも「一緒にやろう」と何度も声をかけてきたのだが、何とか必死で振り切り続けた。

それで正解だったのだ。勝田は大学四年生になった直後に逮捕された。初犯ということで執行猶予判決を受けたのだが、大学は辞めざるを得ず、それまで後ろ盾になっていた父親も辞職を余儀なくされ、しかもその直後にステージⅣの大腸癌が見つかって、あっという間に亡くなってしまった。

不幸は必ず連鎖する。

執行猶予判決を受け、何とか社会に戻ってきた勝田には結局、ドラッグの世界にしか居場所がなかった。しかしその後は異様に慎重になり、自分は闇に隠れて一切表に出ず、人を動かすだけになった。

帰国の一年後、滝上はドラッグを完全に断ち切り、心機一転して公務員試験を受け、

「取り締まる側」である警察官になった。警察官になったのは、自らが悪の道に落ちないためにセーフティネットを張る意味もあった。以来、勝田とは一度も会わなかったが、心の底では常にその存在を暗い影のように感じていた。勝田が暴走して、「学生時代のドラッグ仲間だった」と滝上の名前を漏らせば、警察官としての自分の立場など、一瞬で崩れ去ってしまうだろう。それに、滝上の父親も当時代議士だったわけで、巧みに脅せば金を奪い取れると考えてもおかしくなかった。しかし勝田は、自ら若い悪い連中を糾合《きゅうごう》して、闇の世界で地歩を築き始めたのだ。

影のようにつきまとう存在——それは滝上の一方的な思いこみだったのかもしれない。勝田の方では、滝上のことなどすっかり忘れていたのではないだろうか。

今回、闇社会の一部を知るために勝田を頼ったのは、失敗だったかもしれない。向こうは平気で、こちらを「買おう」とした。

しかし今、勝田対策に手を焼いている暇はない。やるべきことは事件の解決——そのために、手がかりを一つ一つ手繰り寄せていかねばならない。

勝田はやはり、闇社会に相当大きな影響力を持っているようだ。店から電話を何本かかけただけで、常道会の中でスヴァルバンを扱っている人間を割り出してしまったのだ。名前、よく出没している場所……情報を摑んで店を出た滝上は、これからどうするか、迷った。自分でこの男に直接当たって、吐かせる手もある。しかしバックに常道会がいる以上、一人で動いていると危険だ。勝田は馬鹿にしきっていたが、老舗の暴力団を舐めると痛い目に遭う。

顔だけは拝んでおこう。それから、どうするか考えればいい。

午前一時半、滝上は六本木から新宿へ移動した。歌舞伎町は、この時間になっても真昼のように――いや、昼間以上に明るく、賑わっている。勝田が割り出した常道会の井原《いはら》という若い組員は、明け方まで営業している「モナミ」というバーを根城にしているらしい。取り敢えず中に入り、井原がいるかどうか確認――滝上は既に、井原の写真を手に入れていた。この男は、暴力団員なのにフェイスブックをやっており、自分の顔を晒していたのだ。それを教えてくれた勝田も、さすがに呆れた表情を浮かべた。

「馬鹿じゃないか、こいつ。暴力団なんて、顔が割れないように用心するのが普通なのに」

彼の解説は、「甘やかしではないか」というものだった。最近の暴力団は組員の高齢化が進んでおり、若い組員のリクルートが切実な問題になっている。昔だったら、自ら社会に向かって顔を晒すSNSなど「ふざけるな」の一言で閉鎖されて小指ぐらい落とされていただろうが、今は若い連中の好みを鷹揚《おうよう》に受け入れざるを得ないのかもしれない。

しかし――滝上の感覚でも、井原というのは信じられないほどの阿呆だ。

運のいいことに、井原は店にいた。ボックス席に陣取って、二人の女性と酒を呑んでいる。外見はホストという感じだった。金髪を無造作に見える髪型にセットし、黒いシャツのボタンは三つ開け、太い金のチェーンを覗かせている。滝上が得たデータでは三十歳、常道会の中では特に肩書きもない平の組員なのだが、羽振りはよさそうだ。組に内緒でスヴァルバンをさばいて、儲けを全部懐に入れているのだろうか。

本人を確認した瞬間、すぐに勝負をかけたいという欲求に襲われる。いかにも軽そう――少し圧力をかけたら、喋ってしまう予感がしていた。しかし、店の中で騒ぎを起こすわけにはいかない。

滝上は煙草に火を点け、ハイボールをちびちびとすすりながら、時折井原を観察し続けた。女性たちはそれなりに盛り上がっているようだが、井原は少し白けた様子……理由は分からないが、あまり面白くない状況のようだ。

井原がトイレに立つ。このタイミングを使おう――滝上は一呼吸置いて、自分もトイレに向かった。騒ぎを起こさず話を聴く方法は……今はアイディアがない。出たとこ勝負だ、と決めた。

井原は用をたした後、やけに丁寧に手を洗っていた。滝上は背中をドアに預けて、逃げ場を塞ぐ。井原はすぐに気づいて、鋭い視線を向けてきた。何かあっても制圧できる、と滝上は確信した。井原は、滝上よりもかなり背が低く、しかも貧相な体型である。殴りかかってきても、軽くかわして関節を極《き》めればそれで勝負は決するだろう。問題は、トイレの中がかなり暗く、この男が何か隠し持っていても確認できそうにないことだ。

「スヴァルバンはあるか」

「ああ?」井原が目を細める。

「スヴァルバンだ。あんた、スヴァルバンを扱ってるんだろう?」

「何の話だよ」

「売ってくれって言ってるんだ」滝上は平静な声をキープした。「俺はアメリカに住んでいた時に、結構お世話になったんだ。最近、日本でも手に入るようになったそうじゃないか」

「知らないな。他を当たってくれ」

井原が、滝上の正面に立った。ドアは滝上が完全に塞いでいるので、排除しない限り外へ出られない。

「どいてくれ」

「いや」

「あんた、何なんだ? 俺に頼んでも無理だ」

「小売はやってないのか」元締め気取りか……その方が罪が重くなることは分かっているのだろうか。

「知らないことを言われても困る」

井原が、滝上の肩に手をかけた。それで排除できると思ったのだろうか……滝上は一瞬で井原の手首を摑み、裏返した。小手先ではなく、しっかり体重をかける。井原が短い悲鳴を上げ、何とか姿勢を立て直そうとしたが、滝上は構わず手首を捻り続けた。井原がトイレの床に転びそうになった瞬間、逆方向に引っ張る。棒立ちになった井原の腹が無防備になったところへ、短く鋭いパンチを叩きこむ。井原が呻き声を漏らし、崩れ落ちそうになったので、肘を摑んで引っ張り上げる。井原の額には脂汗が滲んでいた。

「警察だ」滝上は井原の耳元でささやき、バッジで頰を叩いた。

「何だよ」井原が苦しげに文句を吐き出す。「警察がいきなりこんなことしていいのか？　令状は？」

「何の令状だ？」滝上はとぼけた。「俺は別に、お前の悪さを調べてるわけじゃない」

「じゃあ、何なんだよ」

「ちょっと話を聴きたいだけだ」

「だったら頭を下げて頼めよ」

「お前、自分が人から頭を下げてもらえるような人間だと思ってるのか？」滝上は目を細めた。

「うちの組は――」

「お前、常道会に無断でスヴァルバンの売買に手を出しているそうだな。それが知られたら、ヤバイことになるんじゃないか」

滝上は、井原の胸を押して突き放した。薄い笑みを浮かべて見せる。

「心配するな。俺は薬物担当の刑事じゃない。別の事件で、お前の知恵を借りたいだけだ。少し話をしよう。いいな？」

「連れが……」

「彼女たちに話を聞かれない場所で話そうか」

滝上はトイレのドアを開けた。井原が渋々ついてくる。滝上は、店の入り口に近いブースに向かって顎をしゃくった。井原は連れていた二人の女の子に向かって一言二言喋ると、滝上が先に座ったブースに向かって来た。無愛想な表情のまま腰を下ろし、煙草に火を点ける。滝上も自分の煙草をくわえたが、すぐにはライターを出さなかった。

「で？　何が聴きたい？」

「西片若菜という女を知らないか？」

「西片若菜？　聞き覚えがないな」

「この前、銀座のクラブで焼身自殺した女性だよ」

「焼身自殺……いや」

「新聞ぐらい読め」文句を言ってから、滝上は煙草に火を点けた。「その女性が、スヴァルバンを使っていたことが分かった。国内でのスヴァルバンの流通ルートは限られている——ほぼ、お前が独占してるんじゃないか？　海外で使われている普通の薬に目をつけるなんて、なかなか商売上手だな。どこで情報を手に入れた？」

「俺は何も言わないよ」

「だろうな。元締めが喋りでもしたら、完全にアウトだから」

「元締め……いや、何も言わない」井原が力なく首を横に振った。

「言わなくてもいい。お前が西片若菜を知らなくても不思議じゃない。自分でヤクをばらまいたりはしないだろうから……しかしお前は、売人を全部摑んでるはずだ。いつどこで誰に売ったたか、把握してるだろう」

「そこまで細かい話は……」

「何人使ってる？」

「あんた、馬鹿か？　言えるわけないだろう」

「情報を集めろ。全員に話を聴いても、時間はかからないだろう」

「何で俺がそんなことをしなくちゃいけないんだ？」

「この件、薬物担当の刑事にバラされてもいいのか？　捕まるだけじゃなくて、組の中でも立場が悪くなる――相当ヤバイ立場に追いこまれるだろうな。警察よりも、組に追われる方がきついんじゃないか」

「あんた、本当に刑事なのか？」

滝上は改めてバッジを示してやった。井原がとっくりとバッジを眺めたが、納得した様子はない。

「信じられないなら、明日の朝、お前の家に組対五課の刑事を行かせるぞ。組対五課がどういうところかは知ってるだろう？　あいつらはマスコミが大好きだ。どういう事件を挙げればマスコミがでかく取り上げるかもよく分かってる。有名人を逮捕するか、目新しいドラッグの事件を挙げるか――お前は有名人じゃないけど、スヴァルバンは注目されるだろうな。アメリカで問題になった薬が日本でも流れている――でかいニュースになるのは間違いない。そして、でかいニュースになりそうな事件だと、組対五課は普段よりずっと厳しく対処する」

「知らねえよ」

「お前、今まで逮捕されたことはないそうだな」

「ねえよ」

「組対五課の調べはきついぞ。奴らはとにかく粘っこいんだ。お前みたいに弱い人間が、あそこの調べに耐えられるとは思えない」

「下らねえ」井原が強がりを言った。しかし、指に挟んだ煙草の煙は細かく揺れている。指先が震えているのだ。

「俺に協力しろ。悪いようにはしない。お前は今まで通りに好きにやってればいい」

「何をしろっていうんだ」

「西片若菜にスヴァルバンを売った人間の名前を出せ」

「そうしたら俺を逮捕するんじゃないか」

「いや、そこで切る。これはあくまで補足調査なんだ。スヴァルバンの密売組織の全容を解明する気もない。お前はしばらく頭を下げて大人しくしておけ」

「サツの言うことが信用できるかよ」

「だったら、このまま立ち上がって女の子たちの席へ戻れ。後はどうなっても……」

「ちょっと、ちょっと」井原が身を乗り出した。「何なんだよ、こっちはちゃんと協力してるじゃないか」

「話をしてるだけだ。どうする？　売人の名前を出すか？」

「教えたらどうするつもりだよ」

「話を聴く」

「パクるつもりだろう？　そこから俺へ――」

「あのな」滝上は両手を組み合わせた。「俺は、お前みたいな売人に興味はないんだよ。そういうのは俺の仕事じゃない。俺が担当しているのは殺人事件なんだ」

「焼身自殺って言ったじゃないか」

「巻きこまれて、もう一人死んでるんだ。これは立派な殺人事件なんだよ。放っておくわけにはいかない。とにかく、売人を割り出して俺に教えろ。そうしないと――」

「ああ、分かった、分かった」井原が面倒臭そうに言って手をひらひらさせた。「やってやるけど、これっきりだぜ？」

「当たり前だ。俺も、お前と友だちになりたいわけじゃない」

「そうであって欲しいよ。最近、あんたみたいに乱暴な刑事さんは珍しい」

「俺もそう思う……いいな？　この件は大至急だ。いつでもいいから連絡しろ」

滝上は、名刺に私用の携帯電話の番号を書きつけて渡した。

「どこに電話すればいいんだよ」井原が困惑したように言った。「固定電話と携帯電話二つ」

「今書いたやつだ。その電話には必ず出る」

何も言わず、井原がジャケットの内ポケットに名刺を落としこんだ。それを確認して滝上は立ち上がった。

「ここの金ぐらい、払ってくれるんじゃないのか？」

「情報をくれたら払う。その場合は、請求書を俺に回してくれ」

「何だよ、それ」井原が呆れたように両手を広げる。「詐欺じゃねえか」

滝上はさっと敬礼して踵を返した。この男は、それなりに骨があるようだ。そうでなければ組に黙って商売を始めたりしないだろうし、刑事に脅かされればすぐに口を割ってしまうはずだ。

まあ……俺には関係ない話だ。一段落したら、組対五課の知り合いに声をかけておこう。新しいドラッグで金儲けしようとしているような人間は、早めに潰しておくに限る。

滝上は少しだけ寝坊した。欲しい情報について、一つだけくさびを打ったが、後はどうすべきか……謎が多過ぎて、どこから手をつけていいか分からない。

こういう時は、少しでも前に進んだ部分を調べていくに限る。西片若菜の人間関係——しかしこれについては、特捜本部の刑事たちもネジを巻いて調べている。風邪で休んでいることになっているのに、どこかでぶつかったら、気まずいだけでは済まないだろう。

そこで滝上は方針を変えて、被害者の野村真沙美と自分の父親の関係を探る方法を考え始めた。二人の関係を知っていたのは、高井だけとは思えない。堂々とつき合っていたわけではあるまいが、政治家にはプライバシーはないに等しいのだ。少なくとも近くにいる人には、隠し事はできない。

あの頃——十五年ほど前、父親の身近にいたのは誰だろう。記憶をひっくり返しているうちに、ある人間の名前を思い出した。柴田《しばた》晋作《しんさく》。東京の父の事務所で秘書をしていた男で、滝上とはそれほど年齢が変わらない。大学を卒業して、いわば「就職」で父の下で働き始めたと聞いた記憶がある。今はどうしているだろう。

こういう時は、やはり高井を頼りにしてしまう。

「何だか、ずいぶん頻繁に電話してくるようになったね」高井が苦笑した。「昨日会ったばかりなのに」

「すみません、仕事なので。十五年ぐらい前、父が代議士をやっていた時に、東京で秘書をしていた柴田さんという人がいましたよね？　今何をしてるんですか？」

「ああ、柴田君ね。彼は、ええと……そうそう、知事が代議士から知事に転身した時に事務所を辞めて、こっち選出の畑中《はたなか》先生の政策秘書になったはずだよ」

畑中は、選挙区こそ違うが、父親と同じ静岡県選出の民自党代議士だ。

「ということは、今も東京にいるんですか？」

「たぶんね。いや、ちょっと待てよ。違うな。秘書はもう辞めているはずだ」

「だったら今は何を？」

「確か、出馬の準備中だと思う」

高井がすぐに資料を調べてくれた。それによると、柴田は今年の初めまで畑中の秘書を務めていたのだが、都議選への出馬準備のために辞任したのだという。都議選まではまだ間があるが、辻立ちなどの活動で顔を売るためには、政治家の秘書をやっている時間はないのだろう。

「柴田さん、静岡の人じゃなかったんですか」

「本人は東京生まれ東京育ちだ。両親が静岡出身だから、その縁で知事のところで秘書をしてたんだよ」

「なるほど」

「将来は政治家になりたい――最近はそういう若者も少ないから、知事も目をかけていたんだ。それより何だい、まさか、知事のことを調べてるんじゃないだろうな」

「岸本さんの関係です」滝上はとっさに言った。「岸本さんの過去の交友関係を調べているんですよ」

「なるほどね」さほど納得した様子ではなかったが、高井が相槌を打った。

「とにかく仕事なので……事情聴取する範囲を広げているんです」

「そうか。まあ、警察の仕事に口出しはできないから」

結局高井は、柴田の連絡先を教えてくれた。来年の選挙に出る予定の人間は、普段何をしているのだろう。毎日街頭に立って、話を聞く気もない人たちに必死に訴えかけているだけだろうか。収入源は……と気になったが、それは滝上が心配してどうなるものでもない。

十時。電話するのにちょうどいい時間だ。滝上はミネラルウォーターをごくごく飲んで空腹を紛らせ、教えてもらったばかりの携帯電話の番号にかけた。

「……はい」少しだけ不審そうな声。選挙に出ようとする人間なら、見覚えのない番号から電話がかかってきても出るだろうが、警戒しているのは間違いない。

「警視庁捜査一課の滝上と申します」

「捜査一課？」

「実は今、殺人事件の捜査をしていて、昔のことを調べているんです」

「それが私に何か関係があると？」

「あなたは以前、静岡県の喜多知事の秘書をしていましたよね？　代議士時代に」

「ええ」

「岸本さんをご存じですね」

「ああ……はい。その件ですか？　しかし私は、もう長いこと岸本さんには会っていませんよ。お話しできるようなことがあるとは思いませんが」

滝上は、じゃりじゃりした思いを噛み潰しながら、自分の身元を告げた。それで柴田の態度が一変し、すぐにでも会う、と言ってくれた。

さて……ある意味切り札を使ってしまったのだが、それがよかったのかどうか。簡単には判断できそうになかった。

柴田は都議選に中野区選挙区から出馬予定で、そのため、中野区に事務所を構えている。狭いワンルームマンションなのだが、綺麗に整理されているせいか、それなりに広く見える。デスクが二つ、打ち合わせ用のテーブル、それにファイルキャビネットと本棚。

「日曜日にすみません」滝上は下手に出た。

「いや、この世界に首を突っこんだら、土曜も日曜もないですよ」柴田は愛想がいい。顔が健康的に浅黒いのは、やはり辻立ちを続けているからだろう。

「大変ですね」

「覚悟の上のことです――しかしまさか、喜多先生の息子さんが……あなたとは昔、お会いしてますよね」柴田が切り出した。

「一回か二回ですかね」

「集会や当選祝いの席には、顔をお出しにならなかった」

「そういう立場ではなかったですから」政治家の息子なら、顔を売るためにあちこちに顔を出すのは当然と思われているのだろうか。自ら立場を明かしたのは失敗だったかもしれない。滝上はテーブルについた途端、居心地の悪さに悩まされ始めた。

「警察官になられたとは聞いてましたけど、まさかこんなところでお会いするとは思いませんでしたよ」

「柴田さんは、ご活躍のご様子ですね」

「いやいや」柴田が苦笑した。「とにかく、何とか当選したいですね。何か不祥事でも起きて、都議会が任期満了前に解散してくれないかと真面目に思いますよ。そうしたら選挙が早くくる」

ずいぶん気安く話す男だ、と滝上は驚いた。「喜多の息子」という肩書きが役立っているのだろうか……政治の世界では、かつての「先生」は絶対的な存在である。特に秘書として仕えたことのある人間には、一生頭が上がらない。

「秘書は完全に辞められたんですか」

「ええ。畑中先生も、そうした方がいいと勧めてくれました。秘書の仕事は激務ですから、それをやりながら次の選挙の準備をするのは無理なんです」

「今は、どうやって生計を立てているんですか？」

「ああ……」柴田が困ったような笑みを浮かべる。「実家に寄生してます。父親がやっている小さな会社で形ばかり仕事をして、給料をもらっているんです」

やはり家業がないと、選挙に打って出るのも難しいのだろう。父がまさにそのパターン——公共事業と密接に結びついた地方の建設会社の資金は豊富だ。

「岸本さんの件は、本当に驚きましたよ」柴田が言った。「喜多先生の秘書時代には、本当にお世話になりましたから」

「秘書の先輩として、ですね」

「私は、肩書きは秘書でも、実質的には事務所職員でしたけどね。この世界のノウハウを教えてくれたのは岸本さんです」

「ベテランですからね」

「葬儀はどうなるんでしょう？　まだ何の連絡もないんですが」

「いろいろ捜査の手順もありまして……ご遺族が、必要なところには連絡を回すと思います。ところで最近、岸本さんに会いましたか？」

「岸本さんが秘書を辞められる時にご挨拶を——だから、五年ぐらい前ですかね。岸本さんはお元気だったんですけど、奥さんのことが……」

「ご病気だった。その看病のために、静岡から東京へ引っ越してきたんですよね」

「そうです。その時にお会いしたんです。食事をご一緒させていただきました」

「奥さん孝行、というわけですね」

「秘書は激務ですからね」柴田が自分の過去を思い出すように深々とうなずいた。「自分は元気でも、家族には迷惑をかけます。仕事とプライベート、なかなか線引きできるものでもないですしね」

「柴田さんもですか？」

「まあ……女房には迷惑をかけてますよ」柴田が苦笑した。「今は、こんな不安定な立場だし」

「岸本さんは、何か危ないことに首を突っこんでいませんでしたか？」

「危ないこととは？」柴田が探りを入れるように慎重に訊ねた。

「政治家の秘書をやっていれば、ボーダーラインの案件に首を突っこむこともあるでしょう。例えば、例のマネーロンダリングの件はどうなんですか？　本当は岸本さんも噛んでいたとか」

柴田の表情が強張った。組んでいた腕をゆっくりと解き、テーブルの上に揃えて掌を置く。

「ずいぶん古い話を持ち出すんですね」

「思いつくトラブルといえば、それぐらいなんです」

「終わった話じゃないですか」

「確かに終わってますけど、不明瞭な部分もあった。個人的には、全容が解明されたとは思っていません」

「ご自分のお父上のことにしては、点数が厳し過ぎませんか？」

「刑事なので」滝上は肩をすくめた。「まず何でも疑うのが習い性になっているんです。どうなんですか？」

「その件については、私は何も申し上げることはありません。古い話だし、私はまったく関与していなかった」

「金庫番は別、ということですか」

「この件については、申し上げることはないんですよ」柴田は「関係ない」という態度を崩さなかった。

マネーロンダリングのスキャンダルは、父の政治生命を絶ってしまってもおかしくない事件だった。しかし結局、父は逃げ切った。政治と金をめぐる問題に関しては、法の壁は常に高く、立件はハードだ。もちろん世間は激しい非難を浴びせるが、それは必ずしも選挙の結果に影響を与えるものではない。

政治家——特に代議士のスキャンダルは、ほぼ東京のマスコミによって報じられる。東京で騒がれていると、それがいかにも全国的な大事件のように思えてしまうのだが、その政治家の地元ではまったく見方が違う。もちろん、明白で言い逃れのできないスキャンダルだったら、地元の有権者が呆れて見放すこともあるのだが、立件できるかどうか——触法行為かどうか微妙な問題に関しては、「疑わしきは罰せず」の原則が見事に通用する。多くの有権者は、その政治家が「東京のマスコミに虐《いじ》められた」と憤慨し、次の選挙ではむしろ多くの票を集めたりする。特に政治家としての活動歴が長くなればなるほど、その傾向が強くなる。

父の場合がまさにそうだった。

マネーロンダリング事件で、後援会の関係者が逮捕されたものの、父は「自分は一切関与していない」「後援会の一部が勝手にやっただけだ」「マネーロンダリングで得たとされる金は、選挙には一切使っていない」との主張を変えず、逃げ切った。

その結果、代議士から知事への転身に見事に成功したのだ。

嘘。

滝上は、この件について詳しい事情は知らない。既に父とは絶縁していたから。しかし事件の本当の構図は何となく想像できていた。父は昔から、選挙資金には苦労していなかったが、選挙を重ねる度に台所事情が苦しくなってきたのは当然だろう。特に知事選に関しては、政治キャリアの集大成と捉えていたはずで、当選を確実にするために多額の資金を必要としていたのは間違いない。このマネーロンダリングに関して父が直接命令・指示を下していたかどうかは分からないが、深く関与していたのは明らかだ。少なくとも、ゴーサインは出していたはずだ。もちろん、実行犯との間でどんなやり取りがあったかは、絶対に表沙汰にならないだろうが。逮捕された犯人は最高裁まで争い、結局執行猶予付きの有罪が確定していた。そしてその口から、父の関与が語られることは一切なかった。

庇《かば》ったのだろう。政治とはそういうものだ。政治家に関連する悪事が発覚した時、本人に直接影響が及ばないように、周辺の人間は一斉に口を閉ざす。あるいは自分で全ての罪を被ってしまう。刑務所に入ることになっても政治家を守る——その結果、当然見返りも期待できるわけだ。あの犯人は、父の選挙資金を稼ぎ、さらに父を庇い、何の利益を得たのだろう。

「今日はその話ではないので……」滝上は咳払いした。「岸本さんの件です。岸本さんは、父とずっと一緒にいた。様々なトラブルで、本人が防波堤になったこともあるはずだ。その結果、誰かの恨みを買っていた可能性もあるでしょう」

「私は知りませんね」柴田があっさり言い切った。「だいたい、喜多先生にそんな問題はなかったでしょう」

「言い切れますか?」

「私はすぐ近くでお仕えしていたんですよ。人に恨みを買うようなことは一切なかった」

どうしてそう簡単に否定できるのか……あまりにもあっさりし過ぎていて、むしろ怪しい感じがしてくる。

「では、岸本さんご本人が誰かの恨みを買っていた可能性はありますか?」滝上は話の矛先を変えた。

「どうですかね」柴田が腕組みをした。「岸本さんがどういう方か、あなたもご存じでしょう」

「本質的に怖い人だったと思います。番人ですよね」

「喜多先生の——そう、番人だったのは間違いないですね。でも、怖いのは表向きだけですよ。誰に対しても誠意を尽くす人だし、もちろん礼儀もしっかりしていた。個人的な問題で恨みを買うようなことは、ちょっと考えられないんですよね」

「そうですか……」

「通り魔じゃないんですか？　そんな風に書いていた新聞もありましたよ」

「個人的にですが、その可能性は低いと思います。見知らぬ人の家でドアをノックして、いきなり発砲するような事件は、少なくとも日本では例がありません」

「正直申し上げて、ちょっと分からないですね」柴田が首を傾げた。「申し訳ないですが、参考にならないかな」

「いや、とにかく話を聴いていくのが大事なので」ここで何か話が出てくるとは期待していなかったが……柴田が本当に思い当たる節がないのか、それとも何か隠しているのかは見当がつかない。柴田の年齢だったら、父は崇拝する存在でしかないはずだ。庇うためなら、嘘の一つや二つ、平気でつくだろう。この先の質問にも、満足いく答えが出てくるとは思えなかった。しかし聴かざるを得ない。今日はそのために来たのだから。

「銀座のクラブで焼身自殺があって、経営者が巻きこまれて亡くなった事件、ご存じですか」

「ああ——はい、ありましたね。岸本さんが亡くなるちょっと前じゃないですか」

「そうです」

「それが何か？」柴田が露骨に不機嫌な表情になった。「今の話と全く関係ないですよね」

「亡くなったクラブの経営者が、父と昔愛人関係にあったと聴いています」

「それは——」柴田が口を開きかけ、すぐに閉じた。

「聴いているというか、間違いないはずです。まさにあなたが秘書をやっていた頃だ。知りませんか？」

「そういうプライベートな話は知りません」

「代議士時代の話ですよ？　プライベートな時間なんかなかったんじゃないですか」

「昔の政治家じゃないんですから……」柴田が苦笑したが、不自然な表情だった。「愛人を囲って、なんて流行らないでしょう」

「この場合、愛人とは言えないでしょう。父は独身なんだから」

母親は、滝上が中学生の時に亡くなった。体調を崩していて、何度か入退院を繰り返した後での心不全で、享年四十だった。その死が、滝上と父親の関係を完全に壊したとも言えるのだが……以来父は、妻という「大黒柱」抜きで選挙を戦ってきた。未だに日本の選挙では、候補者の家族——特に妻の存在は大事なものだ。しかし父は後添えをもらわず、たった一人で戦い抜いてきた。どういうつもりだったか、滝上はもちろん確かめたことはない。母親を裏切るような人間に、そんなことは聞けない。

「それはそうですけど、あまり格好いい話じゃないですよ」

「格好悪いと思っていたんですか？」実質的に愛人がいたと認めたようなものだ。

「いや、そういう意味では……何なんですか？　その焼身自殺に先生が関係しているとでも？」

「そういうわけじゃありません。その経営者は、あくまで被害者ですから」

「そちらの事件も調べているんですか？」

「警視庁は人手が足りなくてですね」滝上は言葉に皮肉を滲ませた。「都議になった暁には、ぜひ人員の増員と大幅な予算アップをお願いします」

柴田が苦笑し「そんな先の話を言われても……」と言って首を横に振った。

「選挙もすぐですよ」

「まあ、そうでしょうが」

「それで、父とこのクラブの経営者の関係なんですが……」

「切れてますよ、とっくに」柴田があっさり言った。「知事選に出る時に、何の問題もなく別れたと聞いてます」

「じゃあ、今はまったく関係がないと」

「ないでしょうね――いや、私は喜多先生のところの今の事情は知りませんから、何とも言えませんが、先生は身の回りのことはきちんとされる人ですよ」

「そんな中途半端なことをせずに、結婚すればよかったのに」

そうすると、自分より一つ年上の義母ができていたわけだが……それにしても柴田は、どうして急に方向転換して認めたのだろう。すぐに「下手な嘘は事実よりも悪い」という教訓——昔、先輩刑事が言っていた——を思い出した。嘘を重ねて後からバレるより、多少は都合が悪くても真実を明かしてしまう方がましだ。交際してはいたがきちんと別れて後腐れはない。そう断定した方が、父のイメージを守れると思っているのだろう。

「先生も、いろいろお考えになったんでしょう」

「そんなものですか?」

「政治家は常にいろいろ考えているんです。そして常に選択する。そうしないと、あっという間に行き詰まりますから」

「しかし、父もお盛んだったんですねえ」滝上はいきなり口調をラフにした。年齢もさほど違わないこの男に対しては、いつまでも堅苦しい喋り方をしない方がいい、と判断した。

「精力的な人なのは間違いないですね。いや、変な意味じゃないですが」

「英雄色を好む、みたいな?」

「それは私の口からは言えませんが」柴田が鼻を擦《こす》った。

「そもそもどうして知り合ったんでしょうね。やはり夜の社交生活の中で? 夜の会合も相当頻繁にあったんでしょう?」

「今は流行りませんけど、当時は……そうですね」

「あなたも会ったことがあるんじゃないですか? 野村真沙美さん」

「記憶にないですね」柴田が首を傾げる。「当時はたくさんの人に会っていましたから、一々覚えていません」

「人の顔と名前を覚えるのも、政治家の仕事だと思いますが」

「私はお供でついて行っていただけですからね」柴田が言い訳した。

「そうですか……とにかく、野村真沙美さんと父がどうやって知り合ったか、どういう交際をしていたかは分からないんですね？」

「私は知りません」

「この件は、他の刑事はまだ知りません」滝上は明かした。「私だけが知っている状態なら、事態をコントロールできます。しかし他の刑事が知れば、父から事情聴取、なんていうことにもなるでしょうね」

柴田の頰がぴくりと動いた。唇を引き結ぶ——必死で考えているのが分かった。

「すぐにはお答えできませんね」

「そうですか」

「というより、私はお答えできない」

「だったら、誰か話してくれる人を紹介してもらえますか？」

「考えましょう」柴田が膝を叩いた。「あなたが知りたいと言えば、教えてくれる人もいるんじゃないですか」

「どういうことですか？」

「あなたは喜多先生の一人息子だ。未だに地元では、後継者はあなただと言っている人もいるんですよ」

「まさか」滝上はつぶやいた。

「あなたが勘当されたことは、関係者は誰でも知っています。昔、相当やんちゃしていて、喜多先生が激怒した——しかし、若い頃にやんちゃしていても、その後きちんと仕事をしている人はたくさんいるでしょう」

「昔のことは忘れましたよ」

「あなたが忘れても、周りは忘れていない。先生があなたを勘当すると言い出した時、猛反対した人もたくさんいたんです」

自分が知らないところで、そんなことがあったとは……滝上はただ、父親から「今後は親子の縁を切る」と宣言されただけである。大学の授業料は卒業するまで面倒を見るが、その後のことには一切関与しない。俺に迷惑をかけずに生きろ——滝上としても、願ってもないことだった。「それでいい」と言って別れたきり、父とは一度も会っていない。

「喜多先生は、身一つで政治の世界で生き抜いてきた人です。身内に議席を譲ることなど、考えてもいなかった。それは私もはっきり聞きました。でも後援会の中には、後継も考えて、あなたにきちんと政治の修行をさせるべきだと考えた人も多かったんですよ」

「本人にそんな気がないのに、政治の修行なんて無駄ですよ」滝上は肩をすくめた。

「そんなに警察官になりたかったんですか?」

「数ある職業の中から、自分に向いているものを選んだだけです」

「もったいないですね……」

「そもそも、後継ぎなんていう話は一切聞いていません」

「まあ、古い話ですよね。でも未だに、後援会の中ではあなたの人気は高いようです。私がどうこう言う話ではありませんが」

何となく釈然としない。後継者にするなら、今でも父の「財布」を預かっている自分の従兄弟・元春の方がよほど適しているのではないか？　しかし滝上は、個人的な考えを押し殺した。父に近い立場の人間で、自分に好印象を持っている人がいるなら、利用してやろう。この件がどう転がっていくか分からないが、その都度臨機応変に対応していくしかない。

俺は何がしたいのか、とふと思った。父を破滅させたい？　その意図が漏れたら、滝上に好意を持っている人も、さすがに協力してくれないだろう。本音は隠して、何とか情報だけを探り出す——刑事としては大勝負だと覚悟した。

「余計な話ですが、元春さんの評判があまりよくないんですよ」

「ああ……そうなんですか」急に従兄弟の話が出てきて、滝上は警戒した。

「元春さんは、金に関してちょっと緩いというか……今は周りが上手くコントロールしてますけど、公私混同が激しいらしい」

「静岡建業の金を流用しているとか？」

「会社が自分のものだと勘違いしてしまう社長は、どこにでもいるんですよね。それに、元春さんは世間知らずなところもあるでしょう」

従兄弟の元春は地元の国立大の経済学科を卒業して、そのまま静岡建業に入社した。要するに「外の世界」をほとんど知らないわけだ。公私混同してしまうのも何となく納得できる。

「喜多先生も、最近は後継についてあれこれ考えておられると聞いています。身内で後を継ぐ人というと元春さんだけなんですけど、後援会でも評判がよくないですからね。そういうこともあって、未だにあなたの名前が出てくるんですよ」

「そういう話が出たら、あり得ないと否定してくれますか？　私が自分で言う機会はないでしょうから」

「まあ……難しいですよね」

その時、デスクの方からスマートフォンの呼び出し音が聞こえてきた。「失礼」と言って立ち上がった柴田が、一言二言話し、メモに何かを書きつけて通話を終えた。

「岸本さんの葬儀の日程が決まったそうです。今日の夕方に通夜、明日の午前十一時から葬儀です」

「東京で？」

「ええ」

「あなたも参列しますか？」

「もちろんです。お世話になった人なので」

「だったら」滝上は頭の中で素早く予定を組み上げた。「今夜、もう一度お会いできませんか？　私も、参列はしませんが通夜には行きます。そこで、父と野村真沙美さんの関係について話を聴ける人を紹介して下さい」

「あなたも強引な人だな」柴田が苦笑した。「そういうところ、喜多先生とそっくりですよ。喜多先生も言い出すと聞かない人で、周りはそれに引っ張られましたからね」

父にそっくり——それは最大の侮辱だ。しかし滝上は、必死で無表情を保った。

この戦いは始まったばかりだ。しかもどこへ転がっていくかは想像もつかない。少しでも冷静さを失ったら、事件の行く末を見届けられなくなるのではないか。

第六章　売人

　岸本の通夜は、渋谷区にある斎場で午後六時から行われた。都心部にしては広い駐車場を見て回ると、静岡ナンバーの車が何台も停まっている。コロナ禍であっても、離れてしまった地元からわざわざ通夜に来る人がいるようだ。父は……と不安になったが、それらしい車は見当たらない。柴田に確認すればすぐに分かるはずだが、まだ彼とは接触できていなかった。

　六時ではまだ昼間の暑さが残っている。葬儀場で浮かないようにと、滝上は濃いグレーの背広を着ていたので――さすがにネクタイは外していた――汗だくで、不快感は一気に頂点に達しようとしていた。とはいえ、建物の中に入って涼むのも筋違いな気がする。

　スマートフォンが鳴った。見慣れぬ携帯の電話番号だったが、出ないわけにもいかない。

「滝上さんかい？」

「ああ」井原だった。昨夜の脅しが効いて、早々に情報を集めてきたのかもしれない。

「あんたが欲しがってたような情報はないね」

「ない？」滝上は目を吊り上げた。

「その女——西片若菜とかいう女に直接売っていた人間はいない」

「間違いないのか？　お前ら、ちゃんとした顧客名簿を持ってるのか？」

「そんなものはないけど、情報に合致する人間がいないんだ」

「じゃあ、彼女は個人輸入でもしていたのか」

「それは俺には分からないけど……そういうことも、ないでもないんじゃないか。ただ、例のブツについては、男の客の方が圧倒的に多いんだ。女は少ないから、すぐに分かる」

「下手な嘘をついても、すぐにバレるぞ」

「あんたに嘘をつくつもりはないよ。ただ、ちょっと気になることがある」

「何だ？」

「らしくない客がいる」

「どんな？」

「下請けみたいな」

「ああ……あんたのところからブツを買って、それをさらに誰かに売る、みたいな感じか」

「そういうせこい商売をやるのは、だいたい若い奴なんだよ。あのブツを欲しがる人間も、若い奴が多いしな。ところが問題の人間は、そんなに若くない。三十代半ばぐらいかな」

三十歳になっても四十歳になっても、薬物に手を出す人間はいる。若い頃にはまってそのまま抜け出せない人間もいれば、歳を取ってからその快感を知ってしまうこともある。

「この男の話は、俺も初めて聞いた。気になるんだよな」

「何が」

「購入量が半端ないんだよ。絶対自分でも横流し——売人をやってる。うちの商売を邪魔するようなもんだ」

「だったらどうする？　始末するか？」

「あんたの前でそんなことを言えるわけないだろう」

「じゃあ、そいつのことは俺に任せろ」

「ああ？」

「俺がしっかり脅しをかけてやる」

「おいおい」井原が笑った。「あんた、警察官だろう？　そんなこと言っていいのかよ」

「この世の中からクソ野郎を減らすためだったら、何でもやるよ」

「怖いねえ」

「いいから、その男の名前と連絡先を教えろ。お前は絶対手を出すなよ」

釘を刺すと、井原はしばらく文句を言っていたが、結局滝上は必要な情報を手に入れた。これでまた一歩先に進めるかもしれない……いや、西片若菜に関する直接の情報はまだ入手できていないから、安心はできない。もしかしたら、まったく関係ないことかもしれないのだ。

ひたすら暑さに耐えながら、滝上は駐車場で待ち続けた。時々スマートフォンを見たが、柴田からの連絡はない。約束をすっぽかす気か……まあ、政治家――政治家志望者も同じことだ――というのは基本的に信用できない人種だ、と自分に言い聞かせる。

しかし、午後七時を十分過ぎたところで、柴田が急ぎ足でこちらに向かって来た。

「会ってもいい、という人がいますよ」

「誰ですか」

「大井《おおい》さん。ご存じでしょう？」

「後援会の？　わざわざ通夜に来たんですか？」

「大井さんは、岸本さんとは特に仲がよかったんですよ。秘書と後援会幹部の関係を超えて、友だちみたいなものだった」

「そんなこと、あり得るんですか？」

「喜多先生の関係者は、全員が家族みたいなものですから」

家族、という言葉に滝上は苛立ちを覚えた。その家族の中に、自分は入っていない。入りたくもない。内心の苛立ちを隠し、滝上はうなずいた。

「もう少ししたら、ここへ来ます。今夜は東京に泊まって、明日の葬儀にも参列するそうですから、時間はあるでしょう。どうするかは、あなたが決めて下さい」

「お手数おかけしました」

滝上は丁寧に頭を下げた。今後も何があるか分からないから、一応礼を尽くしておかないと。

一人になったと思った瞬間、また声をかけられる。

「お前、何してる」

岸本殺しの特捜本部にいる、同期の安岡だった。この男は警戒しておくべきだった……殺人事件の被害者の葬儀には、警察官も顔を出すものだ。参列するのではなく、どんな人が来ているかチェック——犯人が素知らぬ顔で来ることもあるし、そうでなくても被害者の人間関係をチェックしておくと、後々役に立つ。

「ちょっとな」滝上は顔を背けた。

「まさか、岸本さんの通夜に来たんじゃないだろうな」安岡の表情は険しかった。

「いや……それより、お前こそ何してる？　係長が自ら葬儀に足を運ぶなんて、異例じゃないか」

「人手が足りないんだよ」

「この通夜を重視してるのか？」

「そういうわけじゃないけど、必要な捜査だからな。それで、お前は何なんだ？　何の用事があってここに？」

「知り合いがいるんだ」

「ああ？」

「俺は静岡出身だから」

「だから？　どういうことだよ」

「話す気はない。俺のプライベートなんか、クソ面白くもないからな」警察学校は全寮制だ。授業に追いまくられる毎日だが、それでも夜や休日には、寮生同士でだらだら話す時間がある。警視庁には全国から人が集まってくるから、そういう時によく出る話題はお国自慢だ。滝上は人の話に合わせながら、自分が生まれ育った静岡のことは口にしないように心がけていた。荒れていた大学時代、留学時代のことも。同期からは、相当変な人間だと思われていただろう。

「別にいいけど……」安岡が、滝上の顔をとっくりと見た。「余計なことをしてるわけじゃないよな？」

「してない」自分にとっては決して「余計なこと」ではない。

「ならいいけど、こっちの特捜を邪魔するなよ」

「そんなつもりはない」

安岡が、無言で滝上の顔を再度凝視した。疑っている……疑うのは安岡の勝手だ。俺は俺で、全てを自分の手で明らかにする——その思いには一切変わりがない。

父を破滅させるなら、自分の手で。

安岡が去った後、滝上は喫煙所へ向かった。ずっと煙草を我慢していたのだが、安岡と会ったのはさすがにストレスになった。あんな奴に詰め寄られて煙草が欲しくなるのも情けない話だが……。

「亮司君じゃないか」

煙草に火を点けた瞬間、声をかけられる。大井だった。滝上の記憶にあるのと違い、すっかり年老いていた。髪は白く、まばらになり、顔の肉は垂れている。体全体が萎《しぼ》んだようで、喪服はサイズが合っていなかった。

「大井さん」

「俺に話があるそうだが」滝上の目を見据えたまま、大井が煙草をくわえた。歳を取っても煙草はやめられないようだ。

「ええ。お聞きしたいことが」

「あまり話したいことじゃないんだろうな」

「ぜひお願いします」滝上は頭を下げた。

「まあ……煙草を一本吸ってからにしようか」大井が震える手で、ライターの火を煙草に近づける。

「大井さん、おいくつになられたんですか」

「七十二」

「お元気そうですね」

「前立腺癌の治療から復帰したばかりだよ」

「それは……大変ですね」不自然に思えるほど痩せているのは、その治療のせいだろうか。

「いやいや、今の医療技術は進んでるから。医者に任せておけば心配いらない」

大井は、父の後援会の大幹部で、地元の不動産会社の会長だ。後援会は、父が最初に静岡市議選に出馬した時に結成されたのだが、その時以来のつき合いのはずである。つき合いの長さ、関係の密さから言っても後援会長に就いて然るべき人物だが、実際には「副会長」というあまり実体のない役職をずっと続けている。どうも、裏で糸を引くのが好きなタイプのようだ。金の問題も絡んでいるのでは、と滝上は読んでいる。大井は父の金蔓《かねづる》の一人だから、表に出ない方が金を動かしやすいのだろう。万が一選挙違反が摘発されるようなことがあったら、連座制の適用を受けないようにするためだとも思う。姑息《こそく》なやり方だが、田舎の政治・選挙ではよくあることだ。

大井がくわえた煙草が震える。どうも、病後の体を完全にはコントロールできていないようだ。滝上は忙《せわ》しなく煙草を吸い、さっさと吸殻入れに放りこんだ。

「君が煙草を吸ってるのを見るのは、不思議な感じだな」

「そうですか？」

「最後に会ったのは、まだ君が未成年——いや、留学から帰って来た頃だったか」

滝上は無言でうなずいた。その頃には、煙草よりも体に悪く、中毒性の高いものに夢中になっていたのだが。煙草は、ドラッグから抜け出るための代替品だった。

「今は警察官だそうだな」

「ええ」

「知事の息子が警察官というのはどういうものかね」

「真っ当な公務員ですよ。何も問題はないでしょう。それに必要なら、知事だろうが代議士だろうが逮捕できる」

「まだ知事を恨んでいるのか？」

滝上は無言で肩をすくめた。何とも説明しにくい……勘当が、こちらにとって「渡りに船」だったのは事実である。二度と父親とかかわらずに済むと思ったら、急に目の前がぱっと明るく開けた感じがしたものだ。しかしその後、明るい景色は徐々に暗くなり、幼い頃から父親に抑えつけられてきた嫌な記憶が蘇ってきた。恨みの感覚とは微妙に違うが、もしも父親を破滅させることができたら、快哉《かいさい》を叫ぶだろう。

「車で話そうか」半分ほど吸った煙草を吸殻入れに放りこみ、大井が歩き出した。歩みには力がなく、まるで幽霊のようだった。父の後継は、実は大きな問題になっているのでは、と滝上は想像した。父は政治家としてはまだ働き盛りだが、最初から支えて来た人たちは年老いてきている。後援会や事務所の人間を若返りさせるためには、若い後継者が早く決まっていた方がいいのではないだろうか。地元の、政治に興味を持つ若い連中――高井によればそんな人間はほとんどいないらしいが――を引きつけるためには、ジイさんばかりでは弱い。

滝上にすれば、知ったことではない。どうして「喜多」というブランドを将来に残さねばならないのかも理解できなかった。金の問題、後援会の問題で、二世、三世議員の方がスタート地点で有利なのは当然だが、父は単なる建設業一家に生まれた人間である。決して地方の名家ではないし、「喜多家」を政治の系譜としてつなげても、得する人間は少ないはずだ。父にくっついて権力のおこぼれに与《あずか》った人間たちが、まだ甘い汁を吸おうとしているだけではないか。

車では運転手が待っていた。素早く運転席から出て来て後部ドアを開けると、大井が大儀そうに乗りこむ。滝上は反対側のドアを開けて、勝手に座った。運転手はドアを閉めた後、車から立ち去ってしまう。二人きり。しかもエンジンがかかってエアコンが効いているので、話をする場所としては理想的だった。

「知事の女性問題を知りたいと？」

「放火事件で殺された女性と父が交際していた事実は、把握しています」

「昔の話だよ」

「それも分かっています。しかしこちらは、より正確に把握していないといけない」

「捜査のためかね」大井が少し白けた口調で言った。普段政治とかかわっている人間としては、殺人事件などどうでもいいとでも考えているのかもしれない。

「俺以外の刑事が、父親と被害者の関係に気づいたら、容赦なく突っこんできますよ」

「君なら抑えられるのか」

「他の刑事よりはましじゃないですかね」

「こんな古い話を持ち出されて、スキャンダル扱いされても困る」体は衰えているにしても、大井の口調ははっきりしていて力強かった。

「別に、スキャンダルにするつもりはありません」滝上はやんわりと否定した。「とにかく、現段階ではありとあらゆる情報を仕入れておきたいだけです」

「その放火のことはよく知らないんだが」

大井が打ち明けたので、滝上は事件の詳細を語った。話し終えて大井の顔を見ると、何だか呆れたような表情を浮かべている。

「何だ、それが知事と関係があるとは思えない。完全に被害者——通り魔事件のようなものじゃないか」

「今のところ、被害者の野村真沙美さんと父の関係は、警察の中では俺以外の人間は知りません。マスコミも知らないでしょう」

「こんな話、マスコミは興味を持つかね」

「何でも書くのがマスコミじゃないですか？　何が受けるか分からないんだから、下手な鉄砲も数撃ちゃ当たる方式でしょう」実際には、この情報を握っても書いてくるところがあるとは思えない。中央のマスコミから見れば、地方の知事などどうでもいい存在のはずだ。現在進行形の事件や大きなスキャンダルなら飛びつくかもしれないが、古い話だったら無視するのではないだろうか。

「で？　何が知りたいんだ」

「全部です。野村真沙美さんと父の関係。どういうきっかけでつき合うようになったのか、どうして別れたのか」

「自分の父親のそういう話を聞くのは、嫌なものじゃないか？」大井が探りを入れるように言った。

「勘当された身ですから、関係ありません」滝上は皮肉に言った。「どうなんですか？最初はホステスと客の関係から始まったんですか？」

「そうだ」大井が認めた。

「その頃だと、野村さんはそれほど高級な店にいたわけじゃありません。亡くなった時は銀座で接待用に使われる店を経営していましたけど、当時は階段の一段目を上がったぐらいの状態だったんじゃないですか」

「確かに、高い店ではなかったな」

「代議士が行くような店ではない？」

「あくまでプライベートで、偶然入った店だったんだろう。君も知っている通り、知事は酒好きだからな」

酒好きというより女好きではないのか、と滝上は皮肉に思った。それは昔から変わらない……本当の酒好きなら、女性のいない、純粋に酒だけを呑ませる店――古くからあるバーにでも行きそうなものだ。

滝上は手帳を広げた。真沙美の人生――勤めた店の中で、判明している分についてはメモしている。

「彼女が二十歳を過ぎたぐらいの時です。勤めていた店は、西麻布の『メール』というバー」

「名前は知らないな。西麻布というのは、何となく記憶にあるが。その女性、静岡出身だったな」

「ええ」

「たぶん、そういう事情もあって親しくなったんだろう」

「父親と娘ぐらい年齢が離れていたはずですよ」

「君も、子どもみたいなことを言うんだな」大井が鼻を鳴らした。「男と女には、年齢差なんか関係ない。ましてや男の方が年上だったら……二十五歳ぐらい離れているのも、そんなに珍しくはない」

「この場合は、正確には二十六歳です」

真沙美は、上京して短大に通いながら、まず居酒屋などでバイトを始めた。卒業と同時に、「就職先」として「メール」というバーを選んだようだった。そこを手始めに次々と勤める店のランクをアップさせ、とうとう銀座に自分の店を持つようにまでなったわけだ。店を出す際は、父が資金を出したのでは、と滝上は疑っている。

「大井さんは、彼女に会ったことがあるんですか？」

「あるよ」

「彼女が働いていた店で、ですか」

「ああ。ただ、西麻布ではなかった。六本木だったかな？　なかなか高級な店だったよ」

「いつ頃かは覚えていますか？」

「いや……」大井がしばし沈黙した。「覚えてないな。あの頃は、私も二ヶ月に一度は上京して、選挙区の情勢について知事と話し合っていた。その時だったと思うが、いつだったか、正確には思い出せない」

父が県議から代議士に転身したのは、十六年前である。当時は四十七歳。その後、知事選に出馬するまでの九年間は東京で暮らしていた。大井が詳しい日付を覚えていないのも当然だろう。結構昔の話なのだ。

「どんな人でした？」

「可愛らしい感じの子だったね。まあ、俺から見ると、二十代の女性は皆可愛く見えるけど……その割にはきはきしていた。よく勉強して、我々の話にもついてきていたよ。邪魔にならないように相槌を打つのも得意だった。いいホステスさんだった」

「確かに、よく勉強していたようです」

「知事も、そういうところが気に入っていたんじゃないかな。打てば響くような人が好きだから」

「結婚しようという話にはならなかったんですか？」

「まさか」大井が苦笑する。「結婚となると、年齢の差は大きな問題になる。それに水商売の人だと、あれこれ陰口を叩く人もいるからな。俺に言わせれば職業差別だがね」

「円満に別れたと聞いてますが……」

「どんな話し合いがあったかは知らないが、君の言う通りだと思う」大井が認めた。

「父が代議士時代、ずっとつき合っていたんですね」

「そう聞いてる」

「そうなると、父の方でもそう簡単には別れられないんじゃないですか」

「別れるように、私が周囲の人間に進言したんだよ」大井があっさり言った。

「後援会の大幹部としての忠告、ですか」

「そういうことだ。知事になれば、今度は地元に張りついて地元のために仕事をしなければならない。東京に愛人がいるからと言って、頻繁に上京するわけにはいかないだろう。彼女を静岡に呼び寄せるのも無理だ」

「要するに、あまりにも若い恋人がいるとろくなことにならない、というわけですね」

滝上は指摘した。

「県政に専念してもらうためには、あの女性は都合が悪かった。私が『きちんと清算しておいた方がいい』とアドバイスしたら、知事も『そのつもりだ』と言っていたよ。その辺は、自分でも分かっていたんだな」

「金を渡したんですか？」

「ああ？」

横を見ると、大井が不機嫌そうに目を細めていた。金の話がそんなに嫌なのだろうか。すっきりと関係を解消するために金を使うのは、珍しい話ではあるまい。

「金ですよ。野村真沙美さんは、銀座に自分の店を持っていました。相当の資金がないと、銀座に店を開くことはできませんよ。父が援助——手切金として金を渡したんじゃないんですか？」

「その辺は、私には分からない。後で確認して『無事に終わった』と聞いたから、それきり何も話してない。しつこく確かめるようなことでもないし、知事の方でも、その後トラブルはなかったわけだから」

「トラブルというのは、別れたはずなのにしつこく連絡が来たり、つきまとわれたり——ストーカーのような行為ですか？」

「そういうのは一切なかった。私はよく知らないが、野村真沙美さんというのはかなり聡明な女性ではないかな。水商売、それも高級な店に勤める女性ほど、その辺は弁《わきま》えているものじゃないか？」

「そうかもしれません……本当に手切金はなかったんですか」

「分からん——仮にあったとして、何か問題でもあるのか？　離婚する時は慰謝料を払う、それと同じことじゃないか」

「あまりにも巨額だと、その金の出所が問題になるでしょう。税務署も注目するかもしれません」

「渡したのかどうかも知らないんだから、当然、額も分からない。ただ知事にとって、野村さんは東京時代の大事な人だったからな。どうでもいい話……代議士が、権力闘争の中で孤独を味わい、女に走った――心の弱さを証明するような話ではないか。

「今回、野村真沙美さんが亡くなったことを、父は知っているんですか？」

「知っている。事実だけを私が伝えた」

「何か言ってましたか？」

「残念なことだ、と。普通の反応だよ。葬儀に花でも出すべきだろうかと言っていたから、私が止めた」

「それが正解でしょうね……ショックを受けた様子はないんですか？」

「ない」大井が断言した。「考えてみたまえ。別れたのは、もう七年も前だぞ。七年は長い。その間、知事は極めて忙しかった。東京時代の女に思いを馳せる余裕なんか、一切なかっただろう」

「そうですか……」

「気が済んだかね？」大井がドアに手をかける。重たそうな音がして、ドアが少しだけ開き、真夏の熱気が車内に入りこんできた。

「よく分かりません」滝上は正直に言った。

「代議士に水商売の女がいる……世間的にはあまり褒められた話じゃないかもしれないが、知事はずっと独身だからな。倫理的にも、責められる要素はない」

「そもそも父は、何で再婚しなかったんですかね。独身だと、選挙の時なんかに大変でしょう」

「それは、奥さん――君のお母さんに対する思いが強かったからだよ」

馬鹿言うな、と滝上は腹の中で鼻を鳴らした。裏切り者が……母に対する思いが強いなら、愛人を持とうなどと思わないはずだ。結局父は、野村真沙美を自分の都合のいいように使っていただけなのではないか。そもそも、母に対する思いが強いというのも信じられない。父は、家庭をまったく顧みない男だった。基本的には寝に帰るだけで、家の外にこそ仕事と生活があったのだ。母の体調が悪化していたのも知らず、好き勝手に生きていたクソ野郎。

「結局、野村真沙美さんは、どうでもいい相手――使い捨てだったんですね」

「私の口からは、余計なことは言えないね」

「そうですか……いずれにせよ、今はもう、完全に関係ないと言っていいんですね」

「もちろんだ。だから君は――知事の名前が出ないように気をつけてくれるんだろうな?」

「俺には、公表を抑えたりする力はない。それに捜査線上に上がってくれば——父に事情聴取しようとする刑事が出てくるかもしれませんよ」

「冗談じゃない。そんなことになったら、君が警察に勤めている意味もないじゃないか」

「俺は、防波堤になるために警察官になったんじゃないですよ」

「そろそろ転身を考えたらどうだ。静岡では、君を待っている人がいるんだぞ」

「まさか」滝上は驚いて言った。確かにそういう話は聞いたが、冗談か過剰な持ち上げとしか思えなかった。「どこにそんな人がいるんですか」

「君こそ、どうなんだ？ 警察官の仕事にも意義はあるだろうが、もっと大きな仕事をしてみる気はないか？ 君には、そういう能力があると思う。何しろ知事の息子さんなんだから」

「父は、政治家としてそんなに優れているんですか？」

「行政官として優れている、と言うべきかな。知事は天職——仕上げに辿りついた、最高の仕事だと思う」

「俺には無理ですね」滝上はそう言わざるを得なかった。「政治家や行政官の能力は、遺伝するものじゃないでしょう」

大井に言われて思い返してみれば、父は早くから——それこそ滝上が小学生の頃から、跡継ぎにしようとしていた節がある。ことあるごとに「お前は政治家の息子なんだから」と言い、品行方正に振る舞い、チャンスがあれば学校でも自ら手を挙げ、リーダー役を務めるようにと口を酸っぱくして言い続けた。そういうことが、政治家の第一歩になるのだから、と。

小学生がそんなことを言われても理解できるわけもなく、逆に中学生になって理解できるようになると、鬱陶しくなってきた。ちょうどその頃母が亡くなったこともあり、滝上は父と距離を置くようになった。大学進学で一人東京へ出てきた時、そして留学中が一番幸せだったと思う。父の影を感じずに生きていける——それ故奔放な行動に出てしまい、それを咎《とが》めた父との関係は最悪になって、最後は勘当されたわけだが。

「君がやんちゃだったのは、皆知ってる。しかし、政治家には向いていると思うよ。それに喜多家の看板は大きい」

「大井さん……意外に人を見る目がないんですね」

大井が低い声で笑う。しかしそれはすぐに消え、一転して真面目な口調で話し出した。

「君が、知事と——お父さんと上手くいっていなかったのは分かっている。周りの人間は皆、心配していたんだ。今からでも遅くない。君が普通に訪ねていけば、知事も受け入れると思う。自分の将来を真剣に考えてみたらどうだ？」

「考えてますよ」

「そうかね？」

「俺は一生、ワルを捕まえることに自分の全能力を使うつもりです」

「そうか……」大井が溜息をついた。

「もう一つ、聞いていいですか？」

「何だ？」

「明日は岸本さんの葬儀ですよね？　父は来るんですか？」

「ああ。明日は予定をやりくりして、顔を出すと思う」

「分かりました。助かります」

「何がだね？」

「父が来るなら、俺はここへは来ません。わざわざ顔を合わせるつもりはないですから」

竹下丈治《たけしたじょうじ》。正体は分からないが、取り敢えず名前と携帯電話の番号は手元にある。携帯電話の番号が分かれば住所を割り出すことはできるのだが、通信キャリアに協力を依頼しなければならないので、少し時間がかかる。

井原は住所も摑んでいるかもしれないと思ったが……知らないだろう。ドラッグを売る方、買う方は、それぞれ自分の情報を隠す。互いに、一番知られたくないのは身元なのだ。最近の売買は携帯電話やメールを使うのが主流で、互いの連絡先、それに「呼び名」が分かっていれば特に問題はない。

滝上の個人的な捜査は、そこでストップした。結局、日曜を休んだだけで、月曜には特捜本部に顔を出す。ここから先は、きちんと手続きに則って捜査を進めた方がいい。

滝上を見ると、市来が露骨に顔をしかめた。

「お前、風邪はどうした」

「治りましたよ」滝上は平然とした表情で言った。

「八度五分あるって言ってたじゃないか」

細かいことをよく覚えているものだ、と滝上は呆れた。健康オタクは、数字に関する記憶力が突出して優れているのかもしれない。

「下がったものは下がったんだから、しょうがないでしょう。今朝は完全に平熱でした。それに、民間のＰＣＲ検査を受けたら陰性でしたよ」

「コロナじゃないならいいけど……そんなに早く熱が下がる方法があるなら、教えて欲しいもんだね」

「大人しく寝てただけですよ。何か動きはありましたか」

朝の捜査会議の前に情報を仕入れておきたい。滝上は椅子を引いて、彼の前に座った。

「いや、昨日は特捜も半分休みだったからな。特に新しい情報はない」

「こっちはあるんですが」

「風邪で寝てたんじゃないのか」

「寝てても電話ぐらいはできます」

「おいおい……」市来が呆れたように首を横に振った。

「俺は大人しく寝てるつもりだったんですよ？　でも、向こうから電話がかかってきたんだから、しょうがないじゃないですか、こっちだって話なんかしたくなかった。でも、この情報を聞いて熱が下がりましたよ」

「何だ？」

「西片若菜の遺体から検出されたドラッグ、スヴァルバンなんですが、国内に流通させている連中が割れました」

「マル暴か？」急に興味を惹かれたようで、市来がぐっと身を乗り出してくる。

「いや、マル暴でも半グレでもない第三勢力ですね。とにかく、そこの客で怪しい人間がいる」

「どういう感じだ？」

滝上は、井原から得た情報を簡潔に話した。市来は細かくメモを取りながら質問をぶつけてくる。

「お前はどう思う？」

「何とも言えませんが、この竹下丈治という男は、自分も売人になろうとしていたんじゃないですかね」

「そんなことをしたら、その第三勢力の連中が黙ってないだろう」

「ええ」滝上は苦笑した。井原の狙いが、今になって分かってきたのだ。「竹下という人間が気に食わないんでしょう。手下になってドラッグを捌《さば》くならともかく、勝手に仲卸みたいなことをされたら、たまらないでしょうね」

「そういうのは、自分たちでけじめをつけるんじゃないのか」

「あの連中は、意外に暴力的な手は使わないんですよ。つまり、警察に何とかさせたいんじゃないですか」

「ふざけた話だ」市来が憤然と言い放ち、ボールペンをテーブルに転がした。

「まあまあ……お怒りは分かりますけど、この男が怪しいのは間違いないんですよ。スヴァルバンを国内で流通させているのは、今はこの第三勢力の連中だけのようです。しかしこいつらの顧客の中に、西片若菜らしい女性はいない。だから、竹下が西片若菜に流した可能性は否定できません」

「なるほど」

「どうします？　引っ張って話を聴いてみますか？」

「住所《ヤサ》は？」

「名前と携帯の番号しか分かっていないので、これから割り出します。やりますか？」

「そうだな。西片若菜とスヴァルバンの関係は気になるところだ。薬物の影響下で起こした事件となると、また様相が一変するからな……よし、分かった。お前、ちょっとこの件を担当してくれ」

「分かりました」

結局特捜の仕事に戻ってしまった。父の件がどう動くか心配ではあったが、そればかり気にしていても仕方がない。

滝上は、正規ルートで竹下の住所の割り出しにかかった。午後早い時間には情報を手に入れ、事情聴取に向かう準備も整った。とはいえ、家にいるかどうかは分からない。

「他に情報はないのよね？」組んで事情聴取を担当することになった奈加子が、不満げに言った。

「家と携帯の番号が分かっていれば十分でしょう。そこから先、調べる方法はいくらでもある」

「この時間だと、仕事じゃないかしら」

その可能性は高い。竹下は、スヴァルバンの売買を「生業《なりわい》」にしているわけではないだろう。個人にしては大量購入しているのは間違いないが、それを売り捌いたにしても、利益は高が知れている。井原は情報を出し渋ったが、滝上は最終的に、「一錠あたり二千円」という額を吐かせた。ワンシート十錠、二万円というのが最低限の単位のようだ。竹下はこれまで、百シート、二百シートを一気にまとめ買いしたことが何度もあったという。それをどれぐらいの値段で売れるものか……いずれにせよ、竹下から一気買いする人間がそれほど多いとは思えない。

あくまでアルバイトだ、と滝上は判断していた。

「とにかく、家に行ってみましょう。その前に巡回連絡カードを調べれば、ある程度は分かるんじゃないかな」巡回連絡カードには、世帯構成、勤務先などの情報が書きこまれている。ただし東京では、全世帯の五割も情報が得られていない。これで竹下のことが分かる確率は五分五分――それ以下だろう。

「あなた、楽観的よね」

「やる前から悲観的になってどうするんですか」滝上は溜息をついた。やはり奈加子とは、どうしても気が合わない。

竹下は、杉並区大宮――井の頭線西永福駅から歩いて十分ほどのところに住んでいた。事前に近くの交番で連絡カードを確認したところ、一人暮らしのようである。勤務先はなし――「自営業」とだけ記してあった。自宅で何か仕事をしているのだろうか。対応してくれた若い制服警官は、直接竹下に会っていなかったので、どんな人間なのかは分からない。それに、連絡カードへの記入は二年前だったから、既に引っ越している可能性もある。

「とにかく行ってみましょう」

滝上は先に立って歩き出した。竹下が住んでいる街は典型的な住宅街で、一戸建てが多い。集合住宅といえば、低層のマンションぐらいだった。竹下の家はそういう低層マンションの一つ、三階建ての物件で、建物の造りを見た限りではワンルームか1DKだ。自営業者が住むには十分だろうか……それを言えば、滝上の家も狭い1LDKだ。

「二階の二〇五号室ね」手帳を見ながら奈加子が言った。古いタイプのマンションなので、オートロックなどはない。敷地内に入ると、一階のドアに直接アプローチできるようになっている。二階から上へは、道路側に近い場所にある階段を使っていくしかないようだった。

「それにしても、暑いわね」奈加子がハンカチを額に押し当てながら言った。

「暑いって言わないで下さい。余計暑くなる」

「はいはい」だれた口調で奈加子が言った。

滝上は先に立って階段を上がった。何となくだが……やはりここにはいないような気がする。単身者が多いマンションのようで、この時間だと多くの人が働きに出ているだろう。まあ、今摑まらなくても、夜になってから出直せばいい。

滝上はドアの前に立ち、一呼吸置いてからインタフォンを鳴らした。かすかに涼しい音が聞こえたが、反応はなし。頭の中で十数えてからもう一度鳴らしたが、同じだった。

「いませんね」

「どうする？　このまま張り込む？」

「いや、出直しましょう」滝上は手書きの表札を見た。「わざわざ名前を出しているのは、警戒もしていない証拠です。ここへは必ず帰って来るはずだ。それより、下に何台か車がありましたよね」

「そうね」

「ナンバーから所有者を割り出しましょう。車を持っているなら、また別の対策も取れる」

部屋は全部で十八あるのに、マンションの駐車場は五台分しかなかった。昔なら駐車場の争奪戦になったかもしれないが、最近は、都内では車を持たない人が増えている。今、駐車場に停まっている車は三台。ゴルフ、アウディのA2、ベンツAクラスと、何故かどれもドイツ製の小型車だった。

奈加子が電話で問い合わせを始めたので、滝上はマンションの周りを一周してみた。近所の家は一戸建てばかり……古くからの木造民家と、平成も後半になってから建てられたらしいモダンな家が混在していた。近くには小さな緑地。買い物には不便だが、住環境は静かで好ましい。

駐車場に戻ると、奈加子がちょうど通話を終えたところだった。

「手配完了」

滝上はうなずき、車を一台一台確認した。ゴルフの後部座席にはベビーシート……この車は外していいかもしれない。連絡カードによると、竹下は一人暮らしである。もっとも、あのカードが作られてから二年が経っており、その間に竹下は結婚して子どもができた可能性もある。

「どうする？　やっぱりこのまま張り込む？」奈加子が腕時計をちらりと見た。

「いや、聞き込みをしましょう。まず、このマンションのドアを全部ノックで」

「じゃあ、私は三階から行くわ」

滝上はまじまじと奈加子の顔を見た。居心地悪そうに、表情を歪める。

「何？」

「上の階から行ってくれるなんて珍しいですね」こういうところでは変に先輩風を吹かし、楽な一階から始めると言い出すようなタイプなのだ。

「一階から始めても、どうせ階段を上がるでしょう」奈加子が肩をすくめる。

「じゃあ、俺は一階から始めますよ」

「この時間だと誰もいないと思うけどね」

月曜日、午後二時——奈加子が言う通りだとは思うが、それでもまずは潰さなければならない。

一階の六部屋で、滝上は全て空振りした。やはりこの時間は、住人は全員出払っているのだろう。二階へ上がったところで、ちょうど階段を降りてきた奈加子とぶつかる。奈加子は無言で首を横に振った。階段を上り下りしただけでエネルギーを使い果たしたようで、げっそりしている。

「向こうの端からお願いします」滝上は、二〇六号室から当たるように頼んでから、自分は二〇一号室からノックを始めた。三部屋で空振りした直後、二〇四号室のインタフォンを鳴らした奈加子がにわかに緊張する。隣の部屋の前にいた滝上にも「はい」という返事が聞こえた。若い男のようだが、声は寝ぼけている。奈加子が少し身を屈め、インタフォンに向かって話しかけた。滝上は彼女の背後に回り、部屋の主の返事を待った。

「警察です。ちょっとお話を伺わせてもらえませんか?」

「警察?」いかにも疑わしげな声だった。

「警視庁です。ドアを開けてもらえますか？」

「何もない——警察に話すことなんかないですよ。それに今、仕事中なんです」

「お時間は取らせません。五分でいいんです」奈加子が粘る。

「五分ですか……はい……」

　ほどなくドアが開いた。顔を覗かせたのは、三十歳ぐらいの男で、仕事をしているようには見えなかった。Tシャツに短パンというラフな格好で、髪は不自然に盛り上がっている。どう見ても寝癖だった。目はトロンとしていて、インタフォンが鳴るまで寝ていたとしか思えない。

「お仕事中すみません」滝上と同じ疑問を抱いているかどうかは分からないが、奈加子が丁寧に頭を下げた。「警視庁捜査一課の安田です。隣の竹下さんのことでちょっとお話を伺いたいんですが」

「竹下さん？　どうかしたんですか？」

「いや、ちょっと様子を知りたいだけです」奈加子が曖昧に説明した。「どんな人なのか、何をしているのか……そういうことです」

「何をしているかは分からないですね。顔を合わせれば会釈ぐらいするけど、滅多に会わないんで」

「自営業と聞いていますが、何の仕事か、分かりませんか？」

「さあ……」男が首を傾げる。「水商売とかじゃないですかね」

「どうしてそう思います？」

「よく、夜中に帰って来るんですよ。俺も遅いんだけど、お隣さんは終電が終わってから帰って来ることもよくあるんで」

「その様子が分かるんですか？　あなたも毎日そんなに遅いんですか？」

「遅い時が多いですね」

「失礼ですが、お仕事は？」

暑さのせいもあって、滝上は苛ついた。今、そんなことを聴かなくてもいい。この男の個人情報を確認するのは後回しだ。

「ウェブ系の仕事です。プログラムを……今はリモートワークが基本なので、ほとんど会社に行かないんですよ。ただ、家にいると勤務時間の管理が難しくて」

「それで遅くなることもあるんですね」奈加子がうなずいて質問を続ける。「夜中というのは、何時ぐらいの話ですか」

「だいたい二時ぐらいかな……ちょうど俺が寝る頃なんですけど、お隣さんは、そのタイミングで帰って来ることがよくあるんですよ。寝入り端《ばな》にドアが開く音がして、目が覚めちゃうんです。あれ、困りますよね」

「分かります。いつもですか？」

「いや、いつもかどうかは分からないけど、そんなに帰りが遅い人って、やっぱり水商売じゃないですかね」

夜勤のある仕事もあるのだが、この男の頭にはそういう考えがないらしい。なかなか進まない事情聴取に痺《しび》れを切らして、滝上は自分から声を発した。

「会ったこともあるんですよね？　どんな感じの人でした？」

「うーん……俺と同い年ぐらいかな。普通のサラリーマンには見えないですよ。背広を着ているのを見たこともないし」

「水商売にもいろいろありますけど……」

「スナックとか、そういう感じ？　でも、そんなに流行ってる店じゃないと思いますね」

「どうしてそう思います？」

「ここ、家賃はそんなに高くないですから。水商売で儲けてる人なら、もっと都心にある、いいマンションに住むでしょう」

結局、この男からはそれ以上の情報は得られなかった。マンションでの聞き込みはここまで……車の問い合わせも空振りした。となると次は、このマンションを管理している不動産屋か管理会社、大家だ。マンションの一階に「お問い合わせはこちら」と書かれた小さな看板を見つけ、そこへ電話を入れてみた。明大前にある不動産屋だったので、すぐに約束を取りつけてそちらへ向かう。

不動産屋で出迎えてくれたのは、中年の社員だった。名刺を交換し、相手の名前を頭に叩きこむ。石原《いしはら》。シャツのサイズが合ってない……太った体を小さなシャツに無理に押しこんでいるので、ボタンが弾け飛びそうになっている。

「ええと、あのマンションの二〇五号室……竹下さんですね」パソコンの画面を見ながら石原が答えた。

「連絡先を教えて下さい」滝上は手帳を広げた。

「携帯になってますね。固定電話は持ってないんでしょう」

「携帯の番号は把握しています。仕事は何ですか?」

「自営業ですね」

「具体的には?」

「お店をやっているようです……名前は『マッドキャット』ですね」

「何の店ですか?」

「さあ……そこまでは」

石原が首を傾げる。この名前からは、どういう店なのかさっぱり分からない。和食の店ではないだろう、と想像できるぐらいだった。

「店はどこですか?」

「渋谷です」

横に座る奈加子が、自分のスマートフォンをさっと差し出した。ちらりと見ると「生演奏バー」という文字が見える。どういう種類の店だろう?

「今まで、家賃などのトラブルはありませんか?」

「ないですね。銀行引き落としで、毎月問題なく引き落とせています」

「竹下さんと会ったことはありますか？」

「私はないですね。他の人間はどうかな……ちょっと確認してみないと分かりません——いや、無理ですね」

「どういうことですか？」

「竹下さんは、三年前からあのマンションにお住まいですが、当時契約を担当した社員は、もう辞めてしまっています」

「三年前……一年前には契約更新だったんじゃないですか」

「自動更新なんです。向こうが出ると言わない限り、そのまま二年間更新されます」

じりじりとしか先へ進めない。しかし、勤務先——経営している店が分かったのだからよしとしよう。そこへ行けば、竹下には会えるはずだ。

「一度、本部に戻って出直しだな。夜は何時からですか？」

スマートフォンの画面に視線を落とし、奈加子が「七時開店ね」と答える。今日は妙に気が利く……何かいいことでもあったのだろうか。

「じゃあ、開店と同時に店に行ってみましょう」

「でも、何か変ね」

「何がですか？」

「この店、朝の五時までやってるみたいよ。だけど、竹下が帰って来るのは午前二時頃が多いっていう話だったでしょう？　自分で店を閉めないで、先に帰るものかしら」

「本人はあくまでオーナーで、店自体は他の人に任せているのかもしれない」

「それなら、もっと大きな家に住んでてもおかしくないわよ」

「まあ……どこに金をかけるか、じゃないですか」

「家や車じゃなくて、服かもしれないわね。美味いご飯を食べることに命を賭けている人もいるし、女に貢いでいる可能性もあるし」

「安田さん、案外想像力豊かですね」

「刑事には想像力が必要でしょう」

「その手の想像力は、刑事の仕事にはあまり関係ないと思いますけど」

途端に、奈加子が嫌そうな表情を浮かべた。


「マッドキャット」は、渋谷の文化村通りと道玄坂を結ぶ細い道路沿いにあった。滝上は渋谷にはあまり詳しくなく、その道路に「道玄坂小路」という名前がついているのを初めて知った。細い道沿いには飲食店などが所狭しと建ち並び、道路は人で溢れている。クソ暑いのに……と滝上はうんざりしていた。

「先に食事を済ませない？」奈加子が提案した。ちょうど、煉瓦造りのがっしりした建物——古い中華料理店のようだ——の前を歩いているところだった。

「後にしましょう」滝上は奈加子の提案を却下した。「先に奴の顔を拝んでおきたい」

「何か、やばそうな店よね」

「どうしてそう思います」

「オーナーの竹下は、違法薬物を大量に購入するような男でしょう？　店で売り捌いているかもしれない」

「今夜は見て見ぬ振りをして下さい。それっぽい現場だったら、後で組対五課にタレこめばいいんだから」

「むざむざ五課に手柄を渡すつもり？」奈加子が目を見開く。

「俺たちには、ドラッグの取り引きみたいなセコい犯罪をチェックしてる暇はないでしょう」

「滝上君って、捜査一課至上主義よね。警察内の縄張り争いとかは――」

「そういうのはどうでもいいです」

乱暴に吐き捨て、滝上は「マッドキャット」を目指した。店はすぐに見つかったが、中に踏みこむのは躊躇《ためら》われる……かなり古いビルの地下にある店だったのだ。滝上は閉所恐怖症というわけではないが、中にいる時に地震が起きたらと思うと、かすかに寒気がする。しかし、奈加子と一緒なので怖気《おじけ》づいているわけにもいかず、先に立って階段を降りた。

コロナ禍で開店直後ということもあり、客はまばらだった。すぐに目についたのは、正面奥にある小さなステージ。ドラムセット、ギターアンプやキーボードも置いてある。

「なるほどね」後ろにいた奈加子が納得したように言った。

「何がなるほどなんですか」滝上は振り返って訊ねた。

「生演奏バーの意味。客が自由に楽器を演奏できる店っていうことでしょう」

「ライブハウスじゃなくて？」

「それは、演奏を聴くための店。ここは客が演奏する店よ。そういう店があるって聞いたことがあるわ」

「そんなことして、楽しいんですかね」滝上には理解不能だった。

「カラオケと同じようなものじゃない？　楽器をやっていても、外で演奏する機会がない人はいくらでもいるでしょう」

滝上は首を横に振った。音楽には縁がない人間なので、そういう楽しみは理解できない。だいたい、酔っ払いが楽器を手にして、まともな演奏ができるものだろうか。

「打ち合わせ通りでいい？」奈加子が小声で言った。

「ええ」

「本当に演技なんかできるの？」

「いいから、見てて下さい」

店内をよく見ると、客は三人だけだった。四人が座れるテーブルについて、三人とも生ビールを呑んでいる。クソ暑い中、一日歩き回って喉がビールを欲していたが、ここは我慢だ。

客が少ないせいか、店員も手持ち無沙汰にしている。店員は二人、いずれも若い男だ。奥の方から料理する音が聞こえてくるので、キッチン担当のスタッフもいるのだろう。

滝上はカウンターに近づき、コーラを二つ注文した。カウンターの向こうにいる若い店員が怪訝《けげん》そうな表情を浮かべたが、無視する。こういう店だからといって、酒を呑まねばいけないという法はない。

瓶のコーラと氷入りのグラスが出てきたタイミングで、滝上は若い店員に声をかけた。まだ二十歳そこそこ——もしかしたら未成年かもしれない。金色に染めた長髪をざっくりしたヘアスタイルにまとめ、両耳には小さなピアス。黒いTシャツを着ているが、オーバーサイズなのかひどく貧弱な体なのか、ダブダブだった。

「今日、タケちゃん、いる？」

「タケちゃん……ああ、オーナーですか？」店員が少しだけ警戒した。

「オーナーか」滝上は皮肉っぽく笑ってみせた。「あいつも偉くなったもんだねえ」

「お知り合いですか？」

「昔の友だち。転勤で五年ぶりに東京へ戻って来たら、タケちゃんが店を開いたっていうからさ。びっくりして来てみたんですよ」

「ああ、そうなんですね」店員の警戒レベルが急に下がった。「いや、今日は……来てないですね」

「何だよ、あいつ、店をスタッフに任せて自分はブラブラ遊んでるわけ？　本当に偉くなったね」

「いや、そういうわけじゃないです。今、他の店にいるんじゃないですか？」

滝上は大袈裟に目を見開き、両手を広げてみせた。

「他の店って、ここだけじゃないの？」

「他に二軒あります。新宿と、西麻布と」

「驚いたね。マジで青年実業家じゃないか」

店を三軒も持っているなら、やはりもう少し高い家に住みそうなものだが、経営の実態は火の車なのかもしれない。

「連絡、取りましょうか」

「そうねえ……あいつ、携帯変えた？」

「いや、昔の番号は分からないですけど」

「東京へ戻って来てかけてみたんだけど、別の人につながったんだよね。今の電話、教えてもらえる？」

「それはちょっと……」店員がやんわりと拒否した。頼りないように見えて、秘密保持に関してはしっかりしているのかもしれない。

「ああ、そうだよね。勝手に携帯の番号を教えたら怒られるよね。だったら、奴が顔を出したら、滝上が来たって言っておいてくれない？　俺の携帯番号は変わってないから、分かると思う」

「分かりました」

「しかしねえ」滝上は体を捻ってステージを見た。「あいつがこういう店をやるとは思わなかった。ここ、お客さんが自分で演奏するんでしょう?」

「そうです。評判いいですよ」

「そんなに人前で演奏したいもんかねえ」

「ライブハウスに出るとなると、ハードルが高いじゃないですか。ここはそういう店じゃないんで、気軽に……お客さん同士が知り合って、バンドを組むみたいなこともありますよ」

「こっちには縁のない世界だけど、それは楽しそうだ。タケちゃんも、こういうことには興味がないと思ってたけどね」

「でも、オーナーは元バンドマンですよ」店員が怪訝そうな表情を浮かべた。「辞めちゃったけど」

「マジで?」滝上は目を見開いて見せた。「初耳だよ。バンドをやってたなんて、一度も聞いたことがない」

「あー……嫌な思い出みたいですから」店員が苦笑した。「今は普通に話しますけど、一時は思い出したくもなかったって言ってましたよ」

「よくあるバンドのトラブルかな。音楽性の相違とか」

「女性も絡んでたらしいです」店員がニヤリと笑う。

「あいつらしいな。女にはだらしなかったから」

「今はそうでもないですよ」

「改心して、真面目な青年実業家になったたってことか」滝上は適当に話を合わせた。今のところ、会話は上手く転がっている。相手も不自然には思っていないようだった。新しい客が入って来ないので、向こうも手持ち無沙汰のようだ。滝上はさらに事情を探ることにした。

「奴に会えるとしたら、ここ以外に他の二軒の店かな」

「そうですね」

店員が屈みこみ、名刺を二枚取り出してカウンターに置いた。新宿の店は「グルーヴィン」、西麻布の店は「フリークアウト」だった。滝上は手刀を切って、名刺を取り上げた。

「どっちもここと同じような感じの店？」

「いや、演奏できるのはここだけです。他の二軒は、普通のバーですよ」

「女の子はいない？」

「いません。女の子がいると、いろいろ大変だからって」店員が苦笑した。

「やっぱり女では苦労してたのかね」

「そういうことじゃないですか」

「また来るけど、こっちの二つの店にも行ってみるよ」

「はい。お伝えしておきます……滝上さんでしたね。名刺、いただけますか？」

滝上はバッグの中を覗いた。もちろん名刺はあるが……「悪い、切らしてた」ととぼける。

「じゃあ、お名前だけお伝えしておきますね」

このままこの店で食事をしていってもよかったが、芝居をしている以上、竹下と出くわしてしまうとまずい。滝上はすぐに引き上げることにして、会計を頼んだ。コーラ二本で千円か——まあ、こういう店だから仕方ないだろう。

金を払ってしまってから、取り敢えず喉の渇きを抑えようとコーラをぐっと飲んだ。強い炭酸と甘味で、何となく腹も膨れた感じになってしまう。

ふと気づき、滝上はカウンターから離れた。小さなステージの奥の壁に、大量の写真が貼ってある。客の演奏シーンを写したもので、誰もが一様に嬉しそうな表情だ。ドラムセットの前に座ってスティックを振り上げていたり、ギターを低く構えていたり、マイクを握り締めて陶酔の表情を浮かべていたり……楽器を演奏するのは、そんなに快感なのだろうか。

気づくと、若い店員が近くに来ていた。新しい写真を持って来て、壁のコレクションに加える。

「お客さんは、楽器はやらないんですか？」

「全然。音楽もそんなに聴かないし」

「ここ、追加料金なしで演奏もできますから、是非」

「今更楽器を覚えられるとは思えないなあ……」滝上は頭を掻いた。

「あ、これ、昔のオーナーの写真です。バンドをやってた証拠ですよ」

「どれ？」

店員が教えてくれた写真を見る。他の写真に比べると古い感じだった。若い男が、恍惚の表情でギターを弾いている。ステージ上で撮られたもののようで、派手な照明が、男の顔を人間離れした色合いに変えていた。

しかし——いや、まさか。

滝上は顔を近づけて二度見した。

「これがタケちゃん？」

「ええ」店員が怪訝そうな声で答える。

「驚いたな。本当にバンドをやってたんだ。俺が知ってるタケちゃんとは全然違う」

「そうですか？」

「人間、やってることでイメージが完全に変わるんだね」

「確かに今は、こんな感じじゃないですよね」

そう——俺が知っている竹下は、バンドマンでも青年実業家でもなかった。

ドラッグの売人。

滝上が何度も、街角でドラッグを買った相手だった。

第七章　過去の蹉跌

店を出て渋谷駅の方へ向かいながら、滝上は驚きと恐怖を何とか抑えこんだ。「竹下」はあの男だったのか……当時は臼井《うすい》と名乗っていた。何度会ったか、今は記憶も定かではない。あの頃、滝上の頭はまだ薬物の影響下にあった——薬物に支配されていた。

「滝上君」

奈加子に声をかけられ、はっと顔を上げる。

「何してるの？　青よ」

見ると、目の前の信号が青に変わったところだった。道路の向こうにはＭＥＧＡドンキ。その派手なネオンが滝上を苛つかせる。

渋谷駅に近づくに連れ、人が多くなる。駅へ向かう人より、駅から離れる人の方が圧倒的に多い。コロナ禍であっても渋谷の夜はこれからなのだ。

「安田さん、ちょっといいですか」

「何？」先を歩いていた奈加子が振り返る。

彼女に言うより市来に話すべきなのだが、その前に取り敢えず、一種のアリバイを作っておきたい。

「少し確認しておきたいことがあるんですけど、ついでに飯でも食いませんか」

「この辺で？」歩きながら奈加子が周囲を見回した。「どこか適当な店、知ってる？　私、渋谷は疎《うと》いのよ」

「適当に入りましょうよ」渋谷に、静かに話せる店があるとは思えないが……しかも今歩いている文化村通りには、食事ができる店が見当たらない。ふと、道路の反対側に看板を見つけてピンとくる。

「パスタは？」

「いいけど……」奈加子はあまり乗り気ではないようだった。

「安い店があるんです。入ったことがありますよ」

「安いのは嬉しいけど、美味しいの？」

「まあまあですね」以前この辺で聞き込みをしていた時に、その店で食事をしたのだと思い出す。何だか喫茶店のような雰囲気だったが、量と味、値段のバランスを考えると悪くなかった記憶がある。

夕飯時で、店内は混雑していた。圧倒的に若い人が多い。客の平均年齢は二十歳そこそこのようで、三十代の滝上でも居心地が悪い。大学生が腹ごしらえをするのに便利そうな店だ。

メニューを見て、そう言えばやたらと料理の種類が多かったのだと思い出した。パスタだけではなく、サンドウィッチや肉料理もある。滝上はメニューを吟味して、パスタではなくビーフカツを頼むことにした。炭水化物ではなくタンパク質をたっぷり体に入れてやりたい感じだったし、ビーフカツにしては値段が安い。千百八十円でスープとパンもついてくるから、お値打ちと言っていいだろう。

「パスタって言ってたのに、パスタじゃないの？」奈加子が疑わしげに訊ねた。

「急に肉が食いたくなったんですよ」

「じゃあ私は、ジェノベーゼ……Mサイズだと小さいかな」

「レギュラーで、普通の男の昼飯という感じです」

「じゃあ、レギュラーにしておこうかな」

注文を終えると、奈加子が「で？」と切り出したが、滝上はすぐには口を開かなかった。ここは慎重にいかないと。奈加子が焦《じ》れったそうな表情を浮かべるのを見て切り出す。

「さっきの竹下という男なんですけどね」

「うん」

「たぶん、向こうは俺を認知してると思います」

「知り合いなの？」奈加子が眉をくっと上げた。

「ずいぶん前に、ある事件で調べたことがあるんです。周辺調査だけで、本人とは直接話してませんけどね」

「でも、向こうはあなたを知ってるんでしょう？」

「尾行がバレたみたいなんです」滝上はさらに話をでっち上げた。「それで俺は外された」

「何の捜査だったの？　所轄の時？」

「そうです」嘘がさらに重なる。「薬物関係の捜査を手伝ってた時です。俺もまだ若かったですから」

「何年前よ」奈加子が呆れたように言った。「あなたが所轄にいたのって、いつ？　十年ぐらい前？」

「それぐらいになるかな」

「十年も前に一瞬見ただけの人なんか、向こうは覚えてないでしょう」

「俺は覚えてましたよ。写真を見てすぐに分かった」滝上は反論した。

「あなたは刑事でしょう。しかも人より記憶力がいい。向こうは何？　売人？」

「そんな感じです」

「そういう人間って、だいたい自分でもヤクを使ってるでしょう。頭のネジが二、三本飛んで、記憶なんか曖昧になってるんじゃないかな」

「その可能性もありますけど、慎重にいきたいんですよ。俺が覚えているということは、向こうも覚えている可能性がある。だから竹下の件については、俺は外してもらいたいんです」

「そういうこと」奈加子がうなずく。「そんなに心配する必要もないと思うけど……」

「念のためですよ。サポートはしますから」

料理が運ばれてきて、二人は食事に取りかかった。ビーフカツは衣が粗いタイプだ。こういうのは後で胃もたれする……ライスではなくパンなので助かった。この方が、胃に負担はかからないだろう。中の牛肉はかなりレアで、生々しく赤い断面を見せている。

その後は雑談に終始し、食事を終えた。今日はこのまま解散にする、と奈加子が宣言する。

「いいんですか？」

「もう夜の捜査会議も終わってるから、電話だけ入れておくわ。それにしても、何だか変な具合に話が広がってきたわね」

「ええ」

本当は、彼女が想像するよりももっと広く、複雑になるかもしれない。

その夜、滝上は意味不明の悪夢で目覚めた。枕元の目覚まし時計は、午前三時五分を指している。全身汗みずくで、すぐにシャワーを浴びたくなったが、こんな時間に熱い湯で体を濡らすと、絶対に眠れなくなってしまう。

「クソ……」

ベッドを抜け出し、冷蔵庫を開けて缶ビールを取り出した。酒が呑みたいわけではなかったが、冷えた飲み物はこれしかない。タブを引き上げ、一気に半分ほど呑むと、胃の底で冷たさがどんと固まった。

流しに腰を預け、その後はちびちびとビールを呑み続けた。悪夢が蘇ってくる。いや、これは夢とは言えないのではないか？　寝ている間に記憶が蘇ったと考えた方がいい。

留学から戻ってからもしばらく、滝上は薬漬けだった。相変わらず大麻や覚醒剤、コカインなどには手を出さず、錠剤のドラッグだけ。当時、日本ではレアだったスヴァルバンが一番の好みだった。

当時、滝上が根城《ねじろ》にしていたのは、大学からも自宅からも遠い池袋だった。ここを拠点に商売をしていたのが竹下＝臼井である。いつもラフな服装で夏場はＴシャツに短パン、サンダルという格好でよくぶらついていた。額の上にサングラスを跳ね上げていたが、かけているのを見たことはない。

連絡は必ず携帯で取っていた。既に通信ツールとして欠かせない存在になっていた携帯だが、滝上にとってはドラッグ専用ツールだった。

その頃は、ワンシート十錠で一万二千円から一万五千円の間ぐらいだったと思う。滝上の感覚では、一日に二回——朝と夕方に服用すると、一日中多幸感に満たされた。覚醒剤とも大麻とも違う、不思議な高揚感。当然、一週間も経たずにワンシートがなくなってしまい、また臼井に連絡を入れることになる。

そういうことがしばらく続いた後、臼井が初めて、滝上にプライベートな話を振ってきた。はっきり覚えているが、十二月八日——寒さが厳しく、既にダウンジャケットが欲しいような日だった。時刻は午後八時十五分。

あらゆることが、正確に脳裏に刻みこまれている。

「あんた、大学生なのか？　よく金が続くな」

滝上は何も答えなかった。自分のプライベートな情報を漏らすとまずい、ということぐらいは分かっていたのだ。

「学生だったら、バイト代がこれですっとんじまうんじゃないか」

「別に」

滝上は目を逸らした。場所もはっきり覚えている。池袋西口、トキワ通りから一本入った場所にあるラブホテルの前だった。目を逸らした瞬間、そのホテルの看板が見えた。ただし他のことはリアルに覚えているのに、ホテルの名前がどうしても思い出せない。いつも落ち合う場所だったのに。

「あのな、最近こいつを欲しがる人間が増えてるんだ。俺一人じゃ、商売するにも限界がある。あんたも一緒にやらないか？　携帯を持っていれば、簡単にできるよ」

「いや、俺は……」滝上は瞬時に、恐怖に襲われた。使っているだけなら、いつでもやめられる。しかし売人になってしまったら、もう抜け出せないだろう。

滝上は、ドラッグで破滅するつもりはなかった。ただ気分よく過ごしたいだけだった。

「まあ、あんたは金には困ってないかもしれないけど……」臼井がニヤリと笑う。「親父さんが、ずいぶん偉い人だそうじゃないか。金も地位もある。そういう人の息子が、こういうヤバイ薬に手を出してたら、まずいんじゃないか?」

次の瞬間、滝上は手に入れたばかりのスヴァルバンを道路に放り捨てて駆け出した。「おい!」と叫ぶ臼井の声が背中から追いかけてきたが、必死で無視する。友人の勝田は売人になってしまった。自分もそこまで落ちぶれては……。

遠くへ、遠くへ——滝上は池袋から大宮まで出て、最終の上越新幹線に飛び乗った。降りたのは終点の新潟ではなく、長岡。

そこが、滝上にとっての「解毒」の場所になった。ホテルに三日間籠っている間に薬が切れて、高熱と吐き気にずっと襲われ続けた。何も食べられず、辛うじて水を飲むだけの三日間で、体重は一気に五キロも減った。しかし四日目に、ゆっくりと霧が晴れるように意識が鮮明になり、昼過ぎには唐突な空腹に襲われて街に彷徨《さまよ》い出て、蕎麦を食べた。その蕎麦は、ホテルに帰った直後に吐き戻してしまったものの、食欲は徐々に回復して、夜からは何とか普通に食べられるようになった。

五日目になると、まだ吐き気と頭痛は残っていたが、どうにか普通に出歩けるようになった。

その後に何をしたかというと、アルバイトを探した。

金がなかったわけではない。父親は、滝上に会おうともしなかったが、金はたっぷり銀行の口座に振りこまれていたので、生活に困ることはなかった。しかしあの時は何故か、絶対に東京に戻らず、自分で働いて金を稼がねばならないと思いこんだのだった。

見ず知らずの土地だったが、バイトはすぐに見つかった。あの頃、東京ではもうコンビニエンスストアなどで外国人留学生のバイトが目立つようになっていたが、その波は地方にはまだ及ばず、地元の店でバイトを申しこむとすぐに雇ってもらえた。履歴書に本当のことを書けないので駄目かもしれないと半ば諦めていたのだが、オーナーに「父親との関係が悪くなったので家を出てきた」と深刻な表情で嘘をつくと、あっさり受け入れてもらえた。いずれにせよ、携帯電話を持っていたので連絡はいつでも取れるから、問題なかったのだろう。

それから一ヶ月半、正月を挟んで、滝上は見知らぬ土地でバイトを続けた。余計なことをしないよう、朝から夜までみっちりローテーションを入れる。それでもらえる金は、ホテルの一泊分の料金にも満たなかったが、どうでもいい話だった。

最初の頃は、バイトが終わる時間になると、決まって頭痛と吐き気に襲われた。しかし頭痛薬を呑むと吐き気がひどくなり、胃薬を呑むと頭痛が悪化する。よほど医者へ行こうかと考えたが、違法な薬物を使っていたのがバレるとまずいと、必死で耐えた。

解毒作用があるとは思えなかったし、薬物と同様体に悪いのは分かっていたが、精神安定剤として手を出したのは煙草だった。煙草は気持ちを落ち着かせ、頭痛も吐き気も抑えてくれた。同時に始めたのがジョギングである。それも決まって深夜。走っているのを人に見られたくなかったからだが、この深夜のジョギングも滝上を変えてくれた。真冬、時に雪が舞う中で十キロ近く流して走り、最後はダッシュで締めくくる――そのうち食欲も出てきて、体重も戻った。

今はまったく走ることなどないが、あの時のジョギングが、自分にとって最良の「解毒剤」になったのは間違いない。

長岡では奇妙な出会いもあった。

警察官との出会いが。

深夜――ちょうど日付が変わる頃にジョギングを終え、汗だくになってホテルへの道をゆっくり歩いていた滝上は、制服のベテラン警官に声をかけられた。職質――話をしただけでは、しばらく前まで自分が違法な薬物を使っていたことは分からないはずだと思ったが、まさに冷や汗ものだった。実際雪が舞う寒さなのに汗が止まらず、いかにも怪しく見えたと思う。いや、その制服警官は真実を見抜いていたに違いない。今は滝上にも分かるが、警察官は、薬物を使っている人間を一目で見抜く。

しかし彼は、職質以上の行動には出ようとしなかった。そして最後に「垢落としには警官になるのもいいぞ」とニヤリと笑って言ったのだった。

垢落とし――言われた時は意味が分からなかった。しかしその晩、寝る前に考えていると、制服警官が暗に「罪滅ぼししろ」と言っていたのだと気づいた。ドラッグに染まっていた日々は、間違いなく滝上にとって暗黒の時期だ。バレたら問題視されかねない。しかし警察官になれば、過去の問題を問われることはないかもしれないし、良心——そんなものが自分にあるかどうかは分からなかったが——も痛まずに済むのではないか。

実際、警察に入ってみると、若い頃には結構な問題児だった人間がそれなりにいることが分かった。「やんちゃだった」というレベルでは済まない武勇伝も結構流布していた。ただし滝上は、自分の過去を一切語らなかった。「隣の高校に乗りこんで、気に入らない奴をボコボコにしてやった」というのと、違法薬物を使い続けたというのでは、レベルが違い過ぎる。

回想、終了。ビールも呑み終え、缶を握り潰してゴミ箱に放りこむ。

今夜は眠れないかもしれない。

そう思うと、スヴァルバンを常用していた日々の記憶がくっきりと蘇ってくる。あのドラッグの最大の効果は多幸感だが、同時に疲労を感じさせないということもあった。薬を呑み続けた日々は、だいたい興奮して二、三時間しか眠れなかったが、それでも毎日快適に目覚め、疲れもまったくなかった。

今は……今はあんな薬はいらない。俺はずっと、犯罪者の間で生きてきた。奴らを逮捕することに全精力を注ぎこんできた。犯人を逮捕した瞬間に吹き出すアドレナリンがもたらしてくれる快感は、スヴァルバンで人工的に生じる快感の比ではない。

薬物が産む快感は、現実に経験できる快感を真似る、あるいは拡大しているだけに過ぎないのではないかと滝上は疑っている。

希望通り、滝上は臼井＝竹下の捜査から外れた。翌朝、市来に呼ばれてそのことを告げられた時、思わずほっとして笑いそうになったのだが、何とか表情を変えずにいられた。

「しかしお前、ヤクの捜査なんかしてたのか？」

「手伝いですよ。所轄だとそういうこともあるでしょう」

「なるほどね……じゃあ、引き続き西片若菜の周辺捜査を進めてくれ。そっちでは、ヤバイ相手には会わないだろう？」

「それは分かりませんよ。俺もあちこちで顔を売ってますから」

「ヤバそうな相手が出てきたら、さっさと言えよ」

「そのつもりです」

所轄の若い刑事と組んで、捜査に出る。しかし若菜の周辺捜査は上手く進まない。二つの事件が絡み合うかもしれないと不安になり、滝上の集中力は切れそうになった。

その状態で夜まで仕事を続け、捜査会議で他の刑事の報告を聞く。現在、「マッドキャット」では二人が張り込み中で、竹下が店内にいるのは確認しているという。今夜は後をつけ回して動向を確認することになっており、少なくとも日付が変わる頃まで、監視は続行されるはずだ。タイミングが合えば——ヤクの取り引き現場を確認できたら即逮捕、という指示も出されている。滝上としては、井原がその相手でないことを祈るだけだった。井原に対しては嫌悪感と侮蔑の感情しかないが、情報源としてはもうしばらくは無事でいて欲しい。

　それにしても竹下も、飽きずに十数年前と同じことをやっているわけだ。違法薬物で稼いだ金が、三軒の店の原資になったのかもしれない。本人は、自分の立場が危ういことに気づいているのだろうか。井原のような人間が「危険人物だ」と認定したら、痛い目に遭うだけでは済まないかもしれない。チンピラと言っても、相手はヤクザなのだ。自分たちの利益が奪われた、あるいはメンツが潰されたと判断すれば、どんな攻撃に出てくるかは予想もできない。竹下はああいう連中とのつき合いも長いはずだが、自分が危険な場所に足を踏み入れていることを意識しているだろうか。

　捜査会議が終わると、滝上はさっさと署を後にした。他の刑事の報告を聞いているうちに、気になってきたことがあったのだ。西片若菜関係ではなく、岸本殺しについて……あれが通り魔的な事件だとは、どうしても思えない。そして西片若菜の事件とは、自分の父親という共通点がある。共通点というか、重要な登場人物が被っている。

　父の側近とはいつでも話ができる。しかし、そういう人たちからは絶対に、際どい話は聴けないものだ。彼らは、絶対に外部の人間には明かさない。自分はもちろん……外部の人間だ。

　ヤバイ情報を握っているのは味方だけでなく、敵も同じだ。そして政治家には、必ず敵がいる。一番分かりやすいのは、選挙区でのライバル陣営。また同じ党内でも、当選回数や党内での経歴などでライバル関係が生じる。

しかし知事である父には、今のところライバルらしいライバルがいない。知事という立場上、各政党とは等距離外交だし、知事選では圧勝だったから、地元では「敵」と言えるような存在はいないのだ。

ふと思い出したのは、佐川幸四郎《さがわこうしろう》の存在だった。父が疑惑を持たれたマネーロンダリング事件で逮捕された、たった一人の人間。この男は父のただの「側近」ではなかった。では何かというと、「トラブルシューター」であると同時に「違法な金の担当」——と噂されていた。

政治の世界には、汚い裏面が必ずある。地元有権者との癒着もあるし、金の問題も常につきまとう。そういうことに対応し、政治家本人に害が及ばないようにするのがトラブルシューターの役目だ。もちろん公式には誰も、そんな存在を認めない。だが実際には、どの政治家にもそういう表に出せない汚れ役がいることを、滝上は知っている。反発していた父なのに、よく観察していたものだと我ながら不思議に思う。

自宅へ戻り、ソファにだらしなく腰かけて、エアコンが部屋を冷やしていくのをじっと待つ。その間、頭の中で住所録をひっくり返し続けた。父の敵対陣営——同レベルの権力を持つわけではなくとも、ある程度対抗できる力を持った政治家はいないか。いないわけでもない。

滝上の高校は、静岡県内でも五指に入る歴史ある学校で、昔から政界・財界へ進む人間が多かった。中央で活躍している人間もいるし、地元政財界で仕事を続ける人間も多い。一度、ウィキペディアで検索してみて、「著名な出身者」の欄に並んだ名前の多さに仰天したことがある。全体に「堅い」仕事に就いているOBが多かった。

そこには載っていないが、滝上は一人だけ、父の反対勢力に繋がる人間を知っていた。高校の一年後輩で、今は民社連合静岡県連の事務局にいる加藤誠吾《かとうせいご》。民社連合は、労組などをバックにした旧社会党系の政党で、国政選挙での議席数は伸び悩んでいるが、地方を含めて組織としてしっかり機能しているのは間違いない。

加藤が、どうして民社連合の県連事務局で働いているかは知らないが、使えるかもしれない。昔はよくつるんでいたのだ。

何ヶ所かに電話をかけ、加藤の携帯の番号を割り出す。話すのは高校卒業以来――いや、大学の四年生の時に一度話したと思い出す。やはり東京の大学へ進学していた加藤はその時三年生で、まったく偶然、新宿でばったり出くわし、そのまましばらく立ち話をしたのだ。他愛もない会話だったはずで内容はまったく覚えていないが、あの時の加藤は、高校時代と同じように友好的な態度を示してくれた。当時はスヴァルバンの影響もすっかり抜けてクリーンだったから、この記憶には自信がある。

あれから、もう十数年も経っている。向こうがこちらを覚えているかどうかすら、定かではなかった。しかしこういう時に躊躇《ちゅうちょ》するような気持ちは、刑事としての経験が長くなるに連れて出てこなくなる。

「はい、加藤です」加藤の声は昔と変わらなかった。少し甲高く、通りがいい。選挙で演説でもやらせれば、有権者の心をしっかり摑みそうだ。本人は、政治家としてやっていく野心でも持っているのだろうか。

「加藤？　喜多です」父親の名前を出すのは気が進まなかったが、滝上が今の名字を名乗るようになったのは勘当されてからであり、加藤は知らないはずだ。

「喜多さん？」加藤の声がさらに高くなった。「どうしたんですか？　無茶苦茶お久しぶりじゃないですか」

加藤の様子が昔と変わっていないので、一安心する。これからややこしい話をしなければならないが、ハードルは少し下がったように感じた。

「久しぶり。十何年ぶりかな」

「十五年ぐらい経ってるんじゃないですか。新宿の高野の前でばったり会って話したんですよね」

「そうだな。覚えてるよ」

「喜多さん、警察官になったんですよね？」

「何だ、知ってたのか」

「喜多さんが自分で言ってたんですよ。警察官になるって」

会ったのは冬——確か、自分が四年生の十二月だ。あの時はとっくに公務員試験も終わり、翌年の春から警察学校に入ることが決まっていた。だが、そこまで加藤に話した記憶はない。警察官になるのはリハビリ兼隠れ蓑。そういう意識があったから、大学の友人にもあまり話さなかったのだが、旧知の加藤が相手だから、つい打ち明けてしまったのかもしれない。

「そんなこと、言ったかな」

「覚えてますよ。びっくりしましたけどね」

「どうして」

「いや、だって……」加藤が一瞬言い淀む。「喜多さんの家だから」

「俺は政治に興味はなかった。それだけの話だよ」

「もったいないですけどね……それで、どうしたんですか？　今も警察官をやってるんですよね、東京で」

「ああ」

「じゃあ、同窓会の誘いじゃないんですね」

「違う。ちょっと力を貸して欲しいんだ」

「はあ」急に加藤が警戒する声を出した。「俺が喜多さんに力を貸せることなんかないと思いますけど」

「いや……こっちの事件の関係なんだ。岸本さんという人が、自宅で撃たれて殺された事件、知ってるか」

「もちろんです」加藤が驚いた声を出した。「びっくりしましたよ。こっちではその話で持ちきりです。岸本さんって、静岡の政界では有名な人じゃないですか」

「そうか」

「表に出ないけど、静岡政界の実力者ですよね」

どう反応していいか分からず、滝上は口をつぐんだ。政界の実力者って……確かにずっと父にくっついていたのは間違いないが、たかが秘書じゃないか。政治家の秘書にもそれなりに権力はあるかもしれないが、胸を張って威張れるものでもあるまい。そもそも、秘書としてならもっと立場が上の人がいる。政治家にはたくさんの秘書がいて、地元の事務所や後援会を束ねる秘書が一番大きな権力を持っている。選挙を取り仕切るのも、こういう秘書だ。そして父には、静岡市議に当選した時から何十年もずっと組んでいる、川藤《かわふじ》という秘書がいる。この人物について、滝上は多くを知らない。そう言えば、顔もよく思い出せない。父にとっては懐刀のような存在のはずだが。

「岸本さん、何か政治絡みの事件で……」

「それは何とも言えない」

「俺に電話してきたということは、喜多さんもこの事件を捜査しているわけですよね」

加藤が鋭く指摘する。そう言えばこの男は昔からやけに鋭かった。頭もよかったし、常に勘が冴えていた。当時、滝上たちのグループはトランプに凝っていて、仲間内でやるポーカーが楽しみだったのだが、加藤に勝ったことはほとんどない。高校生のことだからあくまでゲームだったが、場合が場合なら、加藤は一財産築いていたかもしれない。

「詳しいことは言えないんだけどな」

「それで……何が知りたいんですか？」

「知事——親父が何をしているかと思ってね」

「やっぱり政治絡みの事件なんですか？」

「だから、今のところは何とも言えない。この電話も、内密にしてくれよ」

「分かってますけど、もしかしたらスキャンダルでも探しているんですか？　スキャンダルが原因でこの事件が起きたとか？」

「有《あ》り体《てい》に言えば、そういうことだ」

「うーん……」加藤が唸る。「そういうことがあれば、当然俺の耳にも入ってきますけど、聞かないですね」

「今じゃなくて、昔の話だったら？」

「例のマネーロンダリングの件とか？　あれはもう、決着がついてるでしょう」

「裁判ではな。でも、実態が明らかになったかどうかは何とも言えない」

そう、滝上自身、怪しいと思っている。あの時は、逮捕された佐川幸四郎が全ての責任を背負いこんだのだが、それがそもそもおかしい。佐川が誰の指示も受けず、誰にも相談せずに、一人であんな大規模な事件に手を染めたはずはない。選挙の資金調達のためだとすれば尚更だが、捜査を担当した東京地検も、とうとう佐川を完全に落とすことはできなかったようだ。この犯罪に人手は必要なかった——その気になれば、一人で巨額の金を動かしてロンダリングすることもできるかもしれないが、やはり動機が分からない。佐川は公判で「正当なビジネスだ」として犯意を否認していたのだが……ビジネスだったとしても、佐川はそんな方法で金儲けをしたがる人間だったのだろうか。

「例えばだけど」可能性は低いと思いながら、滝上は一人の人間の名前を口にした。「民社連合の牧尾《まきお》さんとかさ」

「ああ……でもまさか、牧尾先生から事情聴取するつもりなんですか?」

「それはないよ」滝上は笑い声を上げた。少しわざとらしい笑いになってしまったが。「本人じゃなくて、牧尾さんの関係者とか。民社連合も、いろいろ情報を集めてるだろう? そして牧尾さんは、父にはかなり恨みを持っているはずだ」

「個人的な恨みはないでしょう」

牧尾は地元労組の叩き上げだ。国政選挙では父と二回直接対決し、二連敗。父が知事に転身するのと入れ替わるように、ようやく当選を勝ち取っている。恨みはないにしても、邪魔なライバルという意識はあるはずだ。そして選挙では、ライバルに関する情報は何より大事なものだ。マイナスの情報は、相手を叩き落とす材料に使える。

「しかし、何らかの情報は持っている」

「それは、まあ……政治家にとっては情報が命ですからね」

「お前が知らなくても、牧尾さんの周辺の人は、何か握っているんじゃないかな」

「うーん……」

唸って、加藤が黙りこんだ。滝上は無理に話を進めず、彼が再び話し始めるのを待った。

「側近の人かな。でも、何か知ってるとは限りませんよ」

「それは分かってる」

「じゃあ、今言います。メールとかは送りたくないんで」

「メモするよ」

滝上は手帳を引き寄せ、開いた。加藤が告げる名前と連絡先をメモし、礼を言う。加藤が、はっきり聞こえるほどの溜息をついた。

「喜多さん、こういうの、やりにくくないですか」

「やりにくいって、何が」

「自分の父親を貶《おとし》めることになるかもしれないんですよ」

「仕事は仕事だから」滝上は硬い口調で答えた。「気にしないでくれ。それとこの件は、絶対に内密で頼む」

「それは分かってますけど、今度はもう少し楽しい話をしたいですね」

「こっちへ来ることがあったら連絡してくれ。奢《おご》るよ」考えてみれば、高校の時のつき合いだけなので、一緒に酒を呑んだことはない。この男は酔うとどんな感じになるのだろうか。酔っ払わせてポーカーの勝負を挑み、高校時代に負けた分を多少でも取り戻すのもいいだろう。もっともあの頃は、金を賭けていたわけではないが。

俺が本当に悪くなったのは、あの後だ。

電話を切った時には、エアコンが部屋を冷やし、汗は完全に引いていた。シャワーを浴びながら、徐々に気分が落ちこんできた。

どうしてすぐに、加藤のことを思い出してしまったのだろう。加藤だけではない。高井もそうだ。今回の件では、俺は静岡時代の人脈に頼って仕事をしている。静岡はとうに捨ててしまった故郷で、二度とかかわることはないと思っていたのに、自分の中では昔の「人脈」がしっかり生きていて、すぐに思い出せた。

それが嫌だった。実際には、自分の中に静岡の「根っこ」が残っているのではないだろうか。

切らなくてはいけない。捨てなくてはいけない。父親を叩き潰せたら、自分は過去と完全に決別できるのだろうか。


加藤が紹介してくれた女性に会うために、時間を捻り出すのに苦労した。牧尾の政策秘書、小嶋昌美《おじままさみ》。電話では連絡が取れたのだが、会って話がしたいと頼んでも、まったくスケジュールが合わない。

「夜でも構わないんですが。そちらのご都合で、何時でも結構です」

「夜は、こちらが困ります」昌美があっさり言った。「一応、仕事の時間と自分の時間はきっちり分けていますので」

「昼間は動きにくいんですよ」

「昼間は私も通常の仕事があります」

「だったらまったく会えないじゃないですか」やんわりとした面会拒否か、と滝上はむっとした。

「週末はどうですか？」

「今週の土曜日なら空いています」滝上は頭の中でカレンダーをめくった。今週末は日曜が出番だが、土曜は非番になっている。

「結構です。では、土曜日にしましょう」

「土曜日は自分の時間じゃないんですか？」滝上は少し皮肉をこめて訊ねた。

「仕事と自分の時間以外に空き時間を捻り出すとしたら、そこしかありません」

彼女は、土曜日の朝八時を指定してきた。早過ぎないかとも思ったが、向こうが言うなら従うしかない。彼女は容疑者でも参考人でもなく、こちらは頭を下げて情報をもらう立場なのだ。

ウィークデーがだらだらと過ぎる。竹下の尾行と監視は続いていたが、なかなか尻尾を摑めない。

土曜日の朝、滝上は六時半に起き出して、シャワーを浴びただけで家を出た。昌美が指定してきたのは新宿のホテルのラウンジである。コーヒーぐらいは飲めるかもしれないが、朝飯は抜きになるだろう。本当は何か腹に入れておくべきだったかもしれないが、そんな余裕はない。

ロビーに入ったのが、八時十分前。さて……ざっと見回して、それらしき人はいないと判断し、豪華なソファに腰を下ろす。その瞬間、「滝上さんですか」と声をかけられた。

どこから出て来たんだ？　懸念が顔に出ないように気をつけながら立ち上がり、相手と対峙する。小柄な、四十代後半から五十代前半ぐらいの女性で、首元からチェーンでぶら下げたメガネが胸の上で揺れていた。クリーム色の半袖のカットソーに、グレーの細身のパンツという格好で、女性が持っているのをほとんど見たことのないダレスバッグをぶら提げている。

「小嶋さんですか？」相手がうなずいたのを見て、「お時間いただいて、すみません」と会釈した。

「食事は？」

「いや……まだですけど」予想もしていなかった質問に、滝上は相手の真意を読みかねた。

「特に意味はないですよ」滝上の疑念を読んだのか、昌美がさらりと言った。「私も食べていないので、食事しながらでどうですか？　もちろん、東京都の奢りで」

その微妙な言い回しが気になった。普通は「警察の」あるいは「警視庁の」奢りで、と言うだろう。しかし実際には、警視庁の予算の大半は東京都から出ているのだ。政治家の政策秘書ともなれば、その辺の事情もきちんと知っているということか。

「結構ですよ」変な会談になってしまうが、たまにはホテルで豪華な朝食を食べるのも悪くない。ただしこれは経費で落ちないだろう。自分が関係ない特捜本部の仕事に首を突っこむわけだから。

ホテルの二階にあるダイニングルームに入り、窓際の席につく。ちょうど泊まり客の朝食時間なのだが、テーブルの間隔が十分空いているので、隣の人に話を聞かれる恐れはなさそうだ。

二人揃って、アメリカン・ブレックファストを頼む。卵料理にベーコンかハム、ポテト、生野菜にパンと量たっぷり。飲み物も、コーヒーか紅茶の他にジュースが一種類選べる。滝上は卵をプレーンのオムレツに焼いてもらい、ベーコンを選んだ。ジュースはオレンジ。昌美は目玉焼きとハム、オレンジジュースにした。

飲み物が届くまで、当たり障りのない天気の話を続ける。今年の夏も暑くて……毎年同じ話を繰り返している感じがするが、暑いのは間違いないし、天気の話を振られて困る人はいないので、五分は会話が持つ。

運ばれてきたオレンジジュースを一口飲む。きちんと果実から搾ったらしく、軽く泡立っていて、オレンジの粒が見え隠れしている。これでさらにはっきりと目が覚めた感じがした。コーヒーもさすがに美味い。

「喜多知事絡みの情報をお求めとか」商談でもするような調子で昌美が切り出した。

「ええ」

「情報といっても、いろいろありますよ」

「悪い噂です」滝上はずばりと切り出した。

「秘書の岸本さんが殺された件ですか」昌美がはっきり訊ねた。

「岸本さんのことはご存じですか」

「面識はあります。会合などで一緒になることはありましたから。残念ですね」

「もう引退していたんですけどね」

「そう聞いています。ベテランの、度量の大きい秘書さんという感じでした」

「あなたは、いつから牧尾さんの政策秘書をやっているんですか?」

「正式には、牧尾が代議士に当選してからですが、もう十年ぐらいは裏方として手伝いをしています」

「専業で、ですか?」

「いえ、大学で教えていました」

なるほど。言われてみれば大学教授という感じがしないでもない。

「どちらで?」

「広亜《こうあ》学院大の政治経済学部です。准教授でした」

「そちらは辞めたんですか?」

める。

「政策秘書になった時に。キャリア的にも、いい機会かと思ったので」昌美が肩をすくめる。

ずいぶん思い切った転身だ。大学の准教授だったら、将来の生活を心配することもあるまい。その身分を捨てて政治家の秘書になるというのは、リスクが大き過ぎる気がする。ましてや牧尾は、それほど選挙に強くないのだ。初めての国政選挙への挑戦から父に二連敗、その後の初当選も、かなりの接戦で「辛うじて」という感じだった。政策秘書としての彼女の身分も、安泰とは言えまい。

「政策秘書も、永遠にやるものではありません。いつかは研究生活に戻ります。その時のために、今は実地で研究しているようなものです」

「つまり、牧尾さんを利用しているんですか」

「ええ」

昌美があっさり認めたので、滝上は拍子抜け……微かな怒りさえ覚えた。率直と言えば率直だが、こういうのははっきり言わないのが日本人的な美徳ではないだろうか。政治家の秘書といえば、身も心も政治家に捧げて支え続けるのが普通——自分が、そういう感覚に染まっていることに嫌気を覚えた。子どもの頃から、間近でそういう人間をたくさん見てきたからだろうが。

「私の元々の専門は、選挙なんです」

「選挙分析とかですか?」

「それも含めて選挙です」昌美がうなずく。「海外の選挙も研究しますけど、メーンは国内の選挙です。投票行動だけではなく、選挙運動の実態なども含めて……そういう話は別にいいですね？」

「いえ、参考になりました。あなたがどうしてこういう仕事をしているか、分かりましたからね」

「喜多さんといえば、そもそもマネーロンダリング疑惑でしょう」

「あれは、事件としては終わりましたよ」滝上は指摘した。

「百パーセントではないはずです」昌美がオレンジジュースのグラスを持ち上げ、一口飲んだ。「あなたが何か疑惑を探しているというなら、あの件をもっと突っこんで調べるべきじゃないですか」

「残念ながら、その権限はないんです」捜査を担当したのは東京地検特捜部で、「警察が口出しするようなことじゃない」と言わんばかりの態度だった、と滝上は捜査二課の先輩から聞いていた。実際、あの事件に関しては捜査二課も情報を摑んでいたのだという。その情報を特捜部が分捕《ぶんど》ったのか、あるいは同じ線を同時期に二つの捜査機関が追っていたのかは分からない。いずれにせよ、かなり複雑な犯行だったのは間違いない。

「そうですか。だいたい、裁判が終わって判決が確定した事件を再度調査するのは、法律にも反していますね」昌美がうなずく。

「正式な捜査でなく、参考までの調査なら問題ないんですが」滝上は耳をいじった。

「いずれにせよ、勝手に動いていることを知ったら、特捜部はいい顔をしないでしょう」

「特捜部は怖いですか？」

「どうですかね」滝上は肩をすくめた。「喧嘩したことはないので」

「あの事件については、捜査が中途半端だという批判がありましたね」昌美が指摘した。

「否定はできません」

「動いた金は三億円。マネーロンダリングの操作も複雑でした。一人でできるものではない……もちろん、昔から続けてきたなら、個人的にやったとしても理解できますが、そういうことではないでしょう。知事選の選挙資金のための犯行だった、というのが世間の見方です」昌美が一気にまくしたて、オレンジジュースを飲んだ。「誰かが指示したのは間違いないでしょう。でも、佐川という人は何も喋らなかった。全て自分一人でやったという主張を最後まで貫きましたね」

「ええ」

「そんなこと、誰も信じていない」

昌美の言葉が宙に漂う。そのタイミングで料理が運ばれてきた。さすがにホテルの朝食だけあって豪華だ。オムレツは、まるで食品サンプルのように整った形をしている。黄色が濃いのは、黄身が新鮮な証拠だろうか。二枚添えられたベーコンの焼き具合も完璧。アメリカ留学時代にもよくベーコンを食べていたのだが、だいたいいつも焼き過ぎで、「カリカリ」を通り越し、ナイフを入れた瞬間に粉々に崩壊することも珍しくなかった。

二人はしばらく、無言で朝食を食べ続けた。すぐに気づいたのだが、昌美は食べるのが速い。せかせかとした感じで、とにかく早く皿を空にした方が勝ち、とでも考えているようだった。卵二つの目玉焼きは、予《あらかじ》めナイフで切り刻んでしまい、塩と胡椒で味付けして、トーストに少しずつ載せて食べている。上品とは言えないが効率的で、目玉焼きの食べ方に関する一つの解答だろう。やはり政策秘書という仕事は、常に時間との戦いなのかもしれない。

「あなたは、佐川さんと面識はありますか」昌美が突然訊ねた。

「いえ」自分の背景を知っているのだろうか、と滝上は訝った。

「そうですか……身を切って損をした、と思っているらしいですね」

「どういうことですか？」

「佐川さんは、誰かに動かされた——誰かの命令でマネーロンダリングに手を出しただけだと思います。確証はないですけどね。しかし逮捕・起訴されたのは佐川さん一人だけだった。要するに、他の人を庇って、自分で責任を全部背負いこんだわけです。ところが、それに報いるだけのものがなかった」

「金ですか」

「金、名誉、仕事」フォークを持ったまま、昌美が器用に右手の指を折っていった。

「佐川さんは、それまで積み上げてきたものを全て失ったわけです。まあ、積み上げてきた、は大袈裟かもしれませんが」

佐川という人間は、父にとって「スイーパー」のような存在だったのだろう。自由に動き回り、厄介ごとを解決し、誰にも被害が及ばないようにする。事務所の人間ではないのがその証拠だ。何かあっても、父には絶対に累が及ばないようにするためには、後援会の人間、という以上の関係があってはいけない。

「確か、もともと産廃関係の仕事をしていたんですよね」

「そうですね」昌美がうなずく。「その会社も、今は潰れているはずですが」

「なるほど」

「自分一人が責任を取り、喜多さんの選挙を金銭面で支えた。しかしその結果、自分の会社は潰れ、しかも何の補償もなかったとしたら、どうですか」

「恨むでしょうね」彼女は何か根拠があって言っているのだろうか、と滝上は訝った。

こういうのは、よくある話だ。選挙には論功行賞があり、表立って評価できない相手に対しても、裏ではしっかり報いていたりする。金を渡したり、相応の地位を保証したり……しかしそういうのは、大抵口約束であり、ちょっとした誤解や齟齬《そご》で「なかったこと」になってしまう。

「佐川さんは、相当怒っていたそうですよ」

「そういう情報、よく入ってきますね」ライバル陣営の情報を探るのは大事なことだが、それにしても詳しい。

「こういうことです」昌美が紙ナプキンを引き抜き、テーブルの上に広げた。バッグからボールペンを取り出すと、紙ナプキンの上に「A」と「B」を書く。その中間に「C」。「A」と「B」の間を双方向の矢印で結び、さらに「C」と「A」を二重線で繋ぐ。

「AとBは対立している、そしてCはAとつながっている」滝上は図の意味を素早く読みとった。

「そういうことです。ところが……」昌美が「C」と「A」をつないだ二重線の途中にバツ印をつける。さらに「C」と「B」を二重線で繋ぎ直した。

「AとCに何らかの対立があって関係が崩れると、Cは、Aと敵対関係にあるBと手を繋ぐようになる」ナプキンを睨みながら滝上は言った。

「ご名答」

「つまり佐川さんは、喜多知事の陣営と切れて、牧尾さんの陣営とくっついた」

「板書だと、もう少しちゃんと説明できるんですが」苦笑しながら、昌美が紙ナプキンをくしゃくしゃに丸め、自分のバッグに落としこんだ。「そこまで単純なことではありません。実際、うちは現在、佐川さんと公式な接触はないです」

「非公式には？」

「非公式にも……現段階では」

「過去にはあったんですか」手の内の探り合いのようなものだが、こういうのは悪くない。滝上は神経戦のようなやり取りは嫌いではないのだ。その割にポーカーは苦手だったが。

「あまり詳しいことは言えませんが、佐川さんを取りこんでも、うちの陣営に特に有利なことはなかった、ということですね」

「今は、選挙で直接対決する立場でもないですしね」

実際には、それほど単純な構図ではない。民自党は、父が知事に転身した後、当然後継候補をたてたが、選挙では連敗……父は表立っては自分の後継候補の選挙には首を突っこんでいないが――知事は基本的に「オール静岡」の存在になりがちだ――それでも関係がないわけではない。牧尾陣営としては、父の弱点を入手することで、今後の選挙戦も優位に戦いたいだろう。

しかし牧尾陣営は、佐川との接触をキープしていない。汚れ仕事を専門に請け負ってきた佐川のような男なら、父の弱点をいくらでも握っていそうなものだが。

「佐川さんは、ある意味壊れているんでしょうね」昌美が淡々と言った。

「壊れている？」

「恨みが強過ぎて。思いこみが激しいので、理性的に話をするのは不可能です。そもそも佐川さんは、選挙で喜多さんを負かすことには興味がないようです」

「だったらどうしたいんですかね」

「物理的に破滅させる」

「え？」

「端的に言えば、殺したいでしょうね」

「まさか」

「切り捨てられた恨みは怖いですよ」昌美がさらりと言った。「何をするか、分かりません」

「だから組まなかったんですか？」

「危険の方が大きいと判断しました」

「あなたは、佐川さんに会ったんですか？」

「ええ」昌美がうなずく。「面接のような形で」

「不合格、だったんですね」

「そういうことです」

「それがいつ頃ですか？」

「四年前」

最高裁で執行猶予判決が確定し、父は二期目の選挙を翌年に控えていた時期だ。佐川はその選挙で、父を酷い目に遭わせようとしていたのではないだろうか。

「まあ、うちとしてはメリット・デメリットを考えて、特別な関係は築かないように判断したんです」

「連絡先は分かりますか？」

「当時の携帯の番号は分かりますけど、今も使われているかどうかは分かりませんよ」

「教えて下さい」

　080から始まる番号を手帳にメモして、滝上はさらに情報を入手するために質問を続けようとした。しかしその前に、昌美が口を開く。

「あなたは、こういうことをやっていて大丈夫なんですか」

「何がですか」嫌な予感がして、滝上は座り直した。

「あなた、喜多知事の息子さんですよね」

　思わず黙りこんでしまう。この話題が出るのは予想しておくべきだった……政策秘書は、政治家の身の回りの世話をするのではなく、あくまでブレーン的な存在である。それでもありとあらゆる情報が手元に集まるはずで、滝上のことを知っていてもおかしくない。たぶん、アポの電話を入れた後、数ヶ所に確認するだけで、滝上の履歴書を完成させてしまっただろう。それぐらい下準備するのが普通の感覚だ。

「どういう事情で別の名字を名乗られているかは分かりませんが、親子関係に変わりはないでしょう」

「いや、勘当されてますから」

「それで本当に親子関係が切れるわけではないですよ」

「それはこちらの事情なので」ずかずかと人の事情に踏みこんでくる昌美のやり方が我慢ならない。ならないが……ここは我慢だ。彼女は、十分過ぎるほどの情報を与えてくれた。今後もいいネタ元として使いたいから、不機嫌にはさせたくない。

「滝上さんというのは、喜多知事の奥さんの旧姓ですね」

「そこまでご存じならいいじゃないですか。これ以上は答えたくないですね」

「これは捜査なんですか？」昌美が唐突に訊ねた。

「はい？」

「個人的な恨みではないんですか？」

「それだったら、今以上に協力してもらえますか？」滝上は吐き捨てるように言った。

「父を破滅させるのは、佐川さんではなく、俺かもしれませんよ。それは、牧尾さんにとってもいいことなのでは？」

昌美は薄い笑みを浮かべるだけで何も言わなかった。滝上の皿に半分残った高級なオムレツは、今や汚らしい残骸にしか見えない。


教えてもらった佐川の携帯の番号は、今は使われていないようだった。何度電話してもつながらない。ここから佐川の現在の連絡先を割り出すこともできるだろうが、時間はかかる。しかも今日は土曜日だ。キャリアの担当者に頼むこともできないので、週明けを待つしかない。

静岡のネタ元に当たる手もある。何でも知っていそうな高井なら、佐川の現在の連絡先、何をやっているかも摑んでいるかもしれない。しかしそんなことをしたら、高井も疑念を抱くだろう。高井も貴重なネタ元だから、何とか良好な関係はキープしておきたい。他に誰か、話を聞ける人間はいないだろうか？　思いついたのは、都議選への出馬を控えている柴田だった。彼も、佐川の存在、どんな仕事をしているかを知っているだろう。年齢が近いだけに話もしやすい。

夕方、柴田の携帯に電話を入れる。先日の礼を丁寧に言い、本題を切り出すと、柴田の声が急に暗くなった。

「佐川さんですか……」

「面識はありますよね？」

「いや——佐川さんは、事務所の人ではありませんでしたから」

「とはいえ、父の仕事を支えていた人ですよ。何だかんだで、秘書の人たちとは接点があったはずです」

「あの人は、犯罪者でしょう」柴田が乱暴に吐き捨てた。

「確かに有罪判決を受けましたけど……」

「言ってみれば、喜多先生の顔に泥を塗った人じゃないですか」

柴田の怒りが本物かどうか、滝上は読みかねた。電話を早く切るための演技かもしれない。

「あなたは、面識はあるんですよね」滝上は質問を繰り返した。

「知らないわけではないですけど、話したことはないですよ。胡散《うさん》臭い人ですから」

「胡散臭いって……じゃあ、あのマネーロンダリングも、佐川さんが全部一人でやったって言うんですか？」

「裁判ではそういうことになってたじゃないですか」

「実際は、父が指示していたんじゃないですか」

「まさか」柴田が大袈裟に驚いてみせた。「あり得ません。先生が、そういう危ないことに手を出すはずがない。基本的にクリーンな人なんです。そもそも佐川さんは、先生と直接話すこともなかったはずですよ」

「だったら、佐川さんと話していたのは誰なんですか？」滝上はさらに迫った。

「何を知りたいのか分かりませんけど、もう話は聞けませんよ」

「もしかしたら、岸本さんですか？」

柴田が黙りこむ。当たりだ、と滝上は判断した。岸本も、長く父と一緒に仕事をしてきた、いわば片腕と言っていい存在である。そういう人なら、裏の汚い部分を一手に引き受けていた佐川のような存在に指示を飛ばしていてもおかしくない感じはする。佐川は父の関係者に捨てられたと思っていた。憎んでいた。その中には当然、岸本も入っているだろう。ふいに、滝上の中で、佐川が容疑者としてはっきり浮上した。

「岸本さんなんですね」

「私にはこれ以上、何も言えませんね」

「柴田さん――」

電話は切れていた。滝上は「クソ」と吐き捨て、スマートフォンをベッドに放り投げた。そんなことをしても何にもならないのに……次はどこへ電話すべきだろう。関係者が多くなり過ぎて、どこを突いたら何がどう動き出すか、想像もできない。

滝上はデスクにつき、新しいノートを広げた。きれいな一ページ目に、関係者の名前を書き出していく。登場人物は多く、人間関係は複雑に入り組み、名前を眺めただけではどこを攻めていいか分からない。滝上としては、牧尾陣営からもう少しネタがもらえるのではないかと期待してもいた。牧尾陣営にとって、父の存在は目の上のタンコブのはずだし。

気づくと午後八時。ノートは五ページがびっしり埋まったが、それを読み返しても考えはまとまらない。傍らの灰皿は吸殻で一杯になっていた。いったい何時間、ここに座っていたのだろう。唐突に空腹を覚え、滝上は立ち上がった。考えてみれば、途中で食欲をなくして朝食はかなり残してしまったし、昼はコンビニのサンドウィッチを一つ食べただけだ。

夕飯ぐらいはちゃんと食べようと決め、財布とスマートフォンだけを持って家を出る。こういう時に向かう店は一つだけ。駅前にある、昔ながらの中華料理屋である。滝上も、この街に引っ越してきて以来、週に一回は行っている。

名物は回鍋肉《ホイコーロー》で、それを丼飯にかけた「回鍋肉丼」と、麺の上に載せた「回鍋肉ラーメン」が一番よく出るようだ。滝上もかなり高い頻度で回鍋肉丼を頼むのだが、今日は敢えて冷やし中華と餃子にした。昼間の最高気温が三十五度だった日に、回鍋肉丼は厳し過ぎる。結構辛味があるので、夏に食べると必ず汗だくになってしまうのだ。

冷やし中華に餃子……適当な組み合わせで、栄養的にはあまり褒められたものではない。しかし腹は膨れたから、これでよしとしよう。これから、電話で情報が取れる相手を探さねばならないが、そのためのエネルギーは充塡完了だ。

店を出て、外に置いてある灰皿の前で一服。ゆっくり煙草を吸いながら、横にある自販機で、冷たい緑茶のペットボトルを買って体を冷やした。それにしても、夜になっても暑い。何だか、自分が溶けて熱い空気と一体化してしまいそうな感じがした。

とにかく、まずはシャワーだな。食べたのは冷やし中華なのに、体が内側から冷えた感じがしない。取り敢えず汗を流して、ビールをちびちびやりながら、今後の情報収集作戦を検討しよう。やってはいけないのは、鉄砲の無駄撃ちだ。よく考えて相手を選ばないといけない。柴田と話したことも失敗だったのでは、と今では思っている。彼も何か警戒して、関係者に情報を回してしまっている可能性は高い。

できるだけ慎重にいかないと。特捜本部の動きも気になったが、こちらは確認することもできない。暗闇の中、手探りで一歩ずつ前進しているような不安感が滝上を捉えていた。

家に戻り、冷蔵庫からビールを取り出した途端にスマートフォンが鳴る。見ると、奈加子……何かあったなと判断し、一呼吸置いてから電話に出る。

「滝上です」

「呑んでた？」

「いえ」正確には「まだ」。テーブルでは、キンキンに冷えた缶ビールが滝上を待っている。後はタブを開けるだけだ。

「竹下を確保したわ。現行犯」

「ヤクですね」

「そう。売買の現場を押さえたから、逃げられないわ。どうする？」

「すぐに行きます」

ドアの鍵を閉めた瞬間、ビールを冷蔵庫に戻し忘れたことに気づいたが、そんなことはどうでもいい。これで捜査は、大きく進み出すかもしれないのだ。

第八章　誘導

署に飛びこむと、奈加子に不思議そうな表情で出迎えられた。

「何か？」ヘマでもしでかしたかと心配になる。

「滝上君、休みの日にはいつもそんなひどい格好してるの？」

確かにひどいと言えばひどい。かなり洗いこんで生地がへたってきた白いTシャツにジーンズ、足元はサンダルだ。刑事が仕事をする格好ではない。

「今日は、何かするわけじゃないですから」

「竹下を調べないの？」

「やりませんよ。奴は今、どうしてます？」

「冨山君が調べてるわ」

「じゃあ、大丈夫でしょう」同期の冨山は、滝上たちの係では「取り調べ担当」でもある。尋問の技術は確かだ。「もう取調室ですね？」

「見る？」

「外からにします。気づかれたくないので」

滝上は奈加子について取調室に向かった。どこの署にもマジックミラーがついた取調室があり、今回、冨山もそこを使っていた。ただしここにはマイクなどは仕込まれていないので、中でどんな具合に話が進んでいるかまでは分からない。

滝上はマジックミラーに近づき、竹下の様子を観察した。急に緊張感が高まる——間違いなく、滝上が知っている「臼井」だった。

「年齢は？」

「免許証によると、三十四歳」奈加子が答える。

自分より年下だったのか。三十四歳にしては若い——幼い感じさえする。ひょろりと背が高く、贅肉はまったくついていない。真っ白なポロシャツに色の抜けたジーンズという軽装で、空いた椅子の背に濃紺のジャケットをかけている。たっぷり睡眠を取って美味い食事を食べた後のように顔色が良かった。

しかし目は泳いでいる。

竹下＝臼井は、これまで一度も逮捕されたことがない。ラッキーだったとしか言いようがないが、彼の幸運もここで尽きるだろう。初めて逮捕された時、人はまともな精神状態を失う。どんなに落ち着いた人間でも動揺し、元気のいい人間は萎《しお》れる。根っからのワルも、改心すべきだろうかと真剣に考える——少なくとも一瞬は。

普通に座って、普通に話しているように見えて、竹下＝臼井は一切冨山の目を見ようとしない。あまりに必死に目を逸らそうとしているので、体が不自然に傾いているほどだった。冨山が両手を同時にテーブルに置いただけで――勢いを見ると、脅した感じではなさそうだ――びくりとして座り直し、背筋をピンと伸ばす。

「あれは、落ちますね」滝上はぽつりと言った。

「そう？」

「弱そうだ。冨山の調べには耐えられないでしょう」

「冨山君、ねちっこいからね」

取り調べを担当する人間は大きく二つのタイプに分かれる。相手が一切反論できないように理詰めで追いこむか、感情的に気持ちに訴えて揺さぶるか、だ。冨山は明らかに前者で、その攻撃は確実に竹下＝臼井にダメージを与えているようだった。

「ブツは？」

「分析待ちだけど、例のスヴァルバンらしき錠剤二十錠、それに小分けされた覚醒剤が計五グラム」

「いろいろ手を出して商売していたんですね」

「ドラッグの総合商社ね」

「それにしては規模が小さい」

奈加子が小さな声を上げて笑った。やがて冨山が立ち上がり、取調室から出て来る。記録係の池内は中に残った。冨山は滝上の顔を見るなり、嫌そうな表情を浮かべて溜息をつく。

「どうした」

「結構粘りやがる」

「まだゲロってないのか？　ブツを持ってたのに？」

「人に渡されただけだと言ってる」

「おいおい、何だよ」滝上は思わず冨山に詰め寄った。「完全にお前のペースでやってるように見えたぜ」

「だらだら話してるだけで、全然前へ進まないんだ。なかなかしたたかな人間だぜ」

「西片若菜については？」

「そんな人間は知らないと言ってる」

滝上はふと、自分だったら落とせるのではと考えた。臼井が滝上のことを忘れているかどうか分からないので、顔を合わせるのは非常にリスキーだが、それでも自分の脅しなら効果があるかもしれない。

「ちょっと俺が入ってみていいか？」

「ああ？」冨山が右目だけを見開く。「取り調べの担当は俺だぜ」

「もちろんお前だよ」滝上はうなずいた。「ちょっと雑談をするだけだ」

「あなた、顔を見せるとまずいんじゃないの？　だから監視から外れたんでしょう？」

奈加子が指摘した。

「逮捕してしまったから、もういいんですよ。俺の顔を見たら、昔のことを思い出して何か喋るかもしれないし」

「じゃあ、俺が記録係で入ろう」冨山が言った。滝上を信用していないのは明らかだった。

「いや、正式な話じゃないから、二人で話させてくれないか」

「そいつはまずいぞ」冨山が難色を示す。

「あくまで雑談だよ。奴もむしろ、知り合いの顔を見た方がリラックスできるんじゃないかな。今のところ、突破口がないんだろう?」

「それは……まあな」冨山が渋い表情を浮かべる。

「係長には黙っていればいいよ」

「市来さん、今から来るそうだぜ」

「来たら来たで、俺が適当に言っておくから」

しばらく押し問答が続いたが、結局滝上が一人で「雑談」することで話がまとまった。冨山にすれば「余計なことをしやがって」だろうし、プライドを傷つけられたとむかついているかもしれないが、後で何とかフォローしよう。特に仲がいいわけでもなく、一緒に食事をすることすらほとんどないが、そこは同期だ。

取調室に入り、池内に目配せする。

「何ですか?」池内が呑気な口調で訊ねる。

「ちょっと出ててくれ」

「取り調べでしょう?」池内が目を見開く。「いないとまずいですよ」

「単なる雑談だから、わざわざ記録を取らなくていい」

池内が疑念の表情を浮かべたが、結局記録席から立ち上がって部屋を出て行った。ドアがしっかり閉まるのを確認してから、滝上は椅子を引いて竹下と対面した。竹下はやはり目を合わせようとしない。ここが勝負どころだ。自分の弱みを明かして相手を追いこみ、さらに自分だけ逃げることができるだろうか。

「久しぶりだな」滝上は前置き抜きで一気に勝負に出た。「十五年ぶりぐらいだ」

「ああ?」竹下が顔を上げ、一瞬だけ滝上と目を合わせる。

「あんたは、客の顔を一々覚えてないのか」

「客?　あんた、刑事だろう」

「今はな。昔はあんたとよく会っていた」

竹下はきょとんとした表情で、滝上の顔を見ている。しかしその目は虚《うつ》ろで、そもそも滝上を認識しているかどうかも分からない。まあ、いい。覚えていないなら覚えていないで、どうでもいいことだ。滝上としては、その方が都合がいい。

「今日持っていたヤクは、スヴァルバンだってな」

「言うことはないね」

「あんたのじゃないのか」

「渡されたんだよ」

「誰から」

「そんなこと、言えるわけないだろう」

「どっちにしてもアウトだよ」滝上は鼻を鳴らした。「違法な薬物を持っていたのを現行犯で見つかったんだから。店はどうする？　三軒も持ってるんだろう？」

「そんなもの、何とでもなる」

「ずいぶん強気だな」

「どうせすぐに出られるからさ」

「それは、俺たちの考え方次第だって分かってるのか？　お前がいつ出るか、あるいはずっと留置場にいるか、決めるのは警察なんだよ。ふざけてると裁判も長引くぞ」

「初犯だからな」竹下も鼻を鳴らす。「絶対執行猶予がつくだろう。店の方も、俺がいなくても今まで通りに続けられる」

「当面の金には困らないわけか」おそらく竹下は、経営している三軒の店を自分の名義にはしていない。オーナーが逮捕されたりすると、ビジネス上の大きな障害になるのだが、「公式には経営者ではない」。それなら、商売を続けていくのに問題はない。しかも金は入ってくるという目論見だろう。

「初犯でも、悪質なら実刑を食らわせることもできるんだぜ」

「ああ？」

「あんたは、ずっと昔から売人だった。俺はそれを証明できる」

「どうして」竹下が目を細める。

「手の内を明かすわけにはいかないな」滝上はゆっくりと首を横に振った。「よく考えろ。あんたは間違いなく常習の売人だ。裁判官の心証は最悪だぜ。ただし、その辺には目を瞑《つぶ》ってやってもいい」

「どういうことだ？」

「俺たちが知りたいのは一つだけなんだ。西片若菜という女性を知ってるな？」

「さあ」竹下がまた目を逸らす。これだと、冨山と同じ目に遭う。

「俺を見ろ」

無視。竹下の視線はテーブルの天板に落ちた。

「俺を見ろ！」滝上はわずかに声を張り上げた。依然として竹下は目を合わせようとしないが、構わず続ける。「あんたが頻繁にスヴァルバンを売っていた西片若菜という女性は、死んだ。知ってるな？」

「マジか」竹下が本気で驚いたように顔を上げる。

「知らないのか」

「初耳だ」そう打ち明ける竹下の顔は、いきなり真っ青になっていた。

多分この男は、間違った方向に想像の翼を広げている、と滝上は判断した。おそらく、自分の売ったスヴァルバンの副作用で若菜が死んだと考えたのだろう。スヴァルバンには、死ぬまでの副作用はないはずだが。

「焼死だ。焼け死んだんだよ」

「何だって?」竹下が目を見開く。

「銀座のクラブにガソリンをまいて、自分で火を点けた。それで本人と店の経営者が死んでいる。どういうことだと思う?」

「そんな事件、初耳だ」

「ニュースも見ないのか、あんたは? それで経営者としてやっていけるのかよ」

「大きなお世話……」突っ張って反発しようとしたようだが、語尾は頼りなく宙に浮いてしまう。

「何でそんなことをしたのか、まったく分からない。ただ、解剖結果から、彼女がスヴァルバンを長期間服用していたことは分かっている。売人として、あんたはスヴァルバンの副作用を当然知ってるよな?」

「俺は売人じゃない」

「いい加減にしろ」滝上は低い口調で脅しつけた。「あんたが売った薬が原因で、二人の女性が死んだ。あんたが直接手を下したわけじゃないけど、実質的に大きな責任があるのは間違いない。この件の裁判にも、あんたを引っ張り出してやる。殺人、放火、でかい事件だぞ。そこであんたの行状が明らかになると、どうなる? 人生、終わりだよ」

明らかに嘘の脅しだ。この放火事件に関して裁判が開かれることは、決してない。被疑者は死亡しているので、送検した後に「被疑者死亡で不起訴」と検察が決定して、捜査は全て終了するのだ。不起訴になれば裁判が開かれることはない。

しかしこの嘘は、竹下の気持ちを折った。急に呼吸が荒くなり、ジーンズのポケットからハンカチを取り出して、しきりに額をぬぐい始める。汗などかいていないのに。

「ゆっくり呼吸しろ。深く、長くだ」

滝上がアドバイスすると、竹下が両手をテーブルに置いて、深呼吸し始めた。それで何とか呼吸は落ち着く。そうすると今度は本当に、額に汗が滲んでくるのだった。

「俺は別に、あんたを破滅させたいわけじゃない。ただ、放火事件の真相を知りたいだけなんだ。西片若菜という人は、放火したクラブとは縁もゆかりもない。どうしてあんなことをしたのか、動機がまったく分からないんだ。ただし俺は、彼女がスヴァルバンの副作用の影響下にあったんじゃないかと睨んでいる。あの薬には、長く使っているとの暗示にかかりやすくなるという副作用がある。薬で人を自由自在に動かせるわけじゃないけど、命令する人間が目指す方向に動かすことはできるだろう。服用量が多いほど、使っている時間が長いほど、暗示にかかりやすくなるそうだ。本人の意思や性格の問題もあるだろう。西片若菜は、暗示にかかりやすい性格の上に、スヴァルバンの影響も受けていたと思う」

「俺は、売ってくれと言われれば売るんだよ」

「彼女にスヴァルバンを売ったことは認めるのか」

無言。今のは、自分のビジネスの信念を表明しただけなのかもしれない――ヤクを売るのがビジネスと言えれば。

「あの女は、買い続けるしかなかったんだよ」竹下がとうとう認めた。

「借金してでも買い続けたんだろう?」

「それは――そうだな」

「借金の件を知ってるのか?」滝上は身を乗り出した。「実際彼女は、いろいろな人に金を無心している」

「だろうな。俺も貸したぐらいだから」

「ああ? 売人から金を借りた? 何だ、それ」

「貸しを作った、という意味だ」竹下が訂正した。「二回分ぐらい、金を取らないで渡してやったんだ。その分は貸しになってる」

「他には? 彼女に金を貸していた人間を知ってるだろう」働いたり働かなかったりの若菜には、定収入はなかった。しかしスヴァルバンを常習していたとしたら、常にかなりの金が必要だったはずだ。

「あんた、本当は何が知りたいんだ?」

「誰が西片若菜を操っていたか、だ。誰かが彼女に放火を命令したんだ。暗示と借金、二つの要素があって、彼女はあの犯行に及んだんじゃないかと思う」この懸念は、ずっと頭にあった。若菜は単なる操り人形で、自ら手を汚さずにあの犯行を完結させた人間がいた——安っぽい推理小説のような推測かもしれないが、スヴァルバンの「誘導効果」について科学的にはっきりしたことは分かっていないから、可能性は否定できない。

「本名かどうかは知らないな」

「偽の名前でも構わない」竹下が急に自供する気になっているのに気づき、滝上は先を促した。「どんな名前でも、分かれば何とかする」

「鈴木《すずき》と名乗ってた」

「真面目に言ってるのか？　日本で一番目か二番目に多い名字だぜ」滝上は目を細めた。この男はまだふざけてるのか？「いいか、昔の話を持ち出せば、あんたの罪は——」

「嘘じゃない」竹下が必死に言った。「とにかく向こうはそう名乗ったんだ。携帯の番号が分かってるから、それで十分だろう」

「そいつは助かるな」確実に竹下の気持ちを削りつつある、と滝上は確信した。

「スマホは、ジャケットのポケットなんだ。触ってもいいか？」

「取ってくれ」取り上げなかったのか、と滝上は驚いた。いや、留置場へ入れる前に取り調べを始めたから、まだ必要な手続きをしていないだけなのだろう。

そこでいきなり凶器を持ち出すこともあるが……滝上は床を蹴って、テーブルから少し離れた。ナイフだったら十分に避けられる。拳銃だったら——そもそも、逮捕した時にボディチェックをしているから、凶器を持っているはずがないのだが。

竹下はスマートフォンを取り出し、番号を確認した。滝上は自分のスマートフォンに番号を打ちこまず、手帳にメモした。

「この番号は調べさせてもらう。鈴木という人間には会ったのか?」

「いや、電話で話しただけだ」

「どんな感じの人間だ? 声の調子とかで、年齢は分かるだろう」

「結構オッサンだと思うけどな」

「五十? 六十?」

「五十というよりは六十じゃないかな。もっと上かもしれない。それと、たぶん煙草を吸ってる。ヘヴィ・スモーカーだ」

「そういう声なんだな」

「ああ」竹下がうなずく。

「で、何を話したんだ?」

「だから、西片若菜にスヴァルバンを売るようにって」

「彼女の方からあんたに近づいて来たんじゃないんだな?」自分の思うように利用するために。

「違う」竹下が強く否定した。

「だったら、この鈴木という男は、何のために西片若菜を薬漬けにしようとした?」

「それは知らない。とにかく、あの女に近づいて安くスヴァルバンを売るように――

できるだけ多く、習慣になるように、という指示だった」

「それでいくらもらった?」

「それは……」竹下がまた視線をテーブルに落とす。

「いくらいい商売になると言っても、他に見返りもなしにそんなことをするはずはないよな。鈴木から金も貰ってたんだろう?」

竹下は何も言わない。しかし「鈴木」という男から竹下に金が渡ったのは間違いないだろう。知り合いの依頼でもない限り、竹下のような男は金でしか動かないはずだ。あるいは脅されたか。

「まあ、いい。調べれば分かることだ」

「あんた……」竹下が不意に顔を上げ、ニヤリと笑った。「思い出した。俺はあんたに、ずいぶんたくさんスヴァルバンを売ったよな?　十年以上前だ。あまりにもたくさん買ってくれるから、俺はあんたを仲間に引き入れようとした。あんたはそれを拒否して……それ以来、会ってないな」

竹下の笑みが大きくなり、滝上の心は呑みこまれそうになった。しかしここが踏ん張りどころだ。

「刑事がヤクをねえ。大問題だな」

「あの頃俺は、刑事じゃなかった」

「言い訳か?」竹下が狡猾そうな表情を浮かべる。なるほど、この男は自分が優位になりそうだと判断すると、一気に攻めてくるタイプのようだ。「俺がこのことを喋ったら、あんたは馘《くび》になるんじゃないか？　そうでなくても、どこか遠くへ飛ばされるとか」

「いや、そうはならない」滝上は意識して落ち着いた声で答えた。「お前がそう言えば、十年以上も前から売人をしていたと白状することになる。さっきも言ったけど、それがバレたら初犯でも実刑は免れない。その覚悟があるなら、何でも喋れ。好きにしろ」

途端に、竹下の顔から血の気が引いた。攻めるに強く、守るに弱いタイプ——いや、攻め手としても決して強くはない。一瞬で穴を見つけられ、逆に攻撃されてしまうのだから。

こいつはしょせん、人に踏みつけられて終わる人間だ。薬物に関わった人間は、日本では絶対にこうなる。いや、日本だけではない。海外の麻薬カルテルでトップに立ち、大金を稼いでも、ずっと豪奢《ごうしゃ》な暮らしを続けて安楽に死ねるわけがない。捜査当局の追及から逃れながら、対抗する組織との「戦争」も頻繁にあるだろう。足元は不安定な砂のようなものだ。

ましてや、竹下はただの売人である。十年以上もこの商売を続けてこられたのは、ただ運がよかっただけだからだ。

ここで、売人としての竹下のキャリアは終わりだ。今回の一件だけだったら執行猶予がつくかもしれないが、一度ヘマをした売人は何度でもミスをする。一回のつまずきが、全ての終わりにつながるのだ。

「さて、雑談はここまでだ」滝上は膝を叩いて立ち上がった。「本番の取り調べ担当に交代する。今俺に話したことを、きちんともう一度話せよ。もし今回の件で黙秘して、逆に余計なことを喋ったら——」

滝上は右手の親指を自分の首に当て、左から右へ動かした。竹下の目の端が、何度もひくひくと痙攣《けいれん》した。

「落とした？」冨山の耳が一気に紅潮した。「お前、何やったんだ？」

「紳士的に話し合っただけだ」

「違うだろう」冨山が指摘した。「マジックミラーから見てたけど、奴は相当慌てた様子だったぞ。脅さないと、ああはならない」

「あいつは弱い人間なんだよ」滝上は耳を引っ張った。「とにかく、素直にはなった。後はプロのお前に任せるよ」

そこへちょうど、市来がやって来た。冨山が、むっとした表情を浮かべたまま状況を説明する。

「今日はここまでだ」市来があっさり宣言する。

「いや、弁録だけ取らせて下さい。自供しましたから」冨山が滝上を見ながら反論する。

「弁録か……それだけだぞ」市来がわざとらしく左腕を持ち上げる。「もう時間が遅い。こんな時間から普通に取り調べをしていると、後々問題になる」

「分かりました」

冨山が引いた。逮捕直後には履歴書的な身上調査書と、事件の内容、認否について書きこむ弁解録取書を作ることが決まりになっている。現行犯逮捕だろうが通常逮捕だろうが、この手続きを省くわけにはいかない。

「認めてるのか？」市来が訊ねる。

「認めたそうですよ」冨山が滝上を軽く睨んだ。「こいつが喋らせたんですけどね」

市来が軽く眉を顰《ひそ》め、頭の天辺からサンダルの爪先まで滝上の姿をとっくり眺める。

「お前、今日は非番じゃないか。現行犯逮捕の場にはいなかっただろう」

「非番ですからね」滝上はさらりと同調した。「逮捕されたって聞いたんで、急いで出て来たんです」

「逮捕もしていない、取り調べ担当でもないのに喋らせたのか？」

「そんな、建前でごちゃごちゃ言ってもしょうがないでしょう。冨山に、熨斗《のし》をつけて進呈したってことです」その場の空気がどんどん悪くなるのを感じながら——昭和の時代だったら冨山と殴り合いが始まっているところだろう——滝上は急いで言葉を継いだ。「それより、うちにとってはもっと大事なことがあります」

「何だ」市来が低い声で訊ねる。

「竹下は、ある人間の指示に従って、西片若菜にスヴァルバンを都合するようになった、ということです」

「何だ、それ」冨山が顔を歪める。「意味が分からない」

「俺も分からない」滝上は冨山に合わせて言って、市来に目を向けた。「名前はうたいました。おそらく偽名だと思いますが、鈴木と言うそうです」

「鈴木？　偽名だろうな」市来が鼻を鳴らしながら言った。

「電話番号が分かっていますから、そこから何とか割り出せるんじゃないでしょうか」

「よし、当面そこに集中してくれ。しかし、何で西片若菜を薬漬けにしなくちゃいけないんだ？」

「おそらくですが、『ロッソ』あるいは野村真沙美に恨みを持った人間が、自分の手を汚さずに店とオーナーに危害を加えるためだったと思われます」

「何でそんなややこしいことをするかね」市来が首を捻る。

「スヴァルバンには、誘導効果——使用者の意思をコントロールできる効果があるんですよ。完全にコントロール下に置けるわけではありませんが、ある程度は命令を聞くように暗示をかけられる……手間はかかりますが、人を鉄砲玉に仕立て上げるにはいい方法かもしれません。それプラス金で西片若菜を縛りつけ、自らガソリンをまいて店に放火させた。同時に西片若菜が死んでしまえば、自殺扱いになって証拠も残りません」

「ただ相手を焼き殺すだけではなく、犯人も死ぬ——完全に証拠隠滅したかったのは分かる。しかし言葉で説得しただけではどうしようもないということか」

「そこで、薬の効果が物を言うわけです」

「うーん……」市来が、薄く髭の浮いた顎を撫でた。「理屈は分かるが、今の段階では百パーセントは賛成しかねるな」

「とにかく、この鈴木という人物を特定しましょう。それで何とかなるかもしれません」

「分かった。ただし、週明けだぞ。週末は、竹下の取り調べは冨山に任せる」

「分かりました」

「竹下の周辺捜査に集中しよう。余罪が見つかればそいつも使って、できるだけ長く身柄を確保しておこう。この件は時間がかかりそうだ」

立ったままでの簡単な捜査会議が終わり、解散になった。夜になってせっかく出てきたからと思ったのか、市来は奈加子を摑まえて、逮捕の時の状況を確かめ始めた。奈加子が身振り手振りを交えて報告する。長くなるだろうな、と滝上は市来にかすかに同情した。基本的に、奈加子は話がくどい。

冨山が「顔を貸せ」と言ってくるのではないかと滝上は想像していた。取り調べ担当としての面子を潰された、と憤っていてもおかしくない。しかし冨山は、池内を連れてさっさと取調室に入ってしまった。やはり、自分の面子になど拘《こだわ》らない男のようだ。となると、話す人間もいないし、やることもない。滝上はさっさと引き上げることにした。

一人だけ捜査から取り残されている感じもしたが、これは仕方がないと自分に言い聞かせる。こういうこともある。そして本当の戦いはこれからなのだ。

「鈴木」とは誰だろう。


こういうややこしい犯罪を企てる人間は、かなり入念に計画を練り、水も漏らさぬように準備を整えるはずだ。そして、自分には絶対に累が及ばないように気をつける。若菜の部屋でスヴァルバンが見つからなかったのも、あらかじめ処理したのかもしれない。しかし……連絡用の電話は、プリペイド式の携帯を使っているだろうと想像していたのだが、今回は実名で契約した携帯だった。絶対にバレない自信があったのかもしれないが、画竜点睛《がりょうてんせい》を欠く。鈴木はプロの犯罪者ではない。


そんなことはどうでもいい。

問題は、鈴木の正体だった。

週が明け、鈴木という男の身分が判明した。川藤康明《やすあき》。長年父を支えてきた、地元静岡の私設秘書。

捜査が進んでいる時、滝上はやたらと考えが先走ってしまう傾向がある。あれこれ想像し、あらぬ真相を考え、苦笑しながら打ち消す——しかし今回はいつもと違い、思考は一歩も前へ進まなかった。

川藤が絡んでいるということは、背後に父がいるのか？　それこそ、殺しを指示したのか？　考えられないでもない。野村真沙美が父と愛人関係にあったのは間違いないのだ。綺麗に別れているというが、本当にそうかどうかは本人たちにしか分からない。今も愚図愚図と揉め事が続いていて、それにケリをつけるために、思い切って殺してしまったのではないか？

可能性はないでもない。しかしこれはあくまで机上の空論だ。政治家の秘書は、様々なあくどい手段を持っている。しかし人を殺しはしない。そこまでやったらあとの祭り――万が一バレたら、政治生命を絶たれるだけでは済まない。そして警察は、こと殺しの捜査に関しては、一切手抜きをしないものだ。人を殺すという最悪の罪を犯した人間は、必ず罰せられるべし――その考えに揺らぎはない。

ないはずだ。

「住所が静岡市か」ぼそりと言って、市来が滝上を見た。「お前、知らないか？」

「知りませんね」滝上は大袈裟に肩をすくめてみせた。「静岡市も広いですから」

「ええと」パソコンで何か調べていた池内が手を挙げた。「引っかかってくる人がいますよ。政治家というか、政治関係の人で……川藤康明、『静岡みらい研究会』事務局長」

「何だ、その何とでも解釈できるような名前の会は」市来が皮肉っぽく言った。

「これはあれですかね、たぶん、県知事の政治団体のようなもの？」池内が自信なげに言った。「ちゃんとホームページもありますし、そこに知事本人も出てます」

政治家は様々な団体を持つ。県知事の場合、政党色を消して「オール静岡」の体制を築くために、独自に政治団体を作ることも多い。そして「静岡みらい研究会」は、間違いなく父の選挙母体だ。代議士時代からの後援会を束ね、資金を管理する。そこの事務局長が川藤というのは不思議でも何でもなかった。市議選から共に選挙を戦ってきた盟友。「右腕」という言葉では足りず、「半身」と言っていいかもしれない。どういうキャリアの人か、滝上は知らないのだが、地元では「選挙の神様」とも呼ばれている。実際、父は選挙では連戦連勝なのだが、それは全て川藤の手腕によるものだ、と指摘する人もいるぐらいだ。

何だか、父の周りにはそんな人間ばかりが集まっているような感じがする。政治家に最も必要とされる能力は、人材を集める力なのかもしれない。

「滝上、お前、本当に何も知らないのか」市来がしつこく突っこんできた。

「だから、知りませんよ」滝上は少し口調を強くして再度否定した。「俺は高校時代まででしか静岡にいませんでしたから。高校生なんて、政治に興味を持たないでしょう」

「まあ、本当にこの人物が鈴木なのかは分からないが、調べる意味はある」市来が自分を納得させるようにうなずく。

「電話してみたらどうですか?」奈加子がいきなり提案する。「本人に直接当たってみるとか」

「馬鹿言うな」市来が吐き捨てるように言った。「まず、電話の持ち主が本当にこの川藤という人と同一人物かどうか、確定させなければならない。話をするのはそれからだ。ここは慎重にいこう」

市来が何を心配しているかは簡単に分かる。政治家——政治家に近い人間が絡んだ事件となると、どうしても大胆には捜査できないのだ。しかもこれには、殺人事件が絡んでいるから、選挙違反や汚職よりもはるかに用心深い捜査が要求される。

しかし滝上は、衝撃の後にかすかな興奮が湧き上がってくるのを意識していた。まだ筋は読めないが、この件がつながれば、父は確実に破滅する。家族を顧みず、ただ自分の野望のために好き勝手に生きてきた父のキャリアがここで途切れたら、大きな声で笑ってやろう。

自分のことは絶対に話せない。しかし、真相は自分で調べたい。滝上は一瞬で判断し、手を挙げた。

「何だ」市来がむっとした口調で訊ねる。

「この件、内密に調べた方がいいですよね」

「ああ。こっちの動きは絶対にバレないようにしたい」

「だったら、一人で動いてもいいですか？　何人もでやるより、一人の方が目立たない」

「何か当てがあるのか」

「静岡に、ちょっと」

「お前、政治になんか興味はないって言ってたじゃないか」市来が疑わしげに言った。

「昔の友だちが何人か、そっち関係の仕事をしてるのを思い出しました。政党の支部とか……地元の市議になっている人間もいますから、そういう連中に話を聴けば、確認できるんじゃないでしょうか」

「分かった。どうする?」

「このまま静岡に出張させて下さい。しばらく会っていない連中ですから、電話で確認できるとは思えない」

「一人でやるのか?」

「一人です」滝上はうなずいた。「極秘の方がいいでしょう」

「分かった。だったらこの件はお前に任せる。今日中に何とかなりそうか?」

「何とかします」

返事を待たず、滝上はさっさと立ち上がった。またも静岡——捨てた故郷。短期間にこう何度も帰ることになるとは思っていなかったが、これは自分の人生にとって大きな分岐点になると分かっている。勝負のポイント。そして絶対に負けるわけにはいかない。

東京駅から新幹線に乗りこむと、滝上の脳裏に様々な記憶が去来した。
小学生の頃——六年生の時に、滝上は「生徒会の役員選挙に立候補するように」といきなり父親から命じられた。突然のことで反論も同意もできなかったが、父親は「お前は人の上に立つことを覚えないといけない」と厳しく言った。

何を言っているのか……滝上は、自分でもリーダーシップのある人間だとは思っていなかった。小学生の頃から自然に仲間を仕切るようになる子どもはいるものだが、滝上は決してそういうタイプではなかったのだ。仲間と遊んでいるのは楽しいが、何か決めることがある時には一歩引いて、他人に判断を委ねてしまう。

父親からそう言われた翌日、担任の先生に「選挙に出るのか」と聞かれた。訊ねるというより、既に決まっていることを確認するような口調で。その時初めて、滝上は父親の権力を実感したのだった。おそらく学校に連絡を入れ、滝上が選挙に出るように工作した。

滝上は立候補しなかった。

父親は烈火の如く怒り、滝上は一時間近く説教を受けた。そして一ヶ月近く、完全に無視されていた。

高校生の時には、大学への進学問題を巡って揉めた。父親は、地元の大学への進学を強く指示したのだ。地盤との関係を保つためには、大学の四年間を東京で過ごすのは避けた方がいい。

馬鹿馬鹿しい。その頃、父親との冷戦がさらに悪化していた滝上は、地元の静岡に対しても嫌悪感を抱くようになっていた。よくつるんで遊んでいた仲間はいたのだが、そういう連中の多くが静岡に残って就職、あるいは進学しようとしているのを知って、ますます静岡を離れなければならないという意を強くした。彼らはあまりにも覇気がなさ過ぎる。高校を卒業したらまず親に車を買ってもらい、これから何十年と続くだらだらとした毎日に入りこむのだ。そういう生活に自分が耐えられるとは思えなかった。

大学生の時に、二人の関係は完全に壊れた。

きっかけはもちろん、滝上の薬物問題である。その頃代議士になっていた父は、議員宿舎で一人暮らしをしていて、滝上とはほとんど連絡を取ることはなかった。しかし何故か、奔放な行状がその耳に入ってしまい、ある日突然、滝上のマンションを訪ねて来たのだ。散らかし放題の部屋には上がらず、玄関先に突っ立っていた父の表情を、滝上は今でも覚えている。あれは、道路で車に轢《ひ》かれて死んだ動物を見るような目つきだった。

前日の夜にもスヴァルバンを服用していい気分になっていた滝上は、その翌日の常として、ぼうっとしていた。それを見て、父は突然、「卒業したらどうするんだ」と訊ねてきた。何も考えていなかった滝上は答えられず、嫌な沈黙がたっぷり一分以上続いたと思う。父は吐き捨てるように「お前とは今日から関係ない」と言った。

関係ない……勘当か？　望むところだと考え、思わず顔がにやけてしまったのを覚えている。父親の前で、そんな顔を見せたことは今まで一度もなかったはずだ。

「好きに生きろ。ただし、静岡には絶対に戻るな」

「戻る気なんかないよ」

それが、父と交わした最後の会話だった。怒りで爆発してもおかしくなかったのに、そうならなかったのは、珍しく父と意見が一致したからかもしれない。静岡には戻りたくない。静岡に絶対に戻るな。

素晴らしい。勘当万歳だ。これで俺は自由に生きていける。

その直後、滝上はスヴァルバンと何とか縁を切って立ち直った。そして今に至る——今回の件が事件として浮上するまでは。

十年以上、父の存在は忘れていた。いや、忘れていたわけではなく、意識して記憶から追い出していたのだ。しかし心の底では、父を破滅させたいという思いが燻《くすぶ》っていたのは間違いない。今ではそれを認められる。

警察官なら、一人の人間を破滅させるのは簡単だ。自分たちには法律という武器があり、そして法律を一切破らず生きている人はほとんどいない。

しかし今回の相手は強敵である。静岡という県全体を取り仕切る人物だ。こういう人間を破滅させようとしても、様々な妨害が入るだろう。そもそも父の破滅とは何なのか。殺人事件に関与したとして逮捕されればいいのか？　そこまでいかなくても、政治家としての生命を絶たれたら全てが終わりなのか？

結論は出ない。しかしやることは決まっている。

人を殺したら罰を受ける。その原則は、何があっても、誰が相手であっても変わりはない。

「どうした」

高井は困惑を隠さなかった。このところ、あまりにも頻繁に顔を出したり電話したりしているので、訝っているのは明らかだった。家まで来たのはまずかったかもしれない。高井も当然、父の情報ネットワークの中に入っている人間であり、自分が訪ねて来たことは既に父の耳に入っている可能性がある。しかし、来てしまったものは仕方がない。

「ちょっと確認したいことがあるんです。高井さんならすぐに分かるかと思いまして」

「だったら電話してくれればいいんだよ。わざわざここまでくるのは大変だろう」

「静岡は遠くないですよ」

先日と同じ部屋。ここが今も、父の後援会の実質的な本部なのは間違いないだろう。そもそも「静岡みらい研究会」の所在地がここになっているのだ。

「静岡みらい研究会のことなんですけどね」滝上は煙草を取り出し、掌で転がした。ただし、火は点けずにすぐにパッケージに戻す。高井はテーブルに置いた煙草入れから一本引き抜き、素早く火を点けた。

「研究会がどうしたんだい？」

「父の後援会を取り仕切っているのも、静岡みらい研究会ですよね」

「ああ」

「金も」

「おいおい」高井がぐるりと周囲を見回した。「ここには金庫なんかないよ。金は全部銀行……もちろんきちんと管理して、税務上も問題は一切ない」

「ええ」父は、金の問題に関してはクリーンなイメージを保っていた。それは、知事選直前のマネーロンダリング事件で一気に地に堕ちたが、今は評判も回復していると言っていいだろう。

「まさか、例の事件を穿《ほじく》り返しているんじゃないだろうね」高井が疑り深げに言った。

「あれは終わった事件です。裁判で確定した事件を再度捜査することはできませんよ」

そういえば、佐川のことも確認しなければならない。しかし一気に話を広げると、混乱してしまうだろう。ここは川藤に関する質問に集中させることにした。

「みらい研究会のトップ——事務局長は川藤さんですよね」

「ああ」

「地元のトップの秘書で、父が知事に転身した後で、みらい研究会の事務局長に就任した。功労賞みたいなものですか」

「いやいや、あれは別に名誉職じゃないから」高井が苦笑する。「川藤さんは、知事とはずっと二人三脚でやってきた人だよ。仕事のことは何でも知っている。バックアップ全体を任せるには一番相応《ふさわ》しい人だろう」

「なるほど……川藤さんは、ここで仕事はしないんですか？」

「今は、自分の家で仕事をしているよ。実は、少し足を悪くしていてね」

「そうなんですか？」

「膝だ」高井が自分の右膝をポンと叩いた。「六十を過ぎると、誰でも悪いところの一つや二つは出てくるからな」

「川藤さん、今何歳なんですか?」

「六十五——いや、今年六十六になったんだな。膝も悪いし、あちこちにガタがきてる。だから車を運転するのも大変で、最近は家に籠りきりなんだ」

「でも、みらい研究会の本拠地はここじゃないですか」

「最初はここへ集まってたんだよ。でも、川藤さんが膝を悪くして、自宅で仕事をするようになってからは、事務所は実質的にそっちへ移ってる。まあ、名義と実態が違うのは、どんなことでもよくあるだろう」

「そうですか……」

「何だい、川藤さんが何かしたのか?」

「そういうわけじゃないです。あくまで捜査の一環です」

「例の放火事件の?」

「いろいろありましてね」滝上はまた煙草を取り出し、今度は火を点けた。自分が吐いた煙草の煙が、残っていた煙と混じり合い、すぐに部屋が白くなる。手帳を取り出し、パラパラとページをめくると、高井の視線がそこに注がれていることに気づいた。「川藤さんの携帯の番号なんですけど、これでいいですか?」

０９０から始まる番号を読み上げる。高井は「ちょっと待って」と言って自分のスマートフォンを取ってきて確認した。高井の方でも番号を読み上げる——一致した。

「どうも、ありがとうございました」

「これだけでいいのかい？　こんな話だったら、わざわざ静岡まで来なくても、電話で済むだろう」

「電話で情報を取ろうとするのは、失礼ですよ」

「いや、そんなこともないけど。今はリモートの時代だし」

「俺の中では、そういうことになってるんです。大事な話を聴く時には直接会って——と思ってますから」

「これがそんなに大事な話なのか？」

滝上はうなずくだけで何も言わなかった。高井の顔に、さらに疑念が広がる。しかし、説明できることとできないことがあるのだ。これは説明できないこと。高井にこれ以上、情報を明かすわけにはいかなかった。

それ以上に、高井に対しては申し訳ない。彼は基本的に、いい人なのだ。真面目だし、嘘はつかないし、不思議なことに自分を買ってくれてもいる。そんな人に、いつまでも隠し事をしたまま話を聴き続けることはできなかった。

自分の中にまだ甘い部分が残っているのに気づき、滝上は暗澹《あんたん》たる気分になった。

人はそれほど簡単には非情になり切れないのか。だとしたら、父を引きずり下ろすことなどできない。

滝上はそのまま、静岡駅前まで移動した。川藤の住所は分かっている——免許証で既に確認していたし、高井もその住所で間違いないと言ってくれた。名前と住所が同じならば、本人だと確認したと言っていいだろうが、警察はその辺については異常なほど慎重である。家を直接訪ねて、できれば本人の顔を拝んでおきたかった。

静岡駅の北口は地下街が発達した街なのだが、滝上は敢えてそこを避け、地上を歩いた。滝上が生まれる数年前、この地下街で大規模なガス爆発事故が発生し、十五人が死亡、二百人以上が負傷した。滝上は子どもの頃から散々聞かされて育ったので、ここに対しては今でも軽い恐怖心を抱いている。東京で地下街を歩いている時には、まったく平気なのだが。

暑い。駅前から続く呉服町通りを抜け、修行のつもりで歩いて行く。あちこちに地下街の出入り口があるのだが、冷房の誘惑に何とか打ち勝ち、ひたすら歩き続ける。

それにしても、ずいぶん長い——大きな繁華街だ。これが地上と地下の二層構造になっているのだから、静岡駅前の賑わいが分かる。真夏の昼時、昼食のために出てきたサラリーマンの人出の多さが滝上を微かに苛立たせた。暑いんだから、皆地下を歩けばいいのに。

自分以外は。

十分ほど歩いた後は、全身汗だくになっていた。昼飯も食べていないのでエネルギー切れになっていたし、何より喉が渇いて危険を感じるほどだった。

川藤の家はすぐに分かった。かなり古い三階建てのビルで、一階には「川藤設計」の看板がかかっている。そうか、川藤の家業は土木関係だったのだと思い出す。ある意味静岡建業の仕事ともつながるものであり、ビジネスでも選挙でも川藤と父はつながっていたということだろうか。

しかし実際には、この会社はもう機能していないようだった。平日の昼間なのに、一階部分の窓には全てブラインドが下りていて、誰かが仕事をしている気配はない。六十代も半ばになって膝が悪ければ、もう仕事からは引退して、残ったエネルギーを全て父を支えることに費やしていてもおかしくはない。

建物は一階が川藤設計の事務所、二階から上が住居だろうと滝上は読んだ。このままいきなりノックするのはまずい。これからさらに聞き込みをするつもりだったが、その前に川藤の顔を見ておく手はないだろうか。

アイディアが浮かばないまま、滝上は近くの自動販売機でペットボトルの緑茶を買った。急いでキャップをひねり取ると、一気に半分ほど飲んでしまう。胃が冷たくなり、かすかな痛みが生じるほどだったが、汗は引いていく感じがした。電柱の陰に身を隠し、後はちびちびと緑茶を飲みながら、家を監視し続けた。一階にはガレージがあるが、そのシャッターは上がっていて、中に車はない。車を運転するのが難しくなって、手放してしまったのだろうか。静岡県内では車がないと移動するにも難儀するが、駅に近いこの辺だと、徒歩で全部用事が済んでしまうのかもしれない。

相手が出て来るあてもなく、ひたすら立ち続ける。太陽は天の頂点にあり、容赦無く滝上の頭を焼きつける。この辺が限界か……顔を見る機会は後で考えようと思った瞬間、川藤の家の前で一台の車が停まった。静岡ナンバーのベンツ。若い——たぶん二十代の男が運転席から降りてきて、ガレージの横にある階段に向かった。そのまま上に上がるのかと思ったら、体を屈める。そこにインタフォンがあるのだろう。

男は運転席側に戻り、立ったまま何かを待った。やがて、階段から誰かがゆっくりと降りて来る。滝上はスマートフォンを出してカメラアプリを起動し、思い切りズームして階段を降りてきた人間の顔を撮影した。

間違いない。川藤だ。

話したことはほとんどなく、ちらりと顔を見た記憶があるだけなのだが、滝上はこと人の顔に関しては記憶力に自信がある。自分の記憶にある川藤の顔に二十歳ぐらい加齢すると、数十メートル先にいる男の顔と一致した。

車を運転してきた男が慌てて駆け寄り、手を貸す。川藤の膝はかなり悪いらしく、杖が手放せない様子だ。足を引きずるというより、小刻みに、ノロノロとしか歩けないようだった。あれでよく階段を降りてこられたものだと妙に感心してしまう。

若い男はベンツの助手席のドアを開け、川藤がゆっくり乗りこむのを待ってから慎重にドアを閉めた。そうそう、ベンツのナンバーも控えておかないと。滝上はスマートフォンで撮影した上で、手帳にナンバーをメモした。

川藤はまだ、積極的に動いているのではないだろうか。もしかしたら親戚の青年に連れられて、病院に行くだけかもしれないが。

いや、そういうことではない、と滝上の勘は告げていた。

歩き出しながら、先ほど確認したベンツのナンバーを照会する。持ち主が分かれば、川藤の人間的なつながりももう少し見えてくるはずだ。

他県の話なので、捜査共助課経由で調べてもらって、少し時間がかかるだろう。滝上は駿府城方面へ向かった。午後一時半、昼飯を抜いたままで熱い陽射しにやられ、スタミナ切れになりそうだった。こんなところで動けなくなったら洒落にならないから、どこかで休憩を挟んで昼飯を済まさないと。記憶を探ってみたが、どんな店があったか、ほとんど思い出せない。一つはっきりしているのは、駿府城に近づくと飲食店が少なくなるということだ。駿府城付近は、県庁をはじめ市役所、裁判所、県警本部などが集まった行政の中心地である。最寄駅である静鉄の新静岡駅付近には、多少は飲食店があったと思うが、駿府城付近から離れるわけにはいかない。これから会おうと考えた相手、加藤の勤務先もこの近くなのだ。

目的地まであと五分ほどのところで、滝上は危険なほどの暑さを感じた。ちょうど目の前に喫茶店がある。「カフェ」ではなく喫茶店で、中に入るとエアコンの強烈な冷気で一気に体温が下がった。よし、ここで昼食を済ませて、さらに加藤を呼び出して話を聞いてしまおう。彼の勤務先である民社連合静岡県連に乗りこむわけにはいかないから、この喫茶店がちょうどいいだろう。流行っていない——滝上以外に一人も客がいないから、誰かに見られる心配もなさそうだし。

　何十年も使われているらしいメニュー——ところどころがテープで補修されていた——をさっと見てチキンピラフを見つけ、頼んだ。これだけ暑いと、カレーさえ体が受けつけない感じがする。それとアイスコーヒーで九百円。

　注文してから、しばらく惚けたまま冷房に身を委ねる。次第に落ち着いてきて、これからの作戦を考える余裕もでてきた。まず、加藤に先ほど撮った写真を見せて確認。車の持ち主が誰かによっては、しばらく静岡で捜査を続けるべきかもしれない。話が広がっていくと、一人で全てを調べきれなくなり、応援をもらうことになるだろう。応援が来たら、逆にこちらは引くべきだ。父を叩きのめしたいが、その際、自分が巻きこまれることだけは避けねばならない。

　最終的には、警察から離れて自分なりの決着をつけるべきではないか？　しかしそのための上手い方法が思い浮かばない。

　ピラフはケチャップ味——チキンライスのようなものだろうと想像していたのだが、実際は白く、塩味だった。しかしこれはこれで悪くない。しつこいものは食べたくないが、腹を満たしておかなければならない真夏のランチにはちょうどいい。しかしこの味、何となく記憶にある……。

ピラフを食べ終え、アイスコーヒーを一口飲んでから、一度店の外へ出て加藤に電話をかける。立て続けに連絡をもらった加藤は驚いていたが、今は忙しくて外へ出られないという。夜なら大丈夫だというが、滝上の予定が決まらない。結局、また後で電話をかけるということで話がまとまった。

空振りか……。

「悪かったな、仕事中に」

「いや、構いませんけど、一体何事なんですか」

「それが簡単に言えないから困る」

「どうせなら仕事の話抜きで、ゆっくり呑みましょうよ」

「ああ」過去につながる人物の中で、加藤だけは気を許せる相手だ。本当に、できれば仕事抜きで会いたい。

取り敢えず、ナンバーの照会が終わるまではこの辺にいなくてはいけない。必要に応じて、運転手についても調べることになる。

時間を潰さなくてはいけないのだが、そうなると逆に困る。今の喫茶店にだらだら長居する訳にもいかないので、川藤の家に戻ることにする。待機を始めて三十分、滝上は周囲の空気が少しだけ変わったのに気づいた。こういう感覚には覚えがある。

第九章　誰のために

「喜多さん」

　声をかけられ、滝上は反射的に振り返った。マスク姿の男が立っている。マスクをおろした瞬間、滝上はぼそりと言ってしまった。

「加藤……」

　先ほど「忙しくて出られない」と言っていた加藤だった。久しぶりに会うのに、ほとんど外見が変わっていないのに驚く。昔から童顔ではあったが……ワイシャツにグレーのズボン、黒い紐靴という格好で、左肩から小さなショルダーバッグを提げていた。仕事の途中で抜け出してきた、という感じである。

「どうした？　忙しいんじゃなかったのか？」

「ちょっと話をしたいんですが、いいですか」と加藤が切り出す。

「そんな暇、あるのか」

「大事な話なんです」

加藤はどうしてここにいる？　尾行されたのでは、という考えがふいに浮かんだ。ここは加藤の本拠地である。一人の人間の跡を追うぐらい、難しくないかもしれない。もしかしたら、俺の動きを怪しく思って、民社連合の人間として探りを入れてきた可能性もある。それはむしろ、チャンスだ。騙し合いになるかもしれないが、ここで負けるわけにはいかない。

「車があります。そこでどうですか」加藤が提案した。

「暑くなければどこでもいいよ」滝上は肩をすくめる。

「じゃあ、こちらへ」

加藤が軽く一礼して踵を返した。滝上は彼の横に並ばず、二メートルほど後ろを歩いて背中を追った。加藤は一度だけ振り返って滝上にうなずきかけたが、あとはひたすら早足で歩き続ける。三分ほど歩いたところで、路上駐車したミニヴァンの前で立ち止まった。街中でもよく見かける、トヨタのヴォクシー。民社連合の業務用の車ではなく、加藤のマイカーだろう。ボディカラーが深い紫色なのだ。公用の車なら、無難に白か黒にするはずだ。

滝上は助手席に体を滑りこませた。すぐに加藤がエンジンをかけ、エアコンの風量をアップさせる。冷風に顔を撫でられ、滝上はほっとした。

「お仕事中にすみません」加藤は丁寧な態度を崩さなかった。

「いや」

「政策秘書の小嶋にお会いになったんですよね」

「ああ」加藤の紹介だった。

「そうですか……喜多さん、いや滝上さんは、知事の周辺で起きた事件について調べてるんですよね？」

「それは事実だ」否定することもできたが、そうしたら話は進まなくなる。

「滝上さんがどこまで事情を摑まれているかは——」

「それは言えない」滝上は加藤の言葉を途中で遮った。

「失礼しました。言えるわけないですよね……滝上さん、警察の人なんだから」

「捜査中の事件については、言えないことばかりなんだ」

「でしょうね」加藤がうなずいたが、懲りずに聞いてきた。「川藤さんがターゲットですか」

「さあ」滝上は煙草を一本引き抜いた。加藤の視線を感じながら掌の上で転がし、すぐにパッケージに戻す。「車の中、禁煙だよな？」

「ええ……窓を開ければ、吸っても構いませんが」

「やめておくか。匂いが染みつく」

「そうしてもらえると助かります——川藤さんには会えましたか」

「会ってはいない」滝上は正直に言った。「先ほど、出かけてしまった」

「ああ」

ちらりと横を見ると、加藤が訳知り顔でうなずいたところだった。

「病院でしょう」

「何でお前がそんなことを知ってるんだ?」

「むしろ家にいたのが不思議ですよ」

「というと?」

「ずっと入院していたはずです。珍しく家に帰って来てたのかな」

高井も、川藤は「あちこちにガタがきてる」と言っていた。そういう事情は、ライバル陣営の人間もよく知っているだろう。

「膝が悪いようだな」

「それだけじゃないようですが」

「ライバル陣営の幹部の病状まで把握しているのか」

「川藤さんは、ライバル陣営の幹部というわけではないですよ。知事はオール静岡の立場ですから」

「しかし、民自党とは今でも関係が深い」

「まあ……川藤さんは静岡県政界の陰の実力者ですしね」

滝上は座り心地のいいシートに座り直し、エアコンの吹き出し口を少し調整して、冷風が直接顔に当たらないようにした。車中は完全に冷えている。

「噂はいろいろありますね」加藤がぽつりと言った。

「噂？」

「事件に関する噂ですよ。佐川さんという方をご存じですよね」

「マネーロンダリング事件で逮捕された、知事の元側近」

「そうですね」

「その佐川さんが、どうしたんだ？」

「だいぶ不満を持っていたようですね」

「と言うと？」話の筋が読めてきたが、滝上は何も知らない振りをして先を促した。

「マネーロンダリング事件の捜査は、中途半端に終わったんじゃないですか」

「それは俺には何とも言えない」

「地元ではもっぱら、そういう噂ですよ。海外の銀行口座をいくつも使った複雑な事件を、佐川さんが一人でやったとは思えない。元々佐川さんは、そういう細かいことができる人じゃないでしょう」

「汚い仕事専門だったとか」

「選挙の時に、危ない橋を進んで渡るような人ですよ。だからこそ、知事の信頼も厚かった」

「自分を危険に晒しても、権力者のためには頑張ってしまう——馬鹿だな」

「まあまあ……」加藤が苦笑した。「今の選挙システムでは、どうしても全てがクリーンに、というわけにはいかないでしょう。特に地方の選挙では、汚い部分が出てくる。

東京みたいに無党派層が大量にいるわけでもないけど、支持者の票を確実にするための引っ張り合いはあるわけですよ」

「クソみたいな話だ」滝上は吐き捨てた。民社連合も事情は同じようなものだろうか……今の一言で加藤は口をつぐんでしまうかもしれないと思ったが、会話は途切れず続いた。

「とにかく佐川さんは、知事選の選挙資金を捻出するために、マネーロンダリングに手を出した。集めた金は三億円と言われています。喜多知事の当選には、その金が物を言ったでしょうね。しかし佐川さんには見返りがなかった」

「本人が、全部罪をひっかぶった。本当は、誰かに指示を受けてやったことなのに、そういう指示を飛ばした人間のことは一切打ち明けなかった」

「仁義、ということでしょうね。どういう経緯があったかは私たちには分かりませんが、佐川さんは古いタイプの人です」加藤が首を横に振った。「そういう人は、自分が一人で罪を背負えば、必ず見返りがあると期待する。それこそが礼儀だと思っている」

「犯罪に礼儀もクソもないんだよ」滝上はつい反発してしまった。どうしてもこの件に関しては熱くなり過ぎる。そもそも加藤の怒りに火を点けてしまうか分からないから、気をつけないと。そもそも加藤の狙いが分からないのが不気味だ。

「仰る通りだと思いますよ」加藤が静かな声で応じた。「しかし、見返りがなければ、裏切られたと思ってもおかしくはない」

「金か？」

「金というか、家族ですね」

「家族……」佐川の家族もこの事件に絡んでいたのだろうか。

「佐川さんの息子さんは、名古屋に住んでいるんですけど、自分で始めた商売が上手くいっていない。金の問題でいろいろ困っていると聞いています。それで佐川さんは、息子さんの面倒を見てくれるように頼んでいたそうです」

「誰に？」

「然るべき人物に」

「知事？」

「いや、知事に一番近い人物です」

「川藤さん」

「そのようですね」

横を見ると、加藤は苛立たしげにハンドルを指先で叩いていた。突然寒さが気になりだしたのか、エアコンの風量を弱くする。滝上の体もすっかり冷えていた。

「川藤さんが、約束を反故《ほご》にしたのか？」

「そう聞いています」

「間違いないのか？」

「我々は、公判中から、佐川さんと接触していたんですよ」

実際は、昌美の証言よりも早い段階から、民社連合に引きこめると画策して声をかけていた——しかし、「メリット・デメリットを考えて」関係を作らないようにしていたという。不満分子を取りこめば、それなりに情報が取れるかもしれないが、本当に父の陣営を裏切り、民社連合の味方になるかどうか、確信できなかったのだろう。佐川も、いかに川藤を恨んでいたとしても、民社連合と手を組むのは躊躇ったのではないだろうか。敵陣営に寝返ったとなれば、静岡県内で安閑として暮らしていけるはずがない。安住の地を失う危険を冒すことはない、と判断したのだろう。

「保釈されてすぐです。そもそもその段階で知事陣営が接触してこなかったことで、相当頭にきていたようですよ」

「お迎えがなかったのが、気に食わなかったわけか」

「そういう感じでしょうね」加藤がうなずく。

「それでお前たちは、ヤバイ話を全部聞き出した？」

「全部とは言いません」加藤が否定した。「しかしいろいろ、気になる情報は聞きましたよ」

「裏は取ったのか？」

「やれる限りで」加藤が認める。「相手の弱点は、いくら握っていてもいいですからね」

「情報戦か」

「そう考えていただいて結構です」

「佐川さんは、今も静岡にいるのか？」

「いないでしょうね」

「東京？」

「おそらく」

「何をしようとしているんだ？」

「それは知りません。でも、我々との話し合いが決裂した時には、きちんと落とし前をつける、と言ってましたけどね。ヤクザみたいだけど、佐川さんは、それぐらいひどく踏みにじられたと感じていたんでしょう」

「こんな風になることさえ分かってなかったのかね」滝上は思わず首を傾げた。「違法行為に手を染めて、永遠に無事でいられると思っていたんだったら、楽天的過ぎる。と言うより、馬鹿だ」

「民自党の人たちのメンタリティは分かりません――ここから先は、あくまで佐川さんから聞いた話というだけです。どこまで本当かは分かりません」

「話してくれ」

「東京で――銀座のクラブで放火事件があったことは、ご存じですね」加藤が急に話を変えた。

「そもそもそれを調べている」ルールに反して、自分の担当している捜査について話してしまったが、これはしょうがない。予想もしていなかった状態で、いきなり真相に肉薄することになったのだ。一つのチャンスである。

「亡くなったのは、知事の昔の愛人」

「そう聞いている」

「亡くなったというか、殺された」

「だから、放火殺人事件として調べているんだ」滝上は認めた。

「亡くなった野村真沙美さんは、佐川さんとは知り合いですよ」

「なるほど」それは予想できたことだ。しかしこんな風に名前が出ると、やはりどきりとする。

「それと、元秘書の岸本さん。まさか撃たれて亡くなるとは思いませんでしたけど」

「佐川さんと岸本さんが顔見知りなのは分かっているが……」元「スイーパー」と、長年仕えたベテラン秘書。顔見知りというか、極めて親しい間柄であっても不思議ではない。「三人が顔見知りだったのか？」

「そうですね」

「野村さんは……選挙には関係してないと思うが」

「衆院議員から知事に転身した時、この二人が野村さんと知事を別れさせたんです。というより、知事と別れるように、野村さんを説得した」

「そういう仕事は、絶対にごめんだな」男女関係の整理までやらされたら、たまったものではないだろう。だいたい、関係を清算したかったら、父が自分でやるべきなのだ。

そんなこともできないクソ野郎だったのか？

「右に同じく、ですね」加藤が軽い口調で言った。「佐川さんによると、二千万円の手切金で別れさせた、と。その金もマネーロンダリングで得たものらしいですね」

　クソみたいな——と言おうとして、滝上は言葉を呑みこんだ。父をめぐる状況全てがクソみたいなもので、一々反応していたら自分の口が腐ってしまう。

「佐川さんは、釈放された後に、野村さんに会いに行ったそうです」

「それは……危険じゃないか」

「危険だとは思いますが、危険を冒しても会う必要があると思ったんでしょうね」

「何のために？」

「岸本さんにも会ったそうです」加藤は、滝上の質問に直接は答えなかった。

「あの二人は、よく知った仲だ。でも岸本さんは仕事を辞めて、奥さんの病気療養のために東京の娘さん夫婦の家で暮らしていた。知事との関係は切れていたはずなんだ」

「綺麗に切れたと思いますか？」

「何かあったのか？」思わせぶりな言い方に苛つく。

「こんなことを言うと、喜多さんは——滝上さんは気を悪くされるかもしれませんが、知事はケチなんですよ」

「どんどん言ってくれ」悪口歓迎だと思いながら滝上は言った。

「……いや、申し訳ないのでケチという言葉は使いませんが、とにかく去って行く人に対しては厳しい」

「捨てる、ということか?」岸本も? あれだけ長く勤め、父にとっては右腕の一人だったはずだ。通夜にあれほど人が集まったことを考えれば、父のスタッフの中でどれだけ重い地位を占めていたかも分かる。

「ご本人がそういうふうに意識してしまえば、そういうことです。知事の意識とは違うかもしれませんが、こういうのは受け取る側の感覚が大事なんじゃないですか?」

「つまり、父に裏切られた——酷い目に遭わされたと考えている人が三人いた、ということか……」

「三人どころではないでしょうが、ここの登場人物は三人と考えていいでしょう」

滝上は黙りこんだ。父には取り巻きが多かった。長年、政界で活動してきたのだから当然だろうが、去っていく人間に対して冷たいタイプだとは思ってもいなかった。いや、あの独特の冷徹さ——人を無理に枠に嵌《は》めようとする強引さを考えると、おかしくない。

政治なんて、しょせんそういうもの……。義理人情も大事かもしれないが、切る時はあっさり切る。関係が濃いが故に、少しでもトラブルになるといっきにこじれてしまうのではないか。あるいは純粋に、父親はケチなのか……去る人間に対してはそれなりに礼儀を尽くすのが筋だと思うが、そういうことを怠っていたのかもしれない。長年一緒にやってきた人間が去る時、十分な金を与えなかったら、やはり「ケチだ」と言われるようになるだろう。それが何人もいれば、トラブルにつながってもおかしくはない。

「佐川さん、野村さん、岸本さん」滝上は親指から順番に三本指を折った。

「そうです」

「その中で、中心になったのは佐川さんだな」

「そうなります」

「知事に対する復讐か？」

「佐川さんは、私にこう言いました。ふざけたことをした人間は、それなりの目に遭わなければならない、と」

しかし……殺されたのは野村真沙美と岸本だ。そして佐川の居場所は分からない。佐川に話を聴かない限り、この件は絶対に明らかにならないのだが——そう思った瞬間、嫌な予感がどっと頭の中に流れこんでくる。

佐川も殺されているのではないか？

もちろん、加藤が知っていることが全て事実だという保証はない。推測も想像も入っているだろう。しかし全体的には、佐川が父に対する復讐を企て、それに真沙美と岸本を巻きこもうとしていたとしか考えられない。しかしそういう計画は、どこかで漏れてしまうものだ。父の周辺には情報通が揃っていて、常にアンテナを張り巡らせているはずだ。自分に復讐しようとする人間がいると知ったら、どうするだろう。金で解決する？　いや……。

「佐川さんの連絡先は分かるか？　我々が把握している携帯電話の番号は、もう使われていないんだ」

「携帯の番号は分かりません」

「そうか……」そう上手くはいかないか。

「でも、住んでいる場所なら分かります」

「何で知ってるんだ」

「手紙が来ましてね。今、非常に金に困っているようで、それで携帯も手放したのかもしれません。連絡手段は、手紙ぐらいしかないようです。あるいは公衆電話から電話してくるか」

「手紙はいつ来たんだ？」

「去年の暮れかな」

「内容は……金の無心か」

「分かりますか？」加藤が嫌そうに言った。

「金に困って、少しでも知っている人に頼った——そういうことじゃないのかね」

「でしょうね。断りましたが」

「今も生きているのか？」

「昨年末の段階では生きていた、としか言いようがないですね」加藤の声は暗かった。

「手紙に書いてあった住所は、台東区三筋《みすじ》です」

滝上は加藤がスマートフォンを見ながら告げる住所を書き取った。大江戸線の新御徒町《しんおかちまち》駅や蔵前駅に近い一角、と分かる。上野や浅草からは少し離れた、台東区の住宅街だろう。

「いろいろ悪かったな」滝上は素直に礼を言った。「どうして俺に情報をくれたんだ？」

「それは……こういう状況が、我々にはプラスになるかもしれないからですよ。実は小嶋さんからあなたに会ったと話が来た後で、これまでに摑んでいた情報を精査しました。まとめて考えてみると構図が見えてきて、今日たまたま滝上さんが静岡にいることが分かったので――まあ、そういうことです」

途端に暗い気分になった。加藤とは、損得勘定抜きでつき合えるのではないかと期待していた……いや、最初は自分が一方的に情報を求めたのだから、損得勘定がなかったとは言えない。しかし加藤の方でも、自分を利用したわけだ。ウィン-ウィンと言えなくもないが、それは既に無償のつき合いではない。

俺には、何も考えずにつき合える人間はもういないのだ。

「お前、これからどうするんだ？　いつまでも職員でいるのか」

「たぶん、数年後には選挙に出ます」

「そうか」

「民社連合にも巻き返しの時期が来ますから」

「健闘を期待する、としか言いようがない。お前なら当選するだろう。優秀だし、ギャンブルも強い」

「ポーカーですか？　あれは滝上さんが弱かったんです……まあ、ゆっくり階段を登ることになるでしょうね」加藤の声は落ち着いていた。

「しかし、お前も悪い人間だ」滝上は耐えられなくなり、つい言ってしまった。「俺がやることが、民社連合の利益になると思っているんだからな」

「政治って、そういうものですよ」加藤があっさり認めた。「利用できるものは何でも利用するので……だけど、滝上さんは平気なんですか」

「何が」加藤が何を言いたいかは分かった。滝上さんは平気なんですか」

「いや……実の父親を……」

「その話をする気はない」滝上はぴしりと言った。「お前たちが俺を利用したいなら、すればいい。しかし、自分の個人的な事情を明かすつもりは一切ない」

加藤は既に、俺の事情を全て知っているはずだが。政治家は——その関係者は、情報を食べて生きている。彼らを利用してみて、滝上にもよく分かった。

滝上は加藤と別れ、川藤の自宅前に戻った。人がいる気配はない。思い切ってノックしてみようと思ったが、今、川藤に何を聞いたらいいのか、適切な質問が思い浮かばなかった。疑惑はあるが、ろくな証拠も証言もない状態だと、相手の口を割らせることはできないだろう。

どうしたものか……煙草を二本灰にしたところで、先ほど川藤を乗せていったベンツが戻ってきた。ナンバーの照会で、この車が川藤の名義であることは分かった。しかし川藤は乗っていない。

運転席から降りてきたのは、川藤を乗せた若い男だった。車を家の前に停めっ放しにしたまま、軽い足取りで階段を上がっていく。五分ほどして、大きなダッフルバッグと小さなスーツケースを持って戻って来た。二つの荷物をトランクに放りこむと、家の先の交差点を利用してUターンし、走ってきた方向へ戻っていく。クソ、行き先はどこだ？

滝上は素早く周囲を見回した。ちょうどいいタイミングで、タクシーが通りかかる。道路に飛び出すようにして停め、シートに滑りこむと、前のベンツを追うように指示した。

「困りますよ、お客さん」中年の運転手がちらりと振り返って文句を言った。

「警察」滝上は無愛想に言って、バッジを突き出した。「無理しないでいい。できる範囲で追って下さい」

「面倒なのは困りますよ」

「そういうことにはなりません」滝上はピシャリと言って、シートの隙間から身を乗り出した。川藤のベンツは急ぐわけではなく、細い道路を、法定速度を守って走っている。

追跡は五分ほどだった。ベンツは駿府城公園のすぐ西側にある立体駐車場に入っていった。確認すると、市立病院の駐車場である。なるほど……川藤は病院に行き、そのまま入院したのだろう。先ほど見た時、足取りの危うさが気になったが、入院するような病気だとは思わなかった。あるいは治療中に、容態が急変したのだろうか。

滝上は千円札を出し、「釣りはいらない」と言った。それでも運転手の機嫌は直らなかったが。

さて……この病院にはまったく縁がない。タクシーが停まった場所からは大きな駐車場しか見えず、病院の建物自体がどこなのかも分からなかった。駐車場の裏かもしれないが、こちら側からはアプローチできないようだ。少し戻ると、救急車両専用の入り口があり「正面入口」の案内が掲げられている。狭い通路を通って、そちらに行けるようだった。暗い通路を通って正面に出ると、受付でバッジを示し、川藤の入院を確認する。

これでよし……受付では病状までは教えてもらえないが、それは後でも確認できる。何より、これで動く余裕ができたのがありがたい。おそらく川藤は、簡単には出てこないだろう。病院にいる相手は、まず逃げられないものだ。

運が回ってきたかもしれない。

そろそろ決着をつけるべきタイミングだ。

台東区三筋。

思い出した。捜査一課に来て初めて参加した特捜本部事件の時に、この辺で聞き込みをしたことがある。東京の下町らしいフラットな街並み。道路は狭く、細い路地が縦横に走っているが、何故か窮屈な感じがしなかった。普通の家の間に、昔ながらの個人営業の電器店や床屋、洋服の卸問屋などがあり、生活の匂いが濃厚に漂っていた。聞き込みに応じてくれた人も皆気さくで、直接手がかりを得ることはできなかったものの、何となく気分がよくなったのを覚えている。そういえば、都内ではどこにでもあるコイン式の駐車場が少なかった。そして古い家が多い——たぶん、再開発の波がまだ押し寄せていないのだろう。

既に夜。静岡からトンボ返りして来たので疲れてはいたが、今は止まるべきタイミングではない。教えられた住所を探して、滝上は蔵前駅から歩いた。ハンカチで汗を拭いながら歩いているうちに、この界隈には古いマンションが多いことに気づいた。大通り沿いには真新しいマンションも建っているが、路地に入ると、明らかに昭和の時代に建てられた低層マンションが目立つ。その中で、佐川の住む二階建てアパートは一際古く、次に大きい地震が来たら危ないと思えるほどだった。計十二部屋。二階の一番右端が佐川の部屋だと分かったが、ノックしても返事はない。ドア横にある窓にも灯りは灯っていなかった。出かけているのだろうが、中で死んでいる可能性もあるのでは、と滝上は不安になった。佐川も、そんなに若い訳ではない。職を失い、故郷を離れて東京で一人暮らし……何があるか、分からない。

スマートフォンが鳴る。市来だった。面倒だな、と舌打ちしながら階下に下りて電話に出る。

「ちゃんと報告、入れろよ」

「報告を入れるほどのことはないですけど……川藤は逃げられません」

「ああ？」

「今日、入院しました。詳しい病状は分かりませんが、歳も歳ですし、しばらくは出て来ないでしょう。必要なら、病院側に病状は確認できると思います」

「それはお前に任せていいのか」

「ええ」しかし今、自分は東京に戻って来てしまっている。病院の情報に関しては電話では聞けないだろうし、明日、また静岡に行かねばならない。そうなると、出張旅費の精算が面倒臭くなる。とはいえ、東京へ戻った事情を上手く説明できない。自分が何を狙っているのかも、よく分からなかった。「とにかく、何か分かったらすぐに連絡しますよ」

「糸の切れた凧みたいになるなよ」

「分かってます」

面倒な会話を交わす気にはなれず、滝上は素直に言った。それで市来は納得したようで、さっさと電話を切ってしまった。その時、一人の男がアパートの階段を降りてくるのが目に入った。佐川？　たぶん佐川だ。免許証の写真で顔は確認していたが、それよりもずいぶん老けて見える。事件から裁判を経た苦労が、顔に何本もの皺を刻んだのかもしれない。

灰色のジャージに、だいぶサイズの大きい、黒いTシャツ。どこへ出かける？　銭湯だ、と判断した。今は、銭湯へ行く時にも洗面器は使わないだろう。タオルなどは、右手にぶら提げた小さなビニールバッグに入れているのではないだろうか。足取りはゆっくりしており——いや、歩くのも面倒な様子だった。

その場では声をかけず、滝上は尾行を始めた。予想通り、佐川は近くにある銭湯へ向かった。ここから先は待ちだ……滝上は、銭湯の向かいにある自販機で冷たいコーヒーを買って、ちびちびと飲んだ。熱くなった体が、喉からゆっくりと冷えていく。

煙草を二本灰にする。三十分経過。そろそろ頃合いだろうと思っていると、佐川が出てきた。少なくなった髪はまだ濡れている。来た時よりはリラックスした様子で、家に引き上げて行った。自宅のドアを開けたのを見て、滝上は一瞬間を置くことにした。ここは慎重にいかないと……自分が嗅ぎ回っていることは、何らかの形で佐川の耳に入っているかもしれない。

足音を立てないように階段を上がり、一呼吸置いてから右手を拳に固め、ドアを軽くノックする。しばらく待っていると、面倒臭そうな声で「はい」と返事があった。滝上は名乗らず、もう一度、今度は少し強くノックした。

ドアが細く開く。怯えた顔が見えた。既に髪は乾いていたが、風呂上がりのせいかまだ血色はいい。しかし滝上はすぐに、それが風呂ではなくビールが原因だと分かった。

右手に三百五十ミリリットル入りの缶を持ち、ドアを左手で押さえている。滝上は彼の顔の前にバッジを示した。途端に、赤かった佐川の顔が真っ青になる。問題のマネーロンダリング事件で佐川を調べたのは東京地検特捜部だが、バッジが警察官のものだということはすぐに分かったようだ。

「警視庁の滝上です。ちょっと話を聞かせてもらえますか」

「俺は何も……」

佐川が口籠る。滝上はドアを摑み、大きく開いた。

「ドアを開けたままだと話しにくい。中に入ってもいいですか」

「それはちょっと……」

「部屋には上がりません。玄関先でいいですよ」

「いや……」佐川がちらりと振り向いて部屋の中を見た。

「誰かいるんですか?」

「そういうわけじゃないけど」

「入りますよ」

滝上は強引にドアを開け、玄関に足を踏み入れた。佐川はドアを離してしまったから、無理に入ったことにはならない。滝上は狭い玄関に立ったまま、後ろ手にドアを閉めた。途端にカビと汗の臭いが鼻を刺激する。口で息をするように意識しながら、滝上はバッジをズボンの尻ポケットにしまった。

「佐川さんですね」

「そうだけど……」

「『ロッソ』の野村真沙美さん。静岡県の喜多知事の秘書だった岸本さん。二人とも知っていますね？　というより、あなたは数年前にも二人に会っていた」

「俺は……」

「会って、話をしたことは分かっています。何を話したんですか？」

「言えない」

「何を話したかは分かっています。でも、あなたの口から直接聞きたい。話の内容は何ですか？」

佐川が黙りこむ。ビールの缶を両手で握り締めており、異常に力が入っている。ほどなく缶が潰れ、泡が吹き出して床に垂れる。手はぶるぶると震えていた。

「俺は何もしていない」

「喜多知事を殺そうとしなかった？」

「え？」

「喜多知事を殺す相談をしてなかったですか？」

「……まさか」

一瞬間が空いたのが引っかかる。まったく身に覚えのないことなのか、とぼけているのか、声を聞いただけでは判断できなかった。

「あなたたち三人は、それぞれ喜多知事に恨みを持っていた。中でもあなたの恨みが一番大きいでしょう。刑務所に入らなかったとはいえ、マネーロンダリング事件の罪を一人で背負ったんですから。それだけのリスクを冒したのに、見返りは何もなかった。あなたが激怒するのも、理解できますよ」

「俺を逮捕するのか？」

「本当に知事を殺す相談をしていたとしたら、殺人予備という罪に問われます。罰則は二年以下の懲役」

佐川の喉仏が大きく上下する。目は異様に大きく見開かれていた。

「その件で、あなたを逮捕することもできます。ただし今のところ、そのつもりはない。まずは話を聞かせてもらってからです。認めれば……」

「やっぱり逮捕するんだろう」

「状況によります。それより、あなたが相談していた野村真沙美さんと岸本さんは殺された。どういうことだと思います？　あなたは身の危険を感じたことはないですか」

「それは……」

「あるんですね？」

「警告を受けた」

「警告」滝上はうなずいた。「どこで？」

「ここで」

「いつ？」

「岸本さんが殺された後だ。ここまで来た人間がいた」

「誰ですか？」川藤自身が脅しにきたのだろうか。足が悪いのに……いや、運転手を務める人間がいるのだから、ここまで来るのに苦労はしないだろう。

「知らない人間だった」

「でも、警告だということは分かったんですね」

「ああ」佐川が強張った表情のままうなずく。「二人の話を持ち出されたら……すぐに分かった」

「それで、あなたに対してはどうしていろと？」

「大人しく――何もするな、と。そうすれば危害は加えないと言われた」

あり得ない。三人のうち二人を殺して、もう一人は脅しただけでそのままとは……佐川を生かしておく意味は何だろう？

「よく平気でいられましたね」正直、滝上は呆れていた。二人が殺され、次は自分……危害は加えないと言われて、それを簡単に信じこんでいたのだろうか？　だとしたらあまりにも呑気過ぎる。

「どこへ行けっていうんだ？」佐川がむきになって反論する。「俺はあの事件で全てをなくしたんだ。家も家族も……金も。人間、金がないと動くに動けないんだよ」

坐して死を待つ、ということか。しかし今のところ、彼は具体的に危害を受けたわけではあるまい。少しでも身の危険を感じれば、金があろうがなかろうが、逃げ出すはずだ。このアパートの存在を知られているのだから、佐川は実質的に無防備な状態である。

「本当に危険は感じてないんですか」

「いや……びくびくしてる」

「一つだけ、安全でいられる方法がありますよ。こちらとしても、ゆっくり話が聴けるし」

「何を考えてるんだ?」佐川の顔からさっと血の気が引いた。

「世界で一番安全なのはどこだと思います? 日本の警察の留置場ですよ」

「俺を逮捕するのか」

「多少自由を奪われるのと、殺される恐怖を抱いたままずっと隠れているのと、どっちがましですか? あなたが留置場で身を潜めている間に、事件は解決しますよ。あなたがちゃんと話してくれれば……誰があの二人を殺したのか、見当はついているんじゃないですか?」

佐川は何も言わなかった。こめかみを、一筋汗が流れる。何かを嚙むように盛んに口が動いた。

「取り敢えず、あなたたち三人が知事に復讐を企てていたことは、措《お》いておきましょう。まずあなたの身の安全を確保してからだ。今まで、相当きつかったんじゃないですか?」

「ああ……それは……」

滝上はちらりと腕時計を見た。後ろに手を伸ばし、ベルトに通した手錠を確認する。

「二十一時十五分、公務執行妨害で逮捕します」

佐川の表情に戸惑いが浮かぶ。逮捕と言われても手錠もかけられない……いったいどういうことかと思っているのだろう。

「これから応援の警官を呼びます。その際は、手錠をかけますが、署に着いたらすぐに外しますよ」

「手錠か……」佐川が深々と溜息をついた。「あれは嫌なものだ」

「分かりますよ」分からない。滝上は手錠をかけられたことがないのだから。これからもない——ないはずだ。

蔵前駅前にある所轄にパトカーの出動を要請し、佐川を連行した。所轄の当直責任者である警備課長に事情を——嘘の事情を説明し、佐川を留置場に放りこむ。

「留置場が空いていてよかったな」暇だったのか、警備課長が欠伸《あくび》を嚙み殺しながら言った。

「しばらく放置しておいて下さい」

「何の容疑なんだ？」

「殺人予備。取り敢えず、公務執行妨害で逮捕しました」

警備課長が目を見開く。この容疑で立件された人間はあまりいないはずで、明らかに戸惑っている。

「ある人を殺そうと計画していたんですよ」

「そんな重要な話で、本部へ身柄を持って行かなくていいのか」

「ここでお願いします」事件と直接関係ない所轄に置いておいた方が、何かと便利だ。市来には説明しないといけないが……今は、話すのが面倒だ。ここから先の状況がまだ読めていない。

後回しにしよう。そもそも自分はまだ静岡にいることになっているのだから。

滝上は、取調室を貸してもらい、佐川と対面した。佐川は妙に落ち着かない。先ほどまでは自分の部屋で話していたから、さほど緊張していなかったのだろう。滝上は、彼にペットボトルの水をサービスした。

「逮捕したけど、これはあくまであなたの身の安全を守るためですから。多少不便でしょうが、我慢して下さい」

「いい気分じゃない」

「それも分かります。でも、命には替えられないでしょう」

「まあ……」不満そうに言って、佐川がかすかにうなずく。

さあ、ここから本格的に始める。全てを明らかにするための鍵になる人物はこちらの手中にあるのだから、じっくりやればいい。

「あなたは、喜多知事の選挙資金を確保するため、不正資金を洗浄するマネーロンダリングに手を出した。その結果、あなた一人が逮捕され、有罪判決を受けた。それは、あなたも覚悟の上だったんでしょう？」

「ああ」佐川が認めた。

「あなたは昔から、側近として知事を支えてきた。政治は綺麗事ばかりじゃない――むしろ汚いことが多いと思います。そしてあなたの仕事は、そういう汚い問題が知事のところへ押し寄せないように抑えることだった。汚れ役、スイーパーと言っていい。選挙や金の問題で、過去にも相当危ない橋を渡ってきたんでしょう」

「それを言うと、いろいろまずいことになる」佐川は本気で心配している様子だった。

「その責任は問いません。俺の担当でもないので、調べることもできません。俺がやろうとしているのは、そもそも野村真沙美さんが焼死した火事について調べることです」

「焼き殺されたんだ」佐川があっさり認めた。

「あなたを脅した相手は、それを教えたんですか？」

「事細かくな」佐川が身を震わせた。

「放火した人間を薬漬けにしたんですね？」

滝上の指摘に、佐川が大きく目を見開き、「知ってるのか？」と訊ねる。

「確証はないです。ないですが、傍証を積み重ねて、そういう結論に至っています。放火したのは西片若菜という女性ですが、解剖結果から、スヴァルバンというドラッグを常用していたことが分かりました。この薬の副作用として、人の暗示にかかりやすくなるということがあります。完全にコントロールできるわけではないですが、何となくそちらの方向へ向かせることはできる。ある人物が、この薬を使って西片若菜を動かし、『ロッソ』に放火させた」

「ああ」

「誰が指示したんですか？」

「それもあんたは知ってるんじゃないか？」

「まさか、知事本人じゃないでしょうね」

「知事が、そんな危ない橋を渡るわけがない」

「あなたのように、汚いことを専門にする人が他にもいるんですか」

「一番近い人間だよ」

「——川藤さんですね」

佐川が無言でうなずき、両手を組み合わせた。その手がかすかに震えている。妙に時間をかけて手を解き、ペットボトルに手を伸ばしたものの、摑み損ねて倒してしまう。慌てて上から掌を叩きつけるように押さえる。ゆっくりと息を吐き、ようやくボトルを摑むとキャップを捻り取った。しかし水は飲まずに、ボトルを慎重にテーブルに置く。

「川藤さんが、西片若菜にスヴァルバンを与えるように指示していたことは分かっています。西片若菜という女性については知っていますか？」

「名前は知らないが、知事のところの若いスタッフの知り合いだったらしい。この女、昔洋服屋で働いていたんだろう？」

「ええ」セレクトショップの新宿店。そこには一年ほどしか勤めていなかったはずだ。

「その時に知り合いになったそうだ。精神的に不安定な女だったが、そういう人間も使えるかもしれないとキープしておいた——人間をキープだぞ？　ひどいと思わないか」

「それについては、何とも言えません。もう一人——岸本さんは誰に殺されたんですか？」

「金で動かせる人間もいる、と言っていた」

「ヤクザか何かですか？」

「具体的には知らない。だけど、川藤はそういう人間とつながりがあってもおかしくない。いざという時に使える人間がいれば、便利だからな」

「政治家とヤクザは、おかしなところで関係があったりしますからね。地元を抑えるのにも、ヤクザは便利な存在だ」

「ああ。川藤は特に、静岡市の地回りの連中とつながっている。駿府組《すんぷぐみ》だ」

地元のヤクザか……そこを突けば、岸本を殺した犯人にも辿り着けるかもしれないが、それは自分の仕事ではない。野村真沙美の死の真実を調べることに集中しないと。

「どうしてあなたは狙われなかったんですか」

「それは俺には分からない」

「今回の件の指示は、川藤さんによるものだったと思いますか」

「だろうな」佐川がうなずく。「俺も馬鹿だったと思う。喜多の野郎は許せない……本気で復讐するつもりだった」

「どうやって？」

「それを三人で考えていた。三人とも、喜多には苦汁を舐めさせられたからな。どんな手で追い落とすかを考えるのは、楽しかったよ」

「野村さんも岸本さんも、乗っていたんですか？」

「無理やり手を切らされた女と、長年の秘書としての功績をまったく評価してもらえなかった人間だぞ？　恨みは、俺と同じぐらい深い」

「ええ」

「しかし、三人で話していると、どこかから情報が漏れる……そんなことは当然なのに、舞い上がって冷静な判断ができなくなっていたのかもしれない。情けない話だよ」

「向こうが先走りして、逆にあなたたちを潰そうとした」

「そういうことだろう……あんた、本当に殺人予備で俺を逮捕しようとしてるのか？」

「殺そうとしたんですか？　違うでしょう。破滅させるというのは、殺すことだけじゃない。他にいくらでも方法はある。どうやって破滅させるつもりだったかは、聞きませんよ。俺が知らなければ、この件では立件はできない。今は、公務執行妨害で身柄を確保しているだけですから。いずれ、嫌疑不十分で出てもらいます」

「いずれ、か」佐川が溜息をつく。

「あなたの身の安全が確保できたと確信できたら、です」

「それは……」

「川藤さんが、今回の一件の黒幕なんでしょう？」

「俺には分からないが、あんたがそう言うならそうなんだろう」

「黒幕を潰せば、あなたの身の安全は確保できる。そうしたら、堂々と大手を振って出ればいい」

本当にこの男を放してしまっていいかどうかは分からない。実際にはまだ、立件すべき罪を犯しているのではないか？　それを見逃すのは問題だ……しかしそれを追及するのは自分の仕事ではない。誰か別の人間がやることだろう。幸い、佐川は、滝上が喜多の息子だということには気づいていない。知っていたら、また別の反応を示していたはずだ。

「まあ……こうなるんだろうな」

「こうなるとは？」

「俺の人生は、もう終わったんだよ。喜多に切られて、行き先がなくなったんだ。だからいつかは破滅していたと思う」

「まだ先はあるじゃないですか」

「六十を過ぎてそんなことを言ってたら、ただの馬鹿だ」佐川が皮肉っぽい笑みを浮かべた。「やり直せるタイミングなんか、とうになくなってるよ。いいか、あんたにも一つ教訓を授けようか」

滝上は無言で肩をすくめた。こんな男に「教訓」と言われても……。

「誰かのために生きるのはやめろ。でかい存在に身を捧げる——それだけで満足できる人間はいる。俺もそうだった。自分も何かでかいことをやっているような気分になっていたよ。だがな、そのでかい相手は、自分の足元でウロウロしている人間のことなんか、見てもいないんだ。こっちの一方的な思いこみに過ぎない」

分かっている。そういう面倒な人間関係から離れるためにも、自分は父親と縁を切ったのだ。

そして今、父を潰しに行く。佐川が叶えられなかった夢を、息子である自分が実現させる。それを佐川にどう説明すればいいか、滝上にはさっぱり分からなかった。

翌朝、午前七時にスマートフォンが鳴って、滝上は叩き起こされた。寝ぼけた目で画面を確認する。予想した通り、市来。これも予想していた通り、怒鳴り声が耳に突き刺さってきた。

「お前、何のつもりなんだ！　静岡にいたんじゃないのか！」

「遅くに帰ったんですよ。帰れたんで」

「連絡ぐらい、ちゃんとしろ！……いや、そういうことじゃない。勝手に関係者を逮捕したそうだな。どういうことなんだ」

「話すと長くなりますよ」

「短く話せ」

「いやあ……」滝上は頭を掻いた。昨夜も暑く、寝ている間にたっぷり汗をかいている。

「短縮バージョンは無理ですね」

「ふざけるな！」市来が爆発する。「今回の件では、お前の自分勝手な行動は目に余る。やり過ぎだ。このまま何もなしで済むと思うなよ」

「処分なり何なり、好きにして下さい」

「ああ？」

「その前に、やるべきことをやるだけです。長い話、聞きたいですか？」

「その必要があるのか？」

「あります」

「だったらすぐに本部へ来い。じっくり話を聞かせてもらおうか」

耳に痛い音が突き刺さり、電話は切れてしまった。滝上はベッドから抜け出し、ことさら時間をかけてゆっくりとシャワーを浴びた。熱い湯のままだと、外へ出た瞬間にまた汗が吹き出してしまうのは分かっていたので、最後は温度を下げ、水にして汗を引っこめさせる。冷蔵庫の中は空っぽ——まあ、朝食はどこかで食べて行こう。今日が長い一日になるのは分かっている。しっかり準備していかないと、この戦いを乗り切れない。

滝上が説明を終えると、市来は右手を拳に固め、何度もデスクに叩きつけた。規則的な打撃音が、滝上の眠気を誘う。

「お前、こんなことが立件できると思ってるのか？　下手したら、知事までいくだろう」

「いけばいいじゃないですか」

「簡単に言うな」市来が吐き捨てる。

「別に、気にする必要、ないじゃないですか。必要なら逮捕すればいい」

「警視庁の捜査一課が、静岡県知事を逮捕？　ありえない」

「二課マターならそうかもしれませんけど、これは殺しなんですよ。予防的な殺し――自分が殺されないために、先手を打って相手を殺したということですけど、罪に変わりはない。殺しは殺しです。係長が忖度《そんたく》したら、俺が殺しますよ」

「馬鹿言うな」市来が吐き捨てたが、言葉に力はない。

「とにかくまず、川藤という男への事情聴取は必要です」

「入院中なんだろう？　話が聴けるのか」

「それはやってみないと分かりません」

「また静岡か――今度は、お前一人で行かせるわけにはいかないぞ」

「一人でいいですよ」

「駄目だ」市来が厳しく言った。「お前を野放しにし過ぎた。一人で動いて、今まで俺たちに相当隠し事をしていたはずだ。何をやっていたか、今のうちにきちんと話した方がいいぞ」

「話すことなんかないですよ。全部報告してます」

「それならいいが……とにかく、ここで勝負を賭けるなら、静岡へは何人か人を出す」

「病院で事情聴取するなら、一人しか入れませんよ」

「お前に対する監視が必要なんだよ！」市来がむきになって声を張り上げた。「放っておくと、お前は何をするか分からない。俺には、捜査に責任を負う義務があるんだ」

「それが係長の仕事ですよね」滝上はうなずいた。「誰を派遣するかは、係長が決めて下さい。俺はそれに従うだけです」

「佐川はどうするんだ」

「放っておけばいいですよ」

「逮捕の名目で保護したんじゃないのか」市来が疑わしげに目を細める。

「奴もまっとうな人間じゃありませんよ。誰かに送致の手続きをさせたら、後は放っておいて下さい」

「勾留が認められるかどうかは分からないぞ」

「だったらそこは、市来さんの腕で」滝上は、自分の左の二の腕を掌で二度叩いた。

「もしも勾留が認められないなら、どこか警察の施設で預かる方法でも考えましょう。

こっちが安全に保護している限り、佐川は素直に喋りますよ」

「これはお前がやるべきだぞ。お前が勝手に逮捕してきたんだからな。そもそも、本当に公務執行妨害に当たる事実があったのか?」

「公務執行妨害は、便利な容疑ですよね。取り敢えず相手の身柄を抑えておくために使える」

「公安じゃねえんだぞ」呆れたように市来が言った。「……まあ、いいよ。この件がどう転がっていくかは分からないけど、とにかく詰められるところは詰めていかないと」

「詰め切りますよ」滝上は自分の腿を叩いた。「ここで詰め切れなければ、刑事なんかやってる意味はないんだから」

自分でも何を言ってるか、分からなかった。自分は何のために刑事になったのか、考えているとますます混乱していく。


静岡へは、滝上と池内、それに奈加子が向かうことになった。三人いれば、どんなに面倒なことになっても対応できるだろう、という市来の判断だった。佐川の送検に関しては市来が引き受け、勾留が認められなかった場合は何らかの方法で身柄を保護する、ということになった。

新幹線に乗って自由席に落ち着いた瞬間、池内が嬉しそうに言った。

「静岡だと、何が美味いんですかね」

「さあな」滝上は目を閉じたまま答えた。どうでもいい話を……。

「うなぎとか?」

「それは浜松でしょう」奈加子が指摘する。「おでんか桜海老――滝上君、そんな感じじゃない?」

「どっちもクソみたいなもんですよ」

「自分の田舎の食べ物でしょう? そんなに悪く言わなくてもいいじゃない?」

非難するように言われ、滝上は思わず溜息をついて目を開けた。今日は他に二人いるから、このところの睡眠不足を取り戻すために少しでも寝ておこうと思ったのに。

「ガキの頃に食い過ぎて、飽きてるんです」

「そんなもんですか?」池内が疑わしげに訊ねる。

「そんなもんだよ」

「滝上さんって、静岡の話、ほとんどしないですよね。地元なのに」

「手放しで地元を好きな人間ばかりじゃないだろう。地元が嫌で、東京に出てくる人間だってたくさんいるんだし」

「でも、静岡、いいじゃないですか。気候も良さそうだし、のんびりできそうだ」

「だったら、静岡県警にでも転籍したらどうだ。のんびりし過ぎて、人間として駄目になる」

実際、静岡は住みやすい――客観的に考えれば滝上もそう思う。温暖で、極端な暑さ寒さに襲われることもないし、地の食材も豊かだ。物価もそれほど高くなく、家を買うにもハードルは低いし、基本的に穏やかな県民性なので事件も少ない。静岡市や浜松市は大都会だから、買い物や遊びにも困らないだろう。

そう、考えてみれば静岡に罪はない。自分はただ、父親の近くにいるのが嫌だっただけだ。

「滝上君は、静岡的なイメージがないわね」奈加子が皮肉っぽく言った。「静岡の人って、もっとおっとりしてそうだけど」

「だから出てきたんですよ。俺は静岡のペースに合わないんだ」

「何だか、いろいろ事情がありそうね」

ある——お前らに話すつもりはないけどな、と滝上は内心考えた。自分の事情、身の上を話したい人間は、世の中に一人もいない。仕事仲間でも同じだった。きつい事件に一緒に取り組み、同じ痛みを分け合っているはずの刑事が相手でも、自分の本心は明かしたくない。

「まあ、現地の案内はお願いするわね」

「もう忘れてますよ」

実際には、このところ何度も静岡に来て、昔の記憶が蘇ってきていた。道路や建物はあまり変わっていないから、歩き回るにはさして苦労していなかった。

「でかい街ですね」駅の外へ出るなり、池内が周囲を見回して感心したように言った。

「東京のちょっとした街より、全然でかいじゃないですか」

「地方都市だって、馬鹿にしたものじゃないわよ」奈加子が指摘した。「池内君、あまり出張したことないでしょう」

「ないっすね」

「大阪とか福岡へ行ったら、びっくりするわよ。静岡よりもずっと大きいから」

「これ以上でかいと、迷いますよ」

二人の呑気な会話を聞き流し、滝上はさっさと歩き出した。病院までは二キロはないだろう。たぶん、一・五キロほど。タクシーを拾ってもよかったが、歩いても二十分はかからない。

駅前の交差点を渡り、松坂屋の横を通って御幸《みゆき》通りへ。ここが駅前から続くメーンストリートで、道路の両側にはオフィスビルが建ち並んでいる。二人をリードしてさっさと歩いているのだが、会話はどうしても耳に入ってきてしまう。

「マジででかい街ですね」池内は本当に感心しているようだった。

「県庁所在地だから」奈加子が淡々と応じる。

ほどなく右手に県警本部の高層ビル、その隣の県庁のクラシカルな建物が見えてくる。県庁の右奥が駿府城公園で、お堀端にわさびの形の石像が設置されている。確かに、わさびは静岡の名物なのだが、それを石像にしようとする発想が滝上には昔から理解できなかった。

日赤前の交差点で道路を渡り、昨日も通った道を辿って病院に到着する。既に昼過ぎ、飯時なのだが、それは後回しだ。まず、川藤の容態を確認して、事情聴取できるかどうかを確かめないと。

受付でバッジを示し、担当の医師との面会を申しこむ。三十分ほど待たされたが、話を聞くことはできた。診察室に通され、滝上が医師の前に座り、池内と奈加子は背後に立つ。

「やりにくいですね」まだ若い——三十代前半だろう——医師は、苦笑を浮かべた。

「申し訳ない。三人で一つのチームで動いていますので」滝上はさっと頭を下げた。「それで、川藤さんの容態はどうなんですか？　何の病気なんですか」

「全体に弱っている、としか言いようがないですね。小さな持病はたくさんあるんですが」

「入院するほどなんですか？」

「そう判断して、昨日、入院してもらいました」

「昨日が定期検診だったんですね？」滝上は念押しし、昨日ベンツに乗りこんだ川藤の様子を思い出した。あののろのろした動きは、やはり膝が悪いせいだけではなかったのか。

「知ってるんですか」医師が一瞬表情を歪める。

「我々から逃げるために入院したんじゃないんですか」そういう風にする芸能人や政治

家の話をたまに聞く。

「そうだったら、あなたたちとは話をしませんよ」

「そうですか……話はできるんでしょうね」

「あまり無理をしなければ」医師がうなずく。「長時間は避けて下さい。調子が悪いようでしたら、すぐにやめていただいて」

「ナースコールを押しましょう」滝上もうなずいた。「川藤さんは、こちらの病院で昔から治療を受けているんですか？」

「その辺は……プライベートな話なので」医師が証言を拒否する。

まあ、いい。川藤がどんな病気だろうが、事情聴取ができればこっちは問題ないのだ。

「では、早速始めます」滝上は膝を叩いた。

「絶対に無理しないで下さい」医師が念押しする。

「もちろんです」いきなり病状が悪化して話が聞けなくなったら、こちらも困る。川藤の健康を願うのは筋違いだろうか、と滝上は思った。

第十章　対決

川藤の病室に入る前に、三人は廊下で打ち合わせをした。個室だがそれほど広くないので、三人で取り囲んで話をするのは難しい。結局滝上が一人で入り、事情聴取の内容を録音することで池内も奈加子も了解した。しかし……この録音は上手くやらないと、自分にとってマイナスになる。

滝上は小さくノックして病室に入った。川藤はベッドに横たわって目を閉じていたが、滝上が部屋に足を踏み入れた瞬間にカッと目を開き、ゆっくりとこちらを向いた。滝上は一礼してベッドに近づき、丸椅子を引いて腰かけた。まだスマートフォンの録音アプリは起動していない。

「君か」川藤がかすれた声でつぶやく。こちらを認識してはいるようだった。

「ご無沙汰しています」

「ここまで来たか……」

「どういう意味ですか」意味は分かっていて敢えて訊ねた。

「君は、いつかは来ると思っていた。君が東京に——警視庁にいたのが、我々の唯一の不安要素だった」

「我々というのは、あなたと父ですね」滝上は念押しした。

「一つ、聞いていいか」川藤が訊ね、電動ベッドを起こした。低い音がして、ベッドが四十五度の角度で止まるのを待ち、再び口を開く。「私から質問がある」

「何ですか」

「君はどうして家を出た」

「出たんじゃありません。追い出されたんです」勘当を言い出したのは父の方で、自分は喜んでそれに乗っただけだ。「そもそも、向こうが家を壊したんです。それはあなたも知ってるでしょう」

「些細なことだ」

「あれは一種の病気です。それで何も感じていないとしたら、心が死んでいる。だいたい、あなたたちも関与していたんじゃないんですか？」

「言うことはない。プライベートな問題だよ」

にわかには信じられない。川藤たちは、ずっと女絡みで父の尻拭いをしてきたはずだ。彼らはいったい、何を守ろうとしてきたのだろう。政治家にとって、家庭のイメージは極めて大事なはずなのに。

「——とにかく、追い出されたんです」滝上は繰り返した。

「出ない手もあっただろう。あの時一言謝れば、君は今でも喜多姓のままだった」

「それに何か意味があるんですか」

「喜多家には跡継ぎがいない」

滝上は思わず、乾いた笑い声を上げてしまった。

「だから何です？　政治家なんて、やりたい人がやればいいんだ。俺は興味ありませんよ」

「政治家の家を継いでいくことは大事なんだ」

「父も、誰かの地盤を継いだわけじゃないでしょう。一人でゼロからやれる。だから、やりたい人がやればいいんです」滝上は繰り返した。

「まったく……」川藤が溜息をついた。「よく似た親子だ。二人とも頑固過ぎる。下らないことで衝突して欲しくなかった」

「家族が壊れたのを下らないことと言うなら、あなたもろくでもない人間です——今日はそんな話をしに来たわけではありません」

滝上はスマートフォンを取り出し、川藤の目の前で赤い録音ボタンを押した。川藤が、初めて見るものを目の当たりにしたように目を丸くする。

「わざわざ会話を録音するのか」

「間違いがないように、です」滝上は一度言葉を切った。「私は、銀座のクラブが放火された事件の捜査をしています。当初、クラブにふらりと入って来た女性が焼身自殺を図って、経営者の女性が巻き添えを食ったと考えていたんですが、放火した女性が、特殊な薬物を長期間に渡って服用していたことが分かりました。この薬物は――鎮痛剤の一種ですが、海外では麻薬としても認識されています。そして、長期間、大量に服用していると、暗示にかかりやすくなるという、一種の副作用があるんです」

川藤はまったく反応しなかった。いや……滝上の顔をまじまじと凝視してはいる。こちらの本音を読み取ろうとしているようにも見えるが、本音もクソもない。今話していることが全てだ。

「焼身自殺した女性は、西片若菜と言います。いろいろ苦労してきた女性ですが、スヴァルバンというドラッグの中毒になって、金に困っていました。彼女にドラッグを売り続けていた人間は、既に逮捕しています。その人間から、あなたの存在を割り出しました」

「私の、存在」川藤がわざとらしく言葉を切った。「どういうことかな」

「あなたが、西片若菜さんをヤク漬けにするよう、売人に指示したんです。この売人はあくまで薬を売るだけの存在だった。暗示にかけたのはあなたか、あなたに近い人物でしょう。もしかしたら、昨日、ベンツを運転していた青年ですか？」

「単なる想像ではないかな」

「売人が嘘の証言をしたと？」

「ああいう連中は、嘘で塗り固めた人生を送ってるだろう。信用できるのかね」

「信用しています。その売人も、抜き差しならない状態にありますから。嘘をつくメリットはありません」

「売人の考えていることは分からんね」川藤が力なく首を横に振った。

「岸本さんを殺したのは誰ですか?」滝上はすぐに質問を変えた。「駿府組の鉄砲玉ですか? あなたは、そういう人間ともつながっていると聞いています」

「その発言は名誉毀損だな」

「駿府組が暴力団だということはご存じなんですね」

川藤が鼻を鳴らし、「静岡市に住んでいれば、それぐらいのことは誰でも知っている」と言った。態度にはまだまだ余裕がある。

「いずれ分かることです。自分の口から早く喋っておいた方が、何かと有利になりますよ。とにかくあなたには、違法薬物関連の容疑がかかっている」

「どうぞ、調べたければ調べればいい。証言以外に材料があるのか?」

滝上は黙らざるを得なかった。竹下の証言は重い。しかしそれを百パーセント信じられるかと言えば「否」だ。自分の立場を有利にするためなら平気で嘘をつきそうだし、それを後で翻すのも躊躇わないだろう。それに自分も、弱みを握られている。今のところ立場は五分五分だと思っているが、竹下が滝上にスヴァルバンを売っていた過去を明かせば、捜査は頓挫するかもしれない。少なくとも自分は外されるだろう。外されても勝手に捜査はできるが、その結果がどうなるかはまったく分からない。

「佐川さんは、あなたたちに切られたと思っている」

「切るも何も、最初から関係ない」

「知事選の資金を洗浄するためのマネーロンダリングですよ？　それで関係ないと言えるんですか？」

「裁判の時から、そういう噂は散々囁《ささや》かれていたな」川藤が意に介さずというように続けて語る。「ネットや、程度の低い雑誌は、ただ想像しただけのことを事実のように伝えてしまう。しかし裁判の場で、誰かに指摘されることはなかった。実際には、そういうことは一切なかったんだ」

「間違いなくそうだと言えますか」

「裁判でも出てこなかった話を、どうして認められる？」

「佐川さんが、知事選の資金のためだったと証言しても、ですか？」

川藤の顎にぐっと力が入る。初めて有効なパンチが当たった、と滝上は判断した。

「裁判は終わっている。確定した判決に対しては何も言えないだろう」

「私は、マネーロンダリングの話をしているのではありません。佐川さんが、その犯罪を通じて、あなたたちに対して――知事に恨みを持つに至ったということが問題なんです。他にも、知事に恨みを持つ人間がいた。佐川さんは彼らを集めて、復讐を企てていたんです。しかしその情報がどこかから漏れて、逆に二人が殺された」

「とんでもないシナリオだな」

先ほどから、川藤が一切目を合わせようとしないことに滝上は気づいた。目を合わせると喋ってしまう、と恐れているのかもしれない。川藤は、実は攻撃に弱い人間なのではないか、と滝上は想像した。だったらもっと攻めるだけだ。攻めれば必ず穴が開く。

「では、佐川さんの証言に対して反論して下さい」

「知りもしないことに反論はできない。単なる言いがかりだろう」

「では、佐川さんと直接対決していただけますか。そういう場を作りますよ」

「そんなのは警察の仕事じゃないだろう。だいたい――」

ふいに川藤の言葉が途切れる。そのまま胸を押さえ、自分の膝に突っ伏した。

「川藤さん？」

返事はない。川藤は体を折り曲げるようにして必死に耐えている。肩が細かく震え、嗚咽のような声が漏れ聞こえてきた。

「川藤さん？」もう一度呼びかけ、椅子を蹴るように立ち上がる。川藤はやはり反応せず、横顔が急激に紙のように白くなった。滝上は慌ててベッドの上に身を乗り出し、ナースコールのボタンを押した。

「どうしました？」緊迫した声が聞こえてきたので、「川藤さんが苦しんでいます！」と叫ぶ。その声が廊下に漏れたのか、いきなりドアが開き、池内と奈加子が部屋に飛びこんで来た。

「どうしたんですか！」池内が大声で叫ぶ。

滝上は唇の前で人差し指を立て、声を張り上げないようにと忠告した。

「急に苦しみ出したんだ」

「医者を呼んできます」

もう呼んだ――しかしそれを言う間もなく、池内は病室を飛び出して行った。直後に、先ほど事情を聞いた医師と看護師が入って来る。滝上たちは廊下に退避した。

動きが慌ただしくなる。すぐに、さらに二人の看護師が病室に入り、川藤を担架に乗せて運び出して来る。事情を聴きたかったが、とても話ができる状況ではなかった。医師は、滝上には意味が分からない専門用語を叫びながら、担架につき添うように小走りで去って行く。

「何なんですかね」戻って来た池内が呆然としたように言った。

「胸を押さえて急に苦しみ出したんだ」

「心臓？」奈加子が心配そうに訊ねる。

「そうかもしれません」

「心臓も悪かったのかしら。それとも、あなたの質問が強烈過ぎて、ショックを受けたとか？」

「その可能性はありますね」否定はできなかった。

「それで、何とも思わないの？」

「俺は――奴が黒幕だったと思ってますよ」滝上は平然と言い放った。「何もやっていない、思い当たる節がないなら、ショックを受けるはずがない。自分がやったことをずばり指摘されたから、ショックだったんですよ」

「そうかもしれないけど、それは証明できないわ」奈加子の表情は厳しかった。

「どうしますか?」池内がそわそわしながら訊ねる。

「待つしかないだろうな」滝上は答えた。「俺たちは医者じゃないから、症状については何とも言えない。治療が終わって、医者に話を聞いてから判断しよう」

大したことはないだろうと滝上は楽天的に考えていた。それが甘かったことを、数時間後に思い知ることになる。

三人はずっと病院で待機していたのだが——三人揃って話が聴ける人間は静岡にはいない——午後遅くになって、処置を終えた医師から「心筋梗塞だった」と告げられた。

「一命は取り留めましたけどね」医師は、最初に会った時とは打って変わって、厳しい表情、態度になっていた。「あなたと話したことが原因になった可能性があります。強いストレスを受けると、こういう発作が出ることがあるんですよ」

「ストレスを与えるようなことは一切言っていません」滝上は否定した。

「しかし、警察に取り調べを受けるだけでもストレスになるんじゃないですか」

「川藤さんは、そんな柔な人じゃないでしょう。あなたも地元の人間なら、彼がどういう人かは知っているはずです」

「それは、まあ……」

医師が口を濁す。やりこめたような格好になってしまったことを、滝上はすぐに後悔した。これで、この医師をさらに頑なにしてしまうのは間違いないだろう。ここは一度引くことにした。

一階の待合室で、二人と打ち合わせをする。

「ずっと面会謝絶というわけじゃないと思う。俺はここで待機するつもりです」

「だったら、私たちも残るわ」奈加子が主張する。「あなたに勝手にやらせておいたら、また面倒なことになるかもしれない。それじゃ、捜査が進まないわよ」

「俺の事情聴取と今回の発作は関係ないですよ」滝上は強弁した。「関係があったと証明はできない」

「この件、係長に報告するわよ」

「どうぞ」四角四面な奈加子の態度に対して、滝上もむきになってきた。「だったら安田さんが残って下さい」

「それを決めるのは私じゃないから」奈加子がスマートフォンを取り出した。

滝上は彼女に背を向け、さっさと待合室を出た。病院の外に出ると、途端に真夏の陽射しに頭を焼かれる。冗談じゃない。この場を奈加子に任せても、まともな捜査ができるとは思えない。だいたいこれは、俺の事件なんだ……しかし今、行くべき場所はない。

会うべき人間は——父。しかし今がそのタイミングかどうかも分からない。

結局、三人とも静岡に居残りということになった。明日の朝、川藤の容態を確認し、事情聴取を再開できるかどうかを判断してから今後の動きを決める。

池内が三人分のホテルを予約してきた。駅の北口にあるビジネスホテル。チェックインの順番を待つ間、池内はやけに弾んだ声で夕飯の心配をし始めた。

「今夜、どうしますかね。どこか、滝上さんのお勧めの店とかないですか」

「ない」

にべもない滝上の返事に、池内が目を見開く。滝上はだらだらと言い訳した。

「俺は高校までしか静岡にいなかった。高校生が知ってる店なんか、行っても面白くないだろう。それに、そもそも店なんてできたり潰れたり……食べログで点数が高い店にでも行けばいいじゃないか」

「地元ならではの情報がありがたいんですけどね」

「飯は二人で行ってくれ」

滝上が言うと、二人が顔を見合わせた。

「滝上君——」

「昔の友だちに会って来ます。事情通がいるから、何か情報が入手できるかもしれない」

「勝手な行動は慎んで」

「命令ですか？」奈加子は滝上に命令できる立場ではない。年長者ではあるが、階級は同じなのだ。そして奈加子は――先輩としても敬うべき存在とは言えない。

「何かあったら呼んで下さい。何もなければ、明日の朝、打ち合わせましょう」

滝上は部屋の鍵を受け取ると、さっさと閉じこもった。後頭部に両手をあてがってベッドに寝転がり、天井を見上げる。さまざまな思いが脳裏を過《よぎ》った。

しかし、あれこれ考えていても仕方ないと思い、部屋を出る。陽は落ちかけていたが、気温は一向に下がる気配がない。このまま市内をうろついていたら、汗だくになってしまうだろう。とはいえどこかで休む気にもならず、ぶらぶらと歩き続ける。静岡駅北口は、御幸通りや呉服町通り周辺は賑やかな繁華街なのだが、少し外れると落ち着いた街並みが姿を見せる。東海道から少し歩き、小学校に隣接した大きな公園に足を踏み入れた。面積は広いものの、そんなに面白いものではない。ただ、鬱蒼《うっそう》と木が生い茂る一角があり、その辺は少しだけ気温が低いようだった。一安心して煙草に火を点ける。本当は、公園の中などで煙草を吸ってはいけないのだが、歩きながら煙をまき散らすよりましではないだろうか。

スマートフォンが鳴る。登録していない、見慣れぬ電話番号が浮かんでいた。警戒したが、出ないわけにもいかない。

「はい」耳に押し当てて話し始めたが、用心して名乗らない。声も低く抑えた。

「滝上さんですか？」

「そちらは？」

「浜田《はまだ》と言います」

「私が知っている人ですか？」

「いえ」

「何の御用ですか？　こっちも忙しいんですけどね」

滝上はスマートフォンを首に挟んだまま、携帯灰皿を取り出して煙草を押しこんだ。何だか面倒な話になりそうだ。

「知事がお会いしたいと」

「どうして」いきなりそこか、と滝上は鼓動が高鳴るのを感じた。直接俺に面会を申し出てきたということは、一気に勝負をかけるつもりかもしれない。

「それは、お会いして知事が直接お話しします」

「分かった。どこへ行けばいい？」

「お迎えに上がります」

「俺は今……」言いかけて、自分がいる公園の名前さえ知らないことに気づく。この辺で目印になる場所といえば——。「松坂屋の前で拾ってくれ」

「松坂屋の前にタクシー乗り場があるので、そこで待っていてくれますか」

滝上は無言で電話を切った。気に食わない。本当は、もっとたくさんの証拠を集めて父と対峙したかったのだ。しかし、向こうから寄ってきたのだから、このチャンスを逃すわけにはいかない。

道路を渡ると、確かに松坂屋の前には道路が少し建物側に食いこんだタクシー乗り場がある。そこで待っていると、三分もしないうちに、一台のベンツが滑りこんできた。ナンバーに見覚えがある――川藤のベンツだ。

滝上は助手席のドアを開けて、シートに腰を下ろした。ちらりと見ると、昨日川藤の車を運転していた青年がハンドルを握っている。

「川藤さんにつき添っていなくていいのか？」

「別の人間がいます。私がいても役にたたないので」

「あなたは――川藤さんの秘書か何かなのか？」

「そのようなものです」

「で？　どこへ行くつもりだ？　知事公舎？」知事公舎がどこにあるかは知らないが、父は普段そこで暮らしているはずだ。あるいはこの時間なら、まだ県庁にいるかもしれないが。

「違います」

「だったら――」

「すぐ着きます」

滝上は一人肩をすくめた。どこへ連れて行かれるか分からないが、自分の身ぐらい自分で守らないと。

「すぐ」という言葉に嘘はなかった。ベンツは東海道に出て五分ほど走り、谷津山《やつやま》を西に望む静岡鉄道の柚木《ゆのき》駅近くで停まった。目の前には、ごく普通のファミリー向けのマンションが建っている。

「ここは？」

「知事の別室です」

「悪企みでもする場所か」

滝上の皮肉に、男は一切反応せず「勉強部屋です」と言った。

知事が今更何を勉強するのか……そもそも、家族のいない父に、別室など必要ないはずだ。普段住んでいる知事公舎でも、部屋を持て余しているだろう。

男はマンション横の道路に車を止めると、慣れた様子で歩いて敷地に入って行った。ここへはしょっちゅう来ているのだろう。何を聞いてもまともな答えが返ってきそうにないので、滝上は無言で男の後に続いた。鍵を持っており、インタフォンを鳴らしもせずにオートロックを解除する。エレベーターで七階まで上がり、「７０２」と書かれた部屋のドアの前まで滝上を案内すると、そこでさっと頭を下げた。

「こちらです」

「あんたは同席しない？」

「同席しないように言われています」

「知事から？」

「ええ」

男がインタフォンを鳴らした。鍵は持っていても、勝手にドアを開けるのは許されていないらしい。すぐに低い声で「はい」と返事があった。

滝上が十数年ぶりに聞く父の声だった。低いが、忙しなく、常に焦っているような感じは変わらない。

「お連れしました」

「ご苦労。引き上げてくれ」

男がインタフォンに向かって頭を下げ、それからドアロックを解除した。ドアを引き開けると、「どうぞ」と声をかける。滝上はしばらくその場を動かなかった。

「ここで俺が殺されると、厄介なことになる」滝上は脅しをかけた。

「そんなことにはなりません」

「あんたらは、もう二人殺している。あんたも逮捕してやろうか？」

「私は何も関与していません」男の口調に揺らぎはない。

「一つ、忠告しておく」

男が素早くうなずく。表情は真剣で、滝上の忠告を真面目に受け止めるつもりはあるようだった。

「あんたが川藤の秘書だとしたら、もう辞めた方がいい。どこまでヤバイことに首を突っこんでいるか分からないけど、今ならまだ、抜けられるんじゃないかな。俺は別にあんたに恨みもないから、逮捕したくはない」

「個人的な感情で逮捕するんですか」抗議するように男が言った。

「そういうこともある」

「警察官がそんなことをしていいんですか?」

「必要ならば」

話が嚙み合わないと思ったのだろう、男がかすかに首を傾げる。しかしこれ以上議論を続ける意味もないと思ったのか、会話を打ち切るようにさっと頭を下げた。

まあ、この男を揺さぶっても何も出てこないだろう。滝上はドアの隙間から玄関に入った。父の姿は見えない。靴を脱ぎ、スリッパの類が見当たらないので、そのまま廊下を歩き出す。左右にドアが一枚ずつ……片方が風呂場、もう片方が普通の部屋へのドアだろう。

廊下の奥にあるドアを開けると、途端にエアコンの冷気が全身を覆った。リビングルームのはずだが、「住む」ための部屋とは思えない。

ここは図書室だ。

本棚が何列も並んで置かれている。その隙間に、大きなテーブルがあった。十人ほどで会議ができそうなテーブルだったが、それが目的ではないようだ。テーブルにも本がうずたかく積まれており、その奥に父が座っている。滝上をちらりと見ると、眼鏡を外した。

老けた、と最初に思った。

直接会うのは十数年ぶりだ。滝上を勘当した時にはまだ四十代……精力溢れる男盛りという感じだったが、今はそれが「枯れ」に入れ替わる途中という感じだ。

どうやって話すか、一瞬悩む。敬語を使うべきかどうか。敬語だ、とすぐに決めた。自分は今、刑事としてここにきている。親子のような話し方は絶対に避けなければ。

「川藤さんが倒れたと聞いている」

「私の目の前で倒れましたよ」

「そのことについて何とも思わないのか」父が鋭い視線を向けてきた。しかしそれは、さしたる恐怖を呼ばない。目が大きいせいか、今一つ迫力がないのだ。睨みは、目が細い人がやった方が効果がある。

「業務中の話です」

「知らない仲でもあるまい」

「問題がある——それを指摘されたからショックを受けたんじゃないですか？　問題は、川藤さん本人にある」

「そうか」

「あなたは、何も責任を感じないんですか？」

「残念だと思っている。川藤さんとは、もう何十年も一緒にやってきた。家族よりも家族と言っていい」

「そういう人は、あなたの周りにはたくさんいたでしょう」家族はいなくても、取り巻きはたくさんいるのだから。「知事の右腕」——父には右腕が何本あるのだろう、と皮肉に思った。

「川藤さんは、完全に信頼できる人だ」父は強調した。「そういう人は、昔も今も川藤さんしかいなかった」

「他の人間は信用できない——あなたは、自分のところを去った人には大変冷たいと聞きました。だから、恨まれるんですよ。佐川さんも野村さんも、岸本さんも……恨みを買っているとは思わなかったんですか」

父が黙りこむ。様々な「後始末」は、川藤たちがやっていると安心していたのかもしれない。それこそが問題なのだろうが……その取り巻きの人間だけがやって来て「お疲れ様でした」と言われたら、どう思うだろう。本人が一言でも直接声をかけていれば、納得できるかもしれないが……父は、そういうことも分からないのだろうか。政治家は、人の心の綾をよく理解して、それを上手く使いこなすぐらいでないと駄目なはずだ。それとも父は、単なる「神輿《みこし》」なのだろうか。

「あなたの周りには、犯罪に近いことをする人、その後始末をする人が揃っていた。しかし、そういう人たちも、いつかは裏切る。今回の二件の殺人事件は、まさにそういうことでしょう。向こうの復讐に対処するために、こちらから先に手を出した。その中心にいたのは川藤さんですか？」

「いや。君は……誰から話を聞いた？　佐川が逮捕されたという噂は聞いたが」

「東京にも情報網を張り巡らせているんですか？」嫌な予感が走る。この情報は、まだ表沙汰になっていないはずだ。警視庁の中にも情報源がいるのだろうか？

「噂で聞いただけだ。佐川が何を喋ったか知らないが、それを全部信用できるわけでもあるまい。佐川は、私を狙ったわけではない」

「——ターゲットは川藤さんですか？」それもあり得る話だ。父が自ら指示を出して、厄介なことを処理させていたとは思えない。川藤たち取り巻きの人間が忖度して、勝手にやっていたと考えるのが自然ではないか。

「川藤さんは、佐川たちの恨みを買うようなこともしてきた。だから私は……川藤さんが危ない目に遭うのは我慢ならなかった。彼は何十年も、苦しい選挙で私を支えてくれた。そんな人を危険に晒すわけにはいかない」

「今回の件の計画を立てたのは、あなたなんですか？」

「録音してるのか？」

「……いえ」

「だったら、このまま録音しないでくれ」

失敗だ、と悟る。部屋に入った瞬間、録音を始めておくべきだったのだ。しかし今更、スマートフォンを取り出すわけにもいかない。そうしたら、父は一言も喋らなくなるだろう。

「私は、はっきりしたことは何も言わない。だから、仮に録音されていても、証拠にはならないがな」

「話す気はあるんですか？」

「君が学生の頃に滅茶苦茶な生活を送って、薬漬けになっていたのは知っている。だからこそ、勘当したんだ」

「昔の話です」

「君が逮捕でもされれば、私の政治生命は終わりだった。幸い、君は自分で自分の愚かさに気づいてやめたようだが。今も薬とは切れているのか？」

「当然です」

「スヴァルバンとかいったか？　あの薬については私も調べた。中毒になると暗示にかかりやすいということも。当時はそれを調べただけだったが、そういうことは意外に覚えているものだな」

「それを今回、利用したんですか」

「直接依頼しても、上手くいくものではない。特に依頼の内容が危なければ、頼まれた方は躊躇する。いくら金を積んで有利な条件を出しても、簡単に受けてくれるものではない。だからこそ、スヴァルバンのような薬は有効だった」

「もしかしたら、岸本さんを撃った犯人も、スヴァルバンでコントロールしていたんですか？」

「そういうことも可能かもしれない」父の言葉はあくまで曖昧で、こちらに尻尾を摑ませないようにしている。政治家は「嘘」も含めて言葉で生きるものだ。言葉の使い方は、誰よりもよく心得ているだろう。

「全てがあなたのアイディアだったんですか？」

「スヴァルバンについて知っている人間は、いくらでもいるだろう。君もそうだ。特に君は、実際に使っていたんだから」

「ふざけるな！」滝上は思わず声を張り上げた。「俺が話しているのは、殺人事件のことだ。俺個人の事情は関係ない！」

「君はいつもそうだったな」

指摘され、滝上は黙りこんだ。頭からすっと血が下がって、冷静になってくる。

「子どもの頃から、すぐに怒ってヘソを曲げる。まったく変わっていない」

「俺の話は関係ない」今度は低い声で、抑えつけるように言った。「とにかく……佐川さんたちの狙いは、実際には川藤さんだった」

「違う。金だよ、金。結局最後は金なんだ」

「金を要求されたんですか？」

「彼らにとっては、人間の気持ちのプラスマイナスも金で計算できるものらしい。まあ、損害賠償という考え方もそうなんだろうがね。物理的な被害額ではなくても、精神的な被害を算定できる」

「いくら要求してきたんですか？」

「私は知らない」父が肩をすくめる。

嘘だ、と滝上にはすぐに分かった。具体的にいくら要求されたのか――それが分かっていたからこそ、父は川藤を守ろうとしたのではないか。

「ああいう連中は……どうしようもない。一度金を渡せば、必ず次も要求してくる。そういうのは、どちらかが死ぬまで続くものだ」

「その連鎖を、あなたは断ち切ろうとした」

「得をする人間はいないからな」

「二人を殺せば、佐川は抑えられる――そう考えたんですね」

「戦争では、相手を全滅させる必要がある時とそうでない時があるんだよ。必要なだけ戦力を削いだら、そこから先の攻撃は無駄になる。弾薬を節約することも、戦争では必要なんだ」

「だから佐川さんには手を出さなかった。警告だけで十分だ、と考えたんですね？　確かに佐川さんは、他の二人とは立場が違うでしょう。直接金を動かして、あなたの選挙資金を捻出した人間だ。裁判では全て自分で責任を被って、あなたに影響が出ないようにした。ということは、全ての金の流れを知っていて、あなたのために黙っていた、ということです。それが表に出るとまずい。下手に殺したらかえって話がややこしくなると考えたんじゃないですか？　秘密を握っている人間は、その情報を殺さないようにするために、有効な方法を考えるものです。信頼できる人間に情報を預けたり、自分に何かあれば表沙汰になるように手配したり……それが怖いから、黙らせる方がいいと判断したんでしょう」

「君は……」父が苦笑した。「とても政治家の息子とは思えないな。刑事とも思えない。政治家にも刑事にも、想像力は必要ないだろう」

「想像力のない人間は、人の痛みが分かりません。そして人の痛みが分からない人間は、公の仕事はできないんです。するべきでもない。あなたは、誰を見て仕事をしているんですか」

「もちろん、静岡県民だ」

「あなたには、静岡県民の痛みが見えているんですか？　見えていなくても、想像できていますか？」

「君とこういう談義をしていても、意味はない」

「言い出したのはそちらです」

父が、ふと溜息をついた。立ち上がると本棚の森の中に消えてしまう——すぐに、グラスを持って戻って来た。どうやら右手の方にキッチンがあるようだ。父は引き出しを開けると、ウィスキーのボトルを取り出し、グラスに指二本分注いだ。そう言えば……父が酒を呑むのを生で見るのは初めてだった。

滝上は左右の足に順番に体重をかけながら、父の様子を見守った。グラスを持ち上げて鼻を突っこみ、香りを嗅ぐと、ゆっくりと一口啜《すす》る。

「ここは……この部屋は何なんですか」

「勉強部屋だよ」先ほどの青年と同じ説明をする。「というより、倉庫というところか。長年溜めこんだ本の保管場所でもある」

「何冊あるんですか？」

「さあ……」グラスを両手に持って温めながら、父が首を傾げる。「五桁にはなるはずだけど、数えたことはないな」

そんなに本を溜めこんでどうするつもりなのだろう。この部屋にはしっかりエアコンが効いているが、どこか湿っぽく、さらにかびくさい臭いが充満していた。本をずっとここに保管しておいたら、年に一回ぐらいは虫干しする必要があるのではないだろうか。

しかしここは、父にとっては居心地のいい空間なのかもしれない。そう……珍しく家にいる時の父が何をしていたかというと、読書だ。今となっては何を読んでいたかも覚えていないが、小説などではなかっただろう。実用書や研究書……政治の世界に役立ちそうなのは、そういう本ではないか。そうやって小説を読まないから、想像力が養われないまま還暦を過ぎてしまう。

「川藤さんは、あなたにとっては、ただの選挙参謀ではなかったんですね」

「違う」

「右腕……でも、あなたはどんなに役に立った人間でも、必要なくなれば切る。その犠牲になったのが佐川さんだ。川藤さんだって、いつかは切ることになるかもしれない」

滝上は父を挑発した。

「それは。川藤さんは特別な人間なんだ」

「どういう……」

「君は、大事なことを何一つ聞いていない。さっさと去っていったからだ」

「違う。あなたが私を遠ざけたんです」

「そうだったかな」

「あなたにとって私は、危険人物だったから」

「自分で自分の身を守るのは基本だな」父がうなずく。

「とにかくあなたは、大事な川藤さんを守るために、佐川さんたち三人を排除することにした」そう言ってから、滝上は違和感を抱いた。そこまでして守らなければならない人間がいるのか？　父にとっては自分が全てで、他の人間は全員「使用人」ではないのですか？「いろいろな方法があったと思いますが、殺さなくてもよかったんじゃないですか？　殺人ですよ？　絶対に許されないことです」

「君はミスを犯した」

滝上は黙りこむしかなかった。父が、今の会話を録音していなかったことを指摘しているのは明らかだ。滝上はスマートフォンを取り出し、録音アプリを起動させた。

「今から話してもらいます」

「無理だな」父がゆっくりと首を横に振った。「今までの会話で、私が自分の罪を認めるようなことを言ったか？　一言も言っていないし、これから言う必要もない」

「場所が変われば、話さざるを得ませんよ」

「無理だ」父親が繰り返す。「私は政治家だ。政治家は言葉で生きている。喋っていいこととそうじゃないことは、いつでもしっかり判断できるんだ。たとえ取調室で話すことになっても、自分に不利になるようなことは絶対に言わない。東京地検が相手でもそうだった」

「マネーロンダリング事件で、事情聴取を受けたんですか？」滝上には初耳だった。東京地検の動きを知る方法もないが……。

「彼らも甘い。とても、日本最強の捜査機関とは思えないな。結局君たちは、物理的な証拠がない限り、何もできないんじゃないか？」

「証言で十分です」佐川は喋っているのだ。証言には弱い部分もあるが、もっとみっちりと取り調べれば、使える話が出てくるかもしれない。

「一人の証言では無理だろう。裏が取れない」

「川藤さんが喋れますよ」

「いつ？」父が挑むように言った。「彼は今、喋れる状態にない。いつ回復するかも分からないだろう」

「待つだけです。逆に言えば、彼は入院しているから、絶対に逃亡できない。こちらには時間はいくらでもあるんです。殺人罪に時効はありませんからね」

「無駄なことはやめた方がいい」

「あなたは人殺しだ」滝上は語気を強めた。「そんな人を知事に頂く静岡県民は不幸だ。その責任をどう考えているんですか？」

「私は今後も、知事としての職責を果たしていく」父がわずかに胸を張った。「今、私以外に知事を務められる人間はいない」

政治家の代わりなんて、いくらでもいる——しかしそう言っても、父の心はまったく揺らがないだろう。政治家というのはだいたいこういうものだろうが、面《つら》の皮が厚いのは間違いない。どれだけ攻められても、平然とした表情で逃げ切ってしまう。滝上は、すぐに攻め手を変えた。プライベートな心情に訴えかける。

「あなたは、必要ない人をどんどん排除してきた」滝上は指摘した。「相手は納得して去ったわけではないでしょう。不満を持って——あるいは恨みを抱いたまま去って行った人も少なくなかったはずです。そういうことについてはどう思っているんですか？」

「どうもこうも、辞めた人のことまではフォローできない。政治家はそういうものだ」

「自分が権力の座にある時は、それで済むかもしれません。人は権力を恐れます。攻撃をしかけたら、その倍の攻撃を受けると考えて躊躇してしまう。でも人は、死ぬまで権力を持ち続けることはできないんですよ。あなたも同じだ。いつまで県知事でいるつもりか知りませんけど、辞めればただの人になる」

「そうならないためには、君の力が必要だ」

「何を言ってるんですか」滝上はかすかに動揺するのを意識した。この男は、俺を取りこもうとしているのか？

「どうして政治家に世襲が多いか、分かるか？」

「ゼロから始めるよりも有利だからじゃないですか」

「もちろん、それもある」うなずき、父が手の中でグラスを揺らした。「選挙では、まさにその通りだ。もう一つの重要なポイントは、引退しても子どもを後継者にできれば、自分もいつまでも権力の近くにいられるからだ。落選すると、政治家はただの人になると言うが、綺麗な形で引退して子どもに後を任せたら、そうはならない。子どもが権力を引き継ぎ、自分もそれを受け入れる。公的な立場になくても権力を持ち続けることはできるし、そうすれば県民のために力を使える。権力を正しく行使するわけだ」

　勝手な言い分にしか思えない。しかし、父の表情も口調も極めて真面目だった。

「しかし残念ながら、私には後を継いでもらう人間がいない。君を勘当したことがよかったのか悪かったのか、今は判断できない」

「俺にとっては、これ以上いいことはなかったですよ。あなたと一緒にいることはできなかった」

「今でもか？」

滝上はぐっと唇を嚙み締めた。話が危ない方向へ転がりつつある。余計なことを言ったら、状況が自分に不利な方に動いてしまうかもしれない。両手を拳に握りしめ、直立不動の姿勢をとって父を睨みつける。

「君は立派に立ち直った。私に反発したことは、十分理解できるよ。自分が家庭を顧みない人間だったことは、私にも分かっている。幼い子どもには、辛いことだっただろうな」

「あなたは母を見殺しにした」言っただけで、当時の怒りがふつふつと蘇ってきた。

「そんなつもりはなかったが、君がそう思うのは自由だ。私を恨むなら、それも受け入れよう」

「あなたはあの時――母が危篤状態になった時、別の女のところにいたはずだ。後でそういう話を聞きましたよ」この件は、今までずっと自分の胸の中だけにしまっておいた。他の女と会っていて、妻の死に目に会えなかった――最低な男なのは間違いない。だが母の死の直後には、滝上はその事実を知らなかった。ただ喪失の悲しみにうちのめされるだけだった。

しばらく後にその事実を知ってから、滝上は父親を激しく憎み出した。しかし自分も卑怯だったと思う。本当なら、噂を聞いた時点で父に確認し、本気の喧嘩をすべきだったのではないだろうか。そうすれば状況は変わっていたかもしれない。許すことはできなくとも、今とは違う関係になっていた可能性もある。

しかし滝上は、この噂について父に質《ただ》すこともなく、ただ自分の中で怒りを膨らませ続けた。今また怒りを燃え上がらせて本気の喧嘩をしてもいいのだが、今の自分は刑事だ。私的な問題よりも重視しなければならないことがある。

捜査。

「今、私から君へあげられるものがある」父が唐突に言った。

「……何ですか？」

「権力」

まさか——これまで、父の取り巻きたちに同じようなことを言われても、真面目に聞いてはいなかった。本気で跡目を継がせるつもりなのか？　滝上は啞然としてしまった。勘当した息子を再び迎え入れ、自分の後釜に据えようとは……私的な憎しみはないのだろうか。そういう感情を押し潰してでも、喜多の家を残したい？　自分も権力の近くにいるために？　まったく理解できない考えだ。

この申し出に乗ってしまうのも手かもしれない、と一瞬思う。自分が後を継いで、そして致命的な失敗をしてやる——喜多家を自分が潰すのだ。その時父親がまだ生きていれば、最高の復讐になるのではないだろうか。

「君は一時、自暴自棄な生活を送っていた。一歩間違えば、塀の向こうに落ちていただろう。しかししっかり立ち直って、今は法の番人として立派に仕事をしている。誰も君のことを悪く言わない。実際私の周りでは、君を迎え入れようという動きもあるんだ。私も散々言われた」

「それでクソ息子を許す気になったんですか」

「個人的な感情は関係ない」

「憎んでいる人間を後釜に据えて、我慢できるんですか？」

「家を残すためには何でもする」

「クソみたいな家を残す意味があるとは思えない」

「県政を安定させることが、第一の目的だ。そのためには、他のことは犠牲にするし、我慢もする。君にはまず警察を辞めてもらい、何年かは私の下で政治について学んでもらう。その間に、相応しい選挙を探して、立候補の準備をすることになる」

「勝手に決めないでもらえますか」

「こちらとしては、大きなギフトを用意したつもりだが」

「相手の意向をまったく考えないで、自分の考えに相手が従うと思っていることが、あなたの致命的な弱点です。いつか必ず、つまずきますよ」

「今まで一度もつまずかずに来た。それはこれからも変わらない」

「だったらいつまでも、ここで裸の王様のままでいて下さい。いつか必ず——近いうちに、あなたを権力の座から引きずり下ろしますよ。それが俺なりの、母親に対する供養だ」

「馬鹿なことを考えるな。そんなことをしても、誰も得をしない」

「得するのは、静岡県民です。あなたのようなクソ野郎を県知事に頂いていたら、それだけで不幸ですからね」

「挑発のつもりかもしれないが、無駄だ」父の表情はまったく揺らがなかった。今までも、このレベルのピンチは何度も迎え、そして乗り越えてきたのかもしれない。

「俺の目標は、あなたを抹殺することだ。殺すとは言いません。政治的に抹殺することです。周りからどんどん人がいなくなって、最後は一人になる。その侘《わび》しさをたっぷり味わわせてあげますよ。もう、身内もいませんしね」

「いや、身内はいる」

「どういうことですか？」父の一言が、滝上の不安をかきたてる。

しかし父は黙りこみ、ゆっくりと両手を組み合わせた。老けたな、とまた思う。六十三歳、老けこむ年齢ではないはずだが、何回もの選挙、面倒な根回し、政治家としての仕事……そういうものが、確実に加齢に影響するのだろう。

「私と川藤さんは、実の兄弟だ」

「まさか」気の抜けた反応しかできない。いきなり何を言い出すんだ？

「川藤さんの両親——育ての親は、子どもがいなくて悩んでいた。それで私の両親は、生まれたばかりの川藤さんを養子に出した」

「どういうことなんですか」人間関係が理解できずに混乱する。

「川藤さんの両親とうちの両親の間で何があったかは分からない。しかし、長年の交友関係があったのは間違いないんだ。戦後の混乱期で、私の両親は川藤さんの両親にずいぶん助けてもらったらしい。まあ、既に男の子がいたから問題はなかったんだろう」それが「本家」として静岡建業を継いだ元春の父親だ。父が生まれたのはその後だ。

「結構年齢が離れているんですか」

「川藤さんの育ての父親は、私の父親より十歳ぐらい年上だったはずだ」

「そうですか……あなたはその事実をいつ知ったんですか？」

「子どもの頃から知っていたよ。養子に出された兄がいるというのは、不思議なものだったがね。夏休みや冬休みには、互いの家を行き来してよく遊んだ」

「川藤さんの家は……静岡ではないですね」

「愛知だ。豊橋。そこまで出かけるのは、小学生にとっては大冒険だったな」

夢見るように言われても……白けて、滝上は鼻を鳴らした。父親の表情は一切変わらない。

「いったいどうして、川藤さんがあなたの選挙を手伝うようになったんですか」

「向こうが申し出てくれたんだ」

「自分の仕事はどうしたんですか？　元々豊橋の人なんでしょう」

「川藤さんの実家は、豊橋で大きな製陶業の工場をやっていたんだが、次第に資金繰りが悪化していった。父もずっと援助していたんだが、結局工場は倒産……川藤さんは既に家族から独立して建築の仕事をしていたんだが、その倒産を機に、家族揃って静岡に引っ越して、川藤さんはここで自分の会社を始めた」

「要するに、あなたのところへ仕事をもらいに来たんでしょう。静岡建業から仕事を回してもらっていたんじゃないですか」

「それもあるが、選挙の手伝いに来てくれたんだ」

そこにどんな違いがあるのか……川藤は、父は自分の生活の危機を救ってくれた人だと思っているかもしれない。しかし父はどうだ？　確かに、選挙に打って出る時には多くの優秀なスタッフが必要なはずだが、あまりにも多くなり過ぎると、金がいくらあっても足りないし、混乱もするだろう。船頭多くして船山に上る、の状態だ。

「川藤さんは、名字こそ違うが、私にとって血の繋がった兄だ。血の繋がった人間は、誰よりも信用できる。私には、心から信用して、全てを任せられる人間が必要だった」

「だから、川藤さんを守ろうとしたんですか」今ではようやく納得できた。変則的ではあるが、兄弟に違いはない。

「川藤さんは、私にとっては何より大事な人なんだ。右腕ではない。半身だ」

「川藤さんが無事に復帰できるかどうかは分からないでしょう。そして川藤さんがいなくなったら、あなたは完全に一人になる。周りにいる他の取り巻きは信用できるんですか？　また裏切ろうとする人間が出てくるかもしれない。その時に、乗り切れますか」

「君は……そこまで頑なになる必要があるのか？　権力が欲しくないのか？」

「警察官も、国家権力を行使する立場の職業です」

「小さな範囲にしか影響を及ぼせない権力に意味はない」

「知事を引きずり下ろすぐらい、できますよ。あなたの敵は、東京地検だけじゃない」

滝上はさっと頭を下げた。頭を下げる必要などないのだが、汚い捨て台詞を残して去るのも卑怯な気がする。

今日が、宣戦布告の日なのだ。真正面からぶつかり、相手を倒す。そのためにやるべきことをやるだけだ。


外へ出ると、先ほどの青年がベンツの横に立っていた。

「お送りするように言われています」

「必要ない」滝上は腕時計を見た。まだ午後七時になったばかり……静鉄の柚木駅がすぐそこに見えている。静鉄はローカル線にしては本数が多く、七時台にも数分に一本は来るはずだ。その場合、終点の新静岡駅ではなく、一つ手前の日吉町《ひよしちょう》駅で降りた方が、ホテルに近いはずだ。

「一つ、忠告していいか」

「何でしょうか」

「さっきも言ったけれど、できるだけ早く、他の仕事を見つけた方がいい。知事の近くにいると、ろくなことにならない」

「どういうことですか」

「汚い人間の近くにいると、自分も汚れるんだ。離れれば綺麗になれる」

父親から離れた自分は、綺麗になれたのだろうか。元々、滝上は自堕落に、適当に生きてきただけだから、そんなに綺麗な身でもなかった。それは、父親と絶縁した後も変わっていないかもしれない。

自分は所詮、汚い親から生まれた汚い子どもなのだろう。警察官を続けていくことで、浄化されていくのかどうか……それは自分でも分からない。

自分に、喜多家の血が——クズの血が流れていることを強く意識させられる。あの父と同じ血が流れている恐怖は、滝上を心底怯えさせた。

結局自分も、今後、父と同じような人生を送るのではないか？　誰も信用せず、最後は一人になる。本当に信用できるのは、血が繋がった人間だけ——そんな人間は、父しかいない。

静岡に住んでいた時も、静鉄の日吉町駅で下車したことはないはずだ。しかし何となく方向は分かるから、適当に歩き出した。夕飯時なのだが、今は食事を摂る気にもなれない。池内たちは呑気に静岡名物を楽しんでいるかもしれないが、今はそんなものを食べる気になれなかった。静岡——父につながる全てのものと距離を置いておきたい。

線路脇の細い道を少し歩くと、植栽の広い中央分離帯がある、つつじ通りに出る。この辺は、歩いたことがあるような、ないような……よく覚えていない。今夜、これからどうなるか分からないから、食欲はなくても何か腹に入れておこうかとも思った。ここからホテルに戻るまでの間には、すぐに食事が摂れるような店もあるだろう。何だったらホテルのレストランでさっさと済ませてもいい――と思ったが、ホテルの食事は高いだろう。

そのうち、自分が勘違いしていたことに気づく。日吉町駅の方が近いと思ったのだが、実際には終点の新静岡まで乗ってしまった方がよかったと気づいたのだ。こういう無駄が積み重なって、次第にダメージが大きくなる……。

すっかり暗くなった街を歩いていると、スマートフォンが鳴った。池内。飯の誘いかと思って無視しようとしたが、習慣で出てしまった。

「はい」

「川藤さんが亡くなりました」池内がいきなり爆弾を落とした。

「何だって?」滝上は思わず立ち止まった。「何言ってるんだ、お前。治療は無事に済んだじゃないか」

「急に二度目の発作が起きたんです。一度目よりも激しくて、治療が間に合わなかった」

クソ、何なんだ……結局これで、父親は逃げ切るのか。

俺は血に負けたのだ、と思った。父と川藤――血を分けた兄弟の間柄。川藤が喋っざしていれば、俺はこの事件を立件できた。しかし川藤は、実の弟を守って最後まで口を閉ざしていたのだ。

俺には理解できない絆。

とにかく病院で落ち合うことにして、滝上はタクシーを拾った。歩いて行けない距離でもないが、時間が惜しい。

滝上が先に病院に着き、その五分後に池内と奈加子がやって来る。三人で医師から話を聞いて、川藤の死亡を確認する。本人の顔を拝んでおくべきかもしれないが、それはやめにした。関係者が続々と病院に駆けつけてきて、とても遺体の確認ができるような状況ではなくなってしまったのだ。滝上はさっさと病院を出た。関係者——父の取り巻き連中と顔を合わせるのは気が進まない。ここは一度撤退だ。

二人がすぐに追いかけてきた。奈加子はスマートフォンを持っている。早く市来に報告しないといけないと思っているのだろうが、迷っている様子でもあった。

「安田さん、係長に連絡しなくていいんですか」滝上は皮肉っぽく訊ね、煙草をくわえた。まだ病院の敷地内にいるので、見つかったら文句を言われそうだが、今はどうしてもニコチンが必要だった。手が震えてしまい、ライターの火と煙草の先が合わない。ようやく火が移ると、深々と煙を吸って肺に溜めた。

「この状況をどう説明したらいいの?」奈加子が困ったように言った。

「そのまま言えばいいじゃないですか。容疑者候補の人間が急死したって」

「これで終わりですかね」池内が疲れた口調で言った。「佐川の証言はありますけど、川藤は結局認めなかった。これ以上話を進めるのは難しいんじゃないですか」

「諦めが早いんだよ、お前は」滝上は厳しく言った。池内の情けない顔を見ているうちに、何故か闘志が蘇ってくる。

「だけど、この状況は相当きついですよ」池内は完全に腰が引けている。

「まだやれることはあるさ。佐川も、完落ちしたかどうかは分からない。もっと叩けば、裏が取れるような情報を吐くかもしれない」

「そうですかねえ」池内はひどく疑わし気だった。「俺は、この辺が限界なんじゃないかと思いますけど」

「これで終わりにはしない。川藤は静岡県政界の黒幕みたいな男だけど、裏の事情を知っている人間は他にもいるはずだ」

「だけど、静岡ですからね……東京じゃない」

「東京の事件だよ」滝上は指摘した。「だけど俺たちは、日本中どこへでも行って捜査していい。それで、あの放火事件を仕組んだのが誰か、必ず明るみに出すんだ。ついでに岸本殺しの犯人も見つけ出す――根っこは同じ事件なんだ」

そうやって捜査を進めていくうちには、自分の過去も明るみに出るかもしれない。捜査から外されるだけならともかく、過去の薬物使用についても追及される恐れがある。

だから何だ？

俺には俺の正義がある。それが私的な動機によるものであっても、その先にあるのは社会正義だ。そして父を潰す手も、いくらでもあるだろう。事件化できなければ、集めた情報を週刊誌にでも持ちこんで――それは駄目だ。情報を売るような人間は誰にも信用されないだろうし、犯罪者を逮捕するという自分の基本さえ無視することになってしまう。あくまで警察官として、この事件に決着をつける。

戦いはまだ始まったばかりで、本番はこれからなのだ。滝上は拳を握り締め、前を見た。街を覆う夜の闇が眼前に迫る。それに呑みこまれず、自分の足でしっかり歩いていく、と滝上は胸に決心を刻みこんだ。

そしていつか、赤い血の呪縛から自分を解き放つ。

解説　遅れてきた青春

坂嶋　竜

これは青春小説ではないか――読了後、そう感じた。

本書の主人公である滝上亮司は三十六歳。青春というにはかなり年齢を重ねてしまってはいるが、父親に反発し、地元から逃げるように上京してきた彼が、父親を中心とする故郷と再び対決する姿はまさしく、二十年遅れの青春まっただ中にあり、反抗期をずっと続けているようにも思える。

滝上の青春が歪んでしまったのは、本人自身の選択の結果であるのも確かだが、その背景には大きすぎる父親の存在があった。もともとは建設会社で働いていた父親は政治家を志すと、手始めに地元の市議選に立候補し当選。さらに県議を務めたあと国政に出て見事当選し、衆議院議員を務める。その後、地元静岡の知事が急逝したのをうけ、静岡県知事選に出馬して当選、という経歴を持っている。二世ではない、まさに成り上がりの政治家だ。そんな父親の元で、滝上亮司は帝王学をたたき込まれるはずだった、というのは父に反抗し、大学進学とともに実家を出て上京したからだ。

滝上の心には母親の死にまつわる父親への憎しみが深く刻まれている。だからこその反抗だが、父親の方は息子が米国留学中にしでかした出来事が原因で勘当した、というような認識を持っている。そんな父との確執は亮司が警察官になったあとも続いている、というわけなのだ。

物語は銀座のビルで放火殺人が起きたところから始まる。

その捜査に向かった滝上はクラブのオーナーと容疑者の女性が焼死していたことを知る。容疑者はただ自殺したかっただけなのか、あるいはオーナーに殺意があったのか。事件の背後関係を捜査していくうち、滝上はある薬物にたどり着く。それをきっかけに事件は彼自身の過去とも繫がっていくのだが、その一方で県知事である父親と事件との接点も明らかになっていく。さらに、父親の元秘書が殺されるにいたり、滝上はかつて捨てた故郷へと戻り、ひとり捜査を進めていく。だがその目的は恨み続けてきた父親を破滅させるためで——。

ソポクレスが戯曲「オイディプス王」を書いた古代ギリシアの昔から、父と息子との確執・対決は現実においてもフィクションにおいても存在し続けてきた。それはフロイトがエディプスコンプレックスを提唱して以降も変わらない。「ＳＴＡＲ　ＷＡＲＳ」におけるダース・ベイダーとルーク・スカイウォーカーとの確執を筆頭に、小説・マンガ・映画・ゲームなどと、様々なエンターテインメントにおいて採用され続けている普遍的なテーマとなっている。

乗り越えるべき壁を設定し、それを乗り越える過程を描くのが青春小説のセオリーだが、父親という存在は読者にとって身近であり、人生で最初にぶち当たる壁となることも多いため、テーマとして使われやすいのかもしれない。だが多くの作品で扱われているということはすなわち競争が激しいことを意味している。それでも堂場瞬一はそのような状況などお構いなしのように青春小説的テーマを取り上げ、警察小説の枠組みの中へと組み込んで見せた。通常であれば主人公が未熟な中高生である青春小説と、複雑な大人の世界を描く警察小説とは相性が良くないのだが本書ではその難題をしっかりとクリアしている。それを可能とした背景には本書刊行時にちょうどデビューから二十年を数えた小説家としてのキャリアがあるに違いない。

堂場瞬一は二〇〇〇年、野球小説『8年』で第十三回小説すばる新人賞を受賞して翌年デビューしている。デビュー作こそスポーツ小説だったものの、二作目として警察小説を発表し、そのまま警察小説の第一人者として走り続けている。ドラマ化もされた「刑事・鳴沢了」シリーズを始め、「ラストライン」「警視庁追跡捜査係」「警視庁犯罪被害者支援課」といった警察小説のシリーズを続けつつ、野球や陸上、ラグビーなどを主題としたスポーツ小説も多く手がけてきた。速筆なため発表された作品数は百を優に超えており、あと数年内に二百冊の大台へと到達するだろう。

そんな堂場がデビュー二十周年という節目の年に出版するべく連載を始めたのが本書『赤の呪縛』だ。

本の発売にあわせ、文藝春秋のウェブサイト「本の話」にて公開されたインタビューで、堂場は次のように答えている。

「20周年の記念の年の発売に向けて、『オール讀物』で連載をすることになったときに、『父と子の諍い』を書こうという発想がありました。設定は、マフィアの父と、その息子でもいいかな、と考えたのですが、日本を舞台にして書く小説としてはリアリティがない。だとすれば、警察小説でいこう、と」

マフィアを選ばなかった理由がリアリティという点は実に興味深い。

小説家としてデビューする前は新聞記者として働いていたためか、取材などに裏打ちされたリアリティのある描写を基本とし、その上で人間ドラマを展開していくところに堂場作品の大きな特徴がある。それは本書でも遺憾なく発揮され、刑事の捜査、火災現場の状況、あるいは捜査で向かった街の情景など、現実の状況を知らない読者に対しても「実際こうなんだろう」と思わせる説得力に溢れた描写となっている。

中でも、作中に登場する政治家の元側近が起こしたとされるマネーロンダリング事件に関しては、現実の事件が頭をよぎった。現実に政治資金規正法違反で有罪判決を受けた元秘書自身は本書内の展開とは真逆の人生を歩んでいるようではあるが、堂場が小説内で現実を描こうとしている一例ではないかと思う。

もちろん、本書のすべてが現実に沿っているわけでもない。

作中に登場する薬物・スヴァルバンは現実には存在せず、物語展開にあうような設定で生み出された架空のドラッグだ。そのような非現実的な要素も堂場の手にかかれば違和感なくリアリティのある物語へと溶け込ませられるのである。

その一方で、日本におけるマフィアの暗躍が報道されることはほぼなく、フィクションの題材としても読者にあまり共有されていないためか、日本が舞台でマフィアの親子が対立する物語を堂場は選ばなかった。それはそれで読んでみたい気もするが、どこまで非現実を物語に組み込むかという点でベテランならではのバランス感覚を持っているのは確かなのではないだろうか。そして、二十周年作品の物語として本領が発揮できる警察小説というフィールドを選んだことで、政治家の父親と、警察官の息子という対立構造が際立ち、青春小説的な反抗期の物語と、大人の世界＝警察小説との融合に成功しているのである。

前述のとおり、そのふたつのジャンルは本来、水と油と言っても良いかもしれない。基本的に青春小説は若者向けに書かれており、学校などの閉鎖された環境を舞台として物語が展開されることが多い。その一方で、警察小説の多くは現実の警察組織に立脚し、開いた社会を舞台とした小説だ。相反する特徴をもっているはずなのだが、堂場は父親を憎み続けている警察官を主人公にすることで、両者をひとつの物語にすることに成功している。

堂場がこれまでに警察小説を数多く書いてきたことに加え、野球小説でデビューしており、その後もスポーツ小説を定期的に発表していることが理由だろう。スポーツ小説は主人公こそ若者ではないものの、アスリートの〝終わらない青春〟を描いたものが多いからだ。〝終わらない青春〟に対し、中高生の頃から父親への憎しみを抱いていた本書の主人公が、三十半ばになってから巨大な権力を持つ父親に立ち向かう姿はまさに、〝遅れてきた青春〟そのものだろう。

堂場作品が警察小説として優れていることは改めて述べるまでもなく周知の事実だが、それに加え、青春小説としての側面は若者にも十分にオススメできる、ということを示したのが本書ではないだろうか。

滝上の父親への感情は、父親の地位が高すぎるなど、特殊な環境であったこともあり、読者が身近に感じるのは難しいかもしれない。しかし彼が故郷に対し抱いている感情については、身近に感じるひとも多いのではないだろうか。古くさい商店街に立ち並ぶ低いビル、時を経ても変わらない住宅街、移動するには自家用車、幹線沿いの巨大なショッピングセンター……そして東京に行くまでの時間的金銭的コスト。

一方で、東京が持つ魅力は底知れない。

出会いも娯楽も文化も勉強も仕事も、その魅力には果てがない。だから東京への憧れを抱いたまま大学進学を理由に上京し、そのまま得体の知れない東京の一部になってしまうひとは実に多い（筆者のように出戻ってくるケースもあるが）。

だがもちろん、故郷を嫌っているだけでないのも確かなのだろう。

毎年毎年、年末年始やお盆に帰省ラッシュで渋滞が起きたりするのも、せめて年に数回は故郷へ戻りたいという欲求の表れであるし、おそらく大半のひとは故郷に対して愛情と憎悪という相反する感情を抱いているのではないだろうか。

そのような感情は滝上亮司も同様らしく、それを象徴しているのが次のように独白するシーンだ。

携帯は怖いものだな、とふと思った。機種変更で何度替えても、電話帳のデータは引き継がれる。ただ番号交換して、一度も連絡を取ったことのない人間の番号が、いつまでも残ってしまうのだ。別に悪いことではないが、時々、自分が携帯電話によって過去につながっていると実感させられる。

電話帳のデータ自体を消すのは容易だ。消したい連絡先を選んで削除すればいい。だが滝上はめんどくさいというそぶりをしながらもそれを実行せず、過去との繋がりを断つのをためらっている。実際、故郷で暮らしているかつての知り合いから電話がかかってきたあと、番号を改めて登録していたりもする。彼もまた故郷に対して嫌悪を抱きつつも完全には憎みきれなかったに違いない。そんな彼が刑事としての経験と誇りをかけ、故郷と父親とに戦いを挑む様にぜひ注目して欲しい。

いくら故郷と縁を切ったつもりで天涯孤独を気取っていても、故郷への愛を捨てきれない滝上の姿は読者からの共感も得られるのではないだろうか。

それゆえに。

故郷を愛しつつも、故郷を嫌うすべてのひとに——赤の呪縛から逃れようとしたことのあるすべてのひとに、本書を捧げたい。

（ミステリ評論家）

初出「オール讀物」二〇二〇年三・四月合併号～二〇二一年二月号
（「延焼」を単行本化にあたり、改題、加筆修正しました）

単行本　二〇二一年五月　文藝春秋刊

DTP制作　エヴリ・シンク

文春文庫

赤《あか》の呪《じゆ》縛《ばく》

定価はカバーに
表示してあります

2023年11月10日　第1刷

著　者　堂《どう》場《ば》瞬一《しゆんいち》
発行者　大沼貴之
発行所　株式会社 文藝春秋

東京都千代田区紀尾井町 3-23　〒102-8008
TEL 03・3265・1211㈹
文藝春秋ホームページ　http://www.bunshun.co.jp

落丁、乱丁本は、お手数ですが小社製作部宛お送り下さい。送料小社負担でお取替致します。

印刷・TOPPAN　製本・加藤製本

Printed in Japan
ISBN978-4-16-792123-1

文春文庫　堂場瞬一の本

（　）内は解説者。品切の節はご容赦下さい。

堂場瞬一
アナザーフェイス

家庭の事情で、捜査一課から閑職へ移り二年が経過した大友だが、誘拐事件が発生。元上司の福原は強引に捜査本部に彼を投入する……。最も刑事らしくない男の活躍を描く警察小説。

と-24-1

堂場瞬一
敗者の嘘
アナザーフェイス2

神保町で強盗放火殺人の容疑者が、任意同行後に自殺、その後真犯人と名乗る容疑者と幼馴染の女性弁護士が現れ、捜査は大混乱。合コン中の大友は、福原の命令でやむなく捜査に加わる。

と-24-2

堂場瞬一
第四の壁
アナザーフェイス3

大友がかつて所属していた劇団「アノニマス」の記念公演で、ワンマンな主宰の笹倉が、上演中に舞台の上で絶命する。その手口は、上演予定のシナリオそのものだった。　（仲村トオル）

と-24-3

堂場瞬一
消失者
アナザーフェイス4

町田の駅前、大友鉄は想定外の自殺騒ぎで現行犯の老スリを取り逃がしてしまう。その晩、死体が発見され……警察小説の面白さがすべて詰まった大人気シリーズ第四弾！

と-24-5

堂場瞬一
凍る炎
アナザーフェイス5

「燃える氷」メタンハイドレートをめぐる連続殺人事件。刑事総務課のイクメン大友鉄最大の危機を受けて、「追跡捜査係」シリーズの名コンビが共闘する特別コラボ小説！

と-24-6

堂場瞬一
高速の罠
アナザーフェイス6

父・大友鉄を訪ねて高速バスに乗った優斗は移動中に忽然と姿を消す――誘拐か事故か!?　張り巡らされた罠はあまりに大胆不敵だった。シリーズ最高傑作のノンストップサスペンス。

と-24-8

堂場瞬一
愚者の連鎖
アナザーフェイス7

刑事部参事官・後山の指令で、長く完全黙秘を続ける連続窃盗犯を取り調べることになった大友。めったに現場に顔を出さない後山や担当検事も所轄に現れる。沈黙の背後には何が？

と-24-10

文春文庫　最新刊

ロータスコンフィデンシャル　今野敏
ベトナム、ロシア、中国の謎の関係に公安エースが挑む

赤の呪縛　堂場瞬一
「父親殺し」の葛藤に苦しむ刑事を描く渾身の警察小説

お帰り　キネマの神様　原田マハ
山田洋次監督の映画を自らノベライズ！　奇跡のコラボ

汚れた手をそこで拭かない　芦沢央
もうやめて……話題の〝取り扱い注意〟最恐ミステリ5編

その霊、幻覚です。　視える臨床心理士・泉宮一華の嘘2　竹村優希
都市伝説を彷彿とさせる事件に一華と翠のコンビが挑む

朝比奈凜之助捕物暦　死人の口　千野隆司
遂に明かされる兄の死の真相…若き同心の成長を描く！

しのぶ恋　浮世七景　諸田玲子
江戸に生きた男女を描く…浮世絵から生まれた短篇7篇

聖乳歯の迷宮　本岡類
見つかったイエスのＤＮＡは現生人類とは異なるもので…

傍聴者　折原一
婚活連続殺人事件の容疑者・花音。彼女は女神か悪魔か？

女帝　小池百合子　石井妙子
女性初の都知事の半生を綿密な取材のもと描いた話題作

小林麻美　I will　延江浩
突然の芸能界引退と25年ぶりの復活。その半生を綴る

精選女性随筆集　向田邦子　小池真理子選
あたたかな言葉の中にある、懐かしくも淋しい〝昭和〟

ネヴァー・ゲーム　上下　ジェフリー・ディーヴァー　池田真紀子訳
シリコンヴァレーで相次ぐ誘拐。死のゲームの黒幕は？